D1664383

Sergio Devecchi

Heimweh
Vom Heimbub zum Heimleiter

Sergio Devecchi

Heimweh

Vom Heimbub zum Heimleiter

Stämpfli Verlag

Namen von Heimkindern und -jugendlichen, die in diesem Buch vorkommen, sind geändert (mit begründeten Ausnahmen).

Impressum

Bibliografische Information der Deutschen Nationalbibliothek: www.d-nb.de.

© Stämpfli Verlag AG, Bern, www.staempfliverlag.com · 2017

Redaktion	Susanne Wenger, Bern, www.susannewenger.ch
Lektorat	Benita Schnidrig, Stämpfli Verlag AG, Bern
Umschlagbild	Sava Hlavacek, Zürich, www.bildermachen.ch
Umschlaggestaltung	Nils Hertig, clicdesign ag, Bern
Inhaltsgestaltung	Stephan Cuber, diaphan gestaltung, Liebefeld BE

ISBN 978-3-7272–6173-2

«Nur wer seine Geschichte erzählen kann, existiert.»
Salman Rushdie

Für Verena, Lineo, Camillo, Carmen

Inhalt

Der Fachmann, der sich als Betroffener entpuppte

Vorwort von Jacqueline Häusler

Ich traf Sergio Devecchi zum ersten Mal im Oktober 2008. Wir hatten mit Integras, dem Fachverband Sozial- und Sonderpädagogik, dessen Präsident er war, Kontakt aufgenommen, denn wir suchten für unsere geplante Wanderausstellung über das Schicksal der Heim- und Verdingkinder einen Partner, der mit der ausserfamiliären Platzierung von Kindern zu tun hatte. Wir stellten unser Vorhaben vor. Die Ausstellung sollte «Verdingkinder reden» heissen, unseren Trägerverein nannten wir «Geraubte Kindheit». Ich erinnere mich an eine intensive Diskussion über den Namen der Ausstellung. Sergio Devecchi fand, «Geraubte Kindheit» sei der viel prägnantere Titel. Doch für uns war «Verdingkinder reden» Programm. Denn die Ausstellung sollte eine Plattform werden. Sie sollte ehemaligen Heim- und Verdingkindern einen geschützten Rahmen bieten, wo ihre Berichte endlich angehört und ernst genommen würden. Ihre Berichte sollten die Gesellschaft aufrütteln und für ein tabuisiertes Kapitel der Schweizer Geschichte sensibilisieren.

Für mich war Sergio Devecchi zu der Zeit einfach ein Fachmann und Vertreter des heutigen Platzierungssystems. Erst später, an einer Fachtagung zu seiner Pensionierung, gab er öffentlich bekannt, was er während seines Berufslebens als Sozialpädagoge, Heimleiter und Verbandspräsident geheim gehalten hatte: Er war selbst ein Heimbub. Nun offenbarte sich der wahre Hintergrund unserer Titeldiskussion. Er hatte damals schon spontan die Position des Betroffenen eingenommen, dem beim Rückblick auf die Geschichte der Fremdplatzierung seine geraubte Kindheit vor Augen stand. Ich dagegen war als Historikerin, die dazu beitragen will, dass die Gesellschaft sich mit den Folgen ihrer Fehler auseinandersetzt, darauf angewiesen, dass die Opfer reden.

Später sagte mir Sergio Devecchi, dass unser Treffen für ihn ein Wendepunkt gewesen sei. Die Vorstellung, dass ehemalige Heim- und Verdingkinder in einer Ausstellung mit schweizweiter Ausstrahlung über ihre Erfahrungen berichten würden, habe auch in ihm den Entschluss reifen lassen, seine Kindheit nicht länger zu verschweigen. Es folgten sein Outing, dann sein Engagement als doppelt legitimierte Stimme bei der gesellschaftlichen Aufarbeitung der fürsorgerischen Zwangsmassnahmen – und nun dieses Buch.

Sergio Devecchi teilt das Schicksal von vielleicht hunderttausend Menschen im 20. Jahrhundert in der Schweiz: Von der Familie verstossen, weil sie dem Druck gesellschaftlicher Normen nicht standzuhalten vermochte, aufgewachsen in einem Umfeld mit wenig menschlicher Wärme, in einer Erwachsenenwelt, die sein Aufwachsen bestimmte, ohne seine Bedürfnisse wahrzunehmen. Beziehungsabbrüche, willkürliche Entwurzelungen, Demütigungen, Körperstrafen, harte körperliche Arbeit, Missbrauch, Einsamkeit, emotionale Kälte, fehlende Liebe, ein abruptes Ende der Heimzeit ohne Vorbereitung auf ein selbständiges Leben, ohne Schutz und Bande, sich aus dem Nichts erfinden müssen, die ersten Jahre prekär, nahe am Absturz. Wie konnte es passieren, dass die Schweizer Gesellschaft die Rechte, die sie für alle proklamierte, ihren schwächsten Mitgliedern jahrzehntelang vorenthielt? Warum wehrte sich kaum jemand für diese Kinder? Warum ging es so lange, bis wir es wahrzunehmen begannen? Was braucht es, damit historisches Unrecht anerkannt wird? Kann uns die Auseinandersetzung mit begangenem Unrecht lehren, wie wir es in Zukunft besser machen können? Dass sich die Schweiz heute mit diesen Fragen auseinandersetzt, ist nur möglich dank Menschen, die den Mut aufgebracht haben, uns an ihren schmerzhaften Erinnerungen teilhaben zu lassen.

Eine demokratische Gesellschaft ist darauf angewiesen, dass Menschen, die Opfer von gesellschaftlichen Fehlern und Unterlassungen werden, darüber reden können. Sie braucht dazu Plattformen, die leicht zugänglich und geschützt sind, damit verletzte Menschen ihre Scham überwinden und Vertrauen fassen können, so dass sie die Mauer des Schweigens zu durchbrechen wagen. Sie brauchen das Vertrauen, dass ihre Aussagen nicht auf sie zurückfallen, also unser Wohlwollen und unsere Bereitschaft zum Zuhören.

Unsere Gesellschaft hält Plattformen bereit. Zum Beispiel die Parlamente, wo in den letzten Jahren Vorstösse eingereicht wurden. Doch das genügt nicht. Es brauchte auch die Selbsthilfegruppen, sie versammelten Zeugen und machten Druck. Wir lancierten unsere Ausstellung, der Film «Der Verdingbub» schuf viel Aufmerksamkeit. In den Medien nahmen sich engagierte Journalistinnen und Journalisten des Themas an. Auch der vom Bund eingesetzte runde Tisch und die von ihm finanzierte Forschung sind Plattformen. Schliesslich die Verlage, die Bücher von Betroffenen und Fachleuten publizieren.

Diese Plattformen sind unterschiedlich zugänglich und nachhaltig. Was wird an Erkenntnis bleiben, wenn die Opfer entschädigt, die Forschungsgelder aufgebraucht sein werden und die letzten Betroffenen gestorben sind? Darum ist es so wichtig, dass Sergio Devecchi dieses Buch geschrieben hat. Bücher halten lange. Und dieses ist besonders wertvoll, weil er darin nicht nur die Geschichte seiner geraubten Kindheit erzählt, sondern auch davon, wie er später versuchte, ein besserer Heimleiter zu sein – einer, der sich in die Jugendlichen hineinfühlte und nicht selbst zum Täter wurde –, und wie er sich für Reformen im Heimwesen und eine menschenfreundliche Sozialpädagogik einsetzte. Dass er dabei die Erfahrung verschwieg, aus der er schöpfte, zeigt, wie schwer es ist, davon zu reden. Er hat es schliesslich doch getan, hat geredet und nun auch geschrieben, zum Glück für die Gesellschaft und für alle, die sein Lebenswerk fortführen werden.

Jacqueline Häusler ist Historikerin in Zürich. Sie hat die Ausstellung «Verdingkinder reden» mitinitiiert und produziert.

Heimbub

Spätes Bekenntnis

Donnerstag, 3. Dezember 2009, ein milder Winternachmittag. Es war mein letzter Arbeitstag als Leiter des Jugendheims Schenkung Dapples in der Stadt Zürich. Über zwanzig Jahre lang hatte ich diese grosse Institution für männliche Jugendliche geführt. Nun liess ich mich, 62-jährig, frühpensionieren. Zum Abschied hatte ich eine Fachtagung organisiert, es ging um die Entwicklung und Wirksamkeit der Heimerziehung in der Schweiz. Referenten aus Wissenschaft und Praxis standen bereit. Ein Schauspieler würde Zitate aus dem Buch «Anstaltsleben» von Carl Albert Loosli vorlesen. Der Journalist und Schriftsteller aus Bümpliz prangerte bereits in den 1920er-Jahren das Heimwesen an und setzte sich wortgewaltig für ein humanes Jugendstrafrecht ein. Auch aus eigener leidvoller Erfahrung in der Kindheit und Jugend: Loosli war 1877 als uneheliches Kind geboren und in Anstalten aufgewachsen. Er brachte den zornigen Mut auf, der mir selbst im Hinblick auf meine Vergangenheit lange fehlte. Kurz vor Beginn der Tagung war ich ein wenig angespannt. Referate, Folien, Technik, würde alles klappen? Ein Grossteil der Heimbranche war versammelt: Kolleginnen und Kollegen der stationären Kinder- und Jugendhilfe. Vertreter einweisender Stellen: Jugendgerichte, Jugendanwaltschaften, Vormundschaftsbehörden. Dazu Verbandsspitzen, gegenwärtige und frühere Mitarbeitende. Insgesamt über zweihundert Fachleute, die mich auf meinem langen und intensiven beruflichen Weg

13

begleitet hatten. Aufgeräumte Stimmung, wohlwollende Blicke. Ich war gerührt, dass mir so viele die Ehre erwiesen. Nach der Tagung sollte ein Apéro stattfinden, ein Nachtessen, Musik, Kultur, geselliges Beisammensein. Mein Abschied aus dem Berufsleben. So wollte ich ihn haben. Ohne steife Ansprachen.

Was zu diesem Zeitpunkt niemand wusste: Ich selbst, der Heimleiter, war ein Heimbub. Das wollte ich an diesem Tag öffentlich machen. Endlich kundtun, dass man mich im Tessin als Säugling ins Heim verfrachtet hatte, weil meine Eltern jung und unverheiratet waren. Dass ich ein «figlio illegitimo» war, wie die Behörden festhielten, ein unehelicher Sohn, so wie Loosli. Unrechtmässig geboren. Kein Kind zum Herzeigen in der moralisch rigiden Schweiz der Nachkriegszeit. Ich wollte offenlegen, dass ich meine gesamte Kindheit und Jugend in Tessiner und Bündner Heimen verbracht hatte. Direkt aus der Wiege heraus versorgt wurde, bis ich über sechzehn Jahre alt war. Aus diesem doch so prägenden Teil meiner Biografie hatte ich immer ein Geheimnis gemacht, die belastenden Erfahrungen tief in mir drin vergraben. Nur das engste private Umfeld wusste Bescheid. Ich kenne ehemalige Heim- und Verdingkinder, die das Unsägliche nicht einmal ihren Ehepartnern gesagt haben. In meinem Fall mag die Geheimniskrämerei besonders unverständlich erscheinen. Da setzte ich mich ein Berufsleben lang für Heimkinder ein. Versuchte gemeinsam mit meinen Mitarbeitenden, den uns anvertrauten Jugendlichen Entwicklungschancen zu verschaffen. Kämpfte, wo ich konnte, gegen ihre gesellschaftliche Ausgrenzung an. Wurde Präsident von Integras, dem nationalen Fachverband für Sozial- und Sonderpädagogik. Als «Urgestein der Heimerziehung» bezeichnete man mich einmal in einer Jubiläumsbroschüre, mir wurde «Ausstrahlung auf den ganzen Berufsstand» attestiert. Doch dieses Branchenvorbild schaffte es nicht, zu seiner Vergangenheit zu stehen. Ich wollte nie, dass die Leute wissen, dass ich keinen Vater habe und im Heim aufgewachsen bin.

Warum das lange Schweigen? Darauf gibt es keine einfache Antwort. Es ist die tiefe Scham der Heimkinder, gegen die keine rationalen Argumente ankommen. Und es sind verinnerlichte Schuldzuschreibungen. Über Jahre hatte man mir zu verstehen gegeben, ich sei als uneheliches

Kind weniger wert als andere. Als Kind war ich immer mehr zur Überzeugung gelangt, an meiner Situation im Heim selbst schuld zu sein. Später betrachtete ich meinerseits meine Kindheit und Jugend als minderwertig. Ich befürchtete, ein Eingeständnis könnte auf mich zurückfallen und meiner beruflichen Laufbahn schaden. Es wäre falsch, zu sagen, dass ich nicht darüber reden wollte – ich konnte es schlicht nicht. Ich brachte es einfach nicht über die Lippen, dass ich ein herumgeschubster Heimbub war. So beschönigte ich meinen Lebenslauf, stellte die Dinge dar, als ob alles ganz normal verlaufen wäre. Schrieb «Schulen in Pura TI und Zizers GR» – die Standorte der Heime – ins Curriculum, gab dem Vater, den ich nie kennengelernt habe, klangvolle italienische Namen. Sonst hätte ich Mitte der 1980er-Jahre meine erste Stelle als Heimleiter, damals noch in der Ostschweiz, vergessen können. Meine Herkunft wäre der Trägerschaft, die mich zum Bewerbungsgespräch lud, kaum geheuer gewesen. Die Crème de la Crème der Zürcher Jugendjustiz sass um den Tisch, neben honorablen St. Gallerinnen. Auch wenn niemand die Frage ausgesprochen hätte, so wäre sie doch insgeheim gestellt worden: Was, der Devecchi war so lange im Heim? Was stimmte nicht mit ihm? Ich wollte diesen Posten unbedingt, weil meine Frau ein Kind erwartete. Es war ein Glück, dass man mir die Stelle gab. Später, als ich im Berufsleben Fuss gefasst hatte, änderten sich die Beweggründe für mein Schweigen. Nicht über die Vergangenheit zu sprechen, wurde zum bewussten Entscheid. Ich wollte verhindern, dass jeder meiner Schritte als Heimleiter auf meine Biografie hin abgeklopft und interpretiert wurde.

Ich hatte Hunderte Gelegenheiten, von meinem Heimleben zu erzählen. Doch die innere Scham- und Schweigemauer hielt. Wenige Momente gab es, in denen ich am liebsten alles auf den Tisch gelegt hätte. Wenn betreute Jugendliche dem Heimleiter frustriert an den Kopf warfen, ich hätte ja keine Ahnung, was es heisse, im Heim zu leben. Doch, wollte ich ihnen zurufen, ich weiss es nur allzu gut. Oder als ich als frisch gebackener Heimleiter von linker, systemkritischer Seite angegriffen wurde. Weil mein Heim in der Ostschweiz eine geschlossene Wohngruppe erhalten sollte, nannte mich die Schriftstellerin Mariella Mehr öffentlich einen «Kerkermeister». Wir sind beide 1947 geboren. Als Kind einer jenischen Familie wurde Mehr den Eltern weggenommen und wuchs in Heimen auf, darunter auch in der Vorgängerinstitution des Heims, dessen Leitung ich zwecks Neuaufbau übernommen hatte. Als sie mich persönlich angriff, war ich kurz davor, mich als Schicksalsgenosse zu outen – und tat es dann doch nicht. Es wäre reine Notwehr gewesen, hätte als Anbiederung empfunden werden können. Der falsche Zeitpunkt. Ich schwieg weiter. Meine Jugend im Heim, sie machte mich verletzlich, misstrauisch, stumm. Ich wollte die Wahrheit mit ins Grab nehmen.

Ungefähr ein Jahr vor der Pensionierung kam mir erstmals der Gedanke, doch noch damit herauszurücken. Jetzt, wo ich mit dem langen Heimleben abschliessen würde, schien mir der Zeitpunkt gekommen. Es ging mir darum, der Fachwelt ein paar Gedankenanstösse zu hinterlassen. Vor allem die dunklen Kapitel der Schweizer Sozialgeschichte gehörten ausgeleuchtet und aufgearbeitet. Welches Unrecht fremdplatzierte Kinder und Jugendliche bis weit in die zweite Hälfte des 20. Jahrhunderts hinein erlitten hatten, verdrängte und verharmloste die Schweiz 2009 noch stark. Gleichzeitig hatte eine neue Welle kritischer Aufarbeitung durch Medien sowie Wissenschaftlerinnen und Wissenschaftler eingesetzt. Seit dem Frühjahr tourte die Wanderausstellung «Verdingkinder reden» mit Erfahrungsberichten Betroffener durchs Land. Ich war 2008 als Integras-Präsident mit den Ausstellungsmachern in Kontakt gekommen. Die Erkenntnis, dass die menschenverachtende Versorgung von Kindern und Jugendlichen in Heimen, Kliniken, Gefängnissen und bei Bauern vermehrt in den öffentlichen Diskurs drang, gab auch mir die Kraft, aus meiner Lähmung hinauszutreten. Ich war mit meinen belastenden Erfahrungen nicht allein.

Gerade die Heime mit der Thematik zu konfrontieren, schien mir umso nötiger, als ich die Branche oft als geschichtsblind wahrgenommen hatte. Bis heute höre ich von Institutionsvertretern, dass die Vergangenheit doch vorbei sei und mit der heutigen Situation in den Heimen überhaupt nichts mehr zu tun habe. Eine ignorante Haltung, die ich nicht teile, geradezu fahrlässig finde. Eine weitere Botschaft betraf die Heimerziehung und ihre Wirkung. Seit sie sich professionalisiert hat, wurde und wird viel über sie geredet. Doch es sind letztlich nicht nur pädagogische

Massnahmen, die etwas in einem Kind bewirken, sondern eigene Erlebnisse und Erkenntnisse. Wir Fachleute können Rahmenbedingungen setzen, aber wie das Leben herauskommt, können wir nicht bestimmen. Lediglich steuern, dass ein Jugendlicher den eigenen Willen so einsetzt, dass es ihm zugute kommt. Das hatte ich am eigenen Leib erfahren, und davon wollte ich berichten.

Ich gab der Fachtagung den etwas kryptischen Titel «60 Jahre Heimerziehung, ein Blick zurück in die Zukunft und ein Abschied». Tatsächlich habe ich zusammengezählt so viel Zeit im Heim verbracht. Das dürfte ein Rekord sein – einer, auf den ich gut verzichten könnte. Als die Gäste ihre Plätze eingenommen hatten, konnte die Veranstaltung beginnen. Sie fand in der Turnhalle auf dem Areal der Schenkung Dapples statt. Eine grosse Leinwand bedeckte die Sprossenwand. Darauf war ein Bild projiziert, die einzige Porträtaufnahme von mir als Kind. Sie zeigt mich im Alter von ungefähr sieben Jahren, genau weiss ich es nicht. Meine Kindheit ist nicht dokumentiert. Es gibt kaum Fotos, keine Schriftstücke, weder in den Heimen, in denen ich war, noch bei den Behörden, und schon gar nicht in der Herkunftsfamilie, aus der man mich entfernt hat. «Ein Heimleben geht zu Ende», stand neben dem Bild. «Der kleine Junge da», sagte ich fast beiläufig am Rednerpult, «das bin ich. Ich bin im Heim aufgewachsen.»

Heimleben

Kind der Schande

Die Hochwasserhosen enden weit über dem Knöchel, ich habe die Hände in die Taschen geschoben. Die Sonne scheint mir ins Gesicht, ich kneife die Augen zusammen, lächle schüchtern und ein wenig skeptisch. Entstand das Foto bei einem der seltenen Besuche meiner Mutter im Heim in Pura? Erhalten habe ich es jedenfalls von ihr, aber erst viele, viele Jahre später. Und noch später erfuhr ich, dass das Foto manipuliert ist. Ursprünglich standen da noch meine Grossmutter, meine Tante und zwei meiner Halbschwestern neben mir. Bevor meine Mutter mir das Bild überliess, beauftragte sie einen Verwandten, die anderen Familienmitglieder wegzuretuschieren, so dass ich am Schluss ganz allein dastand. Viel Aufwand, um mir zu signalisieren: Du gehörst nicht zu uns und wir nicht zu dir.

Ich war etwa fünf Jahre alt, als ich meine Mutter das erste Mal vor mir sah. Völlig überraschend war sie eines Tages da, sagte nichts, nahm mich nicht an die Hand. Stand einfach da, steif und gross und schön. Diese fremde Frau sollte meine Mama sein? Ich verstand es nicht. Keiner hier hatte eine Mutter oder einen Vater, die ihn besuchten. Im Heim in Pura hoch über dem Luganersee galten Eltern als Wesen von einem fremden Stern. Unerreichbar für uns. Die Frau, zu der ich Mueti sagen musste, war die Heimmutter Klärli. Ein paar Wochen später traf ein Brief ein. Ich riss den Umschlag auf. Aber da war nur ein Foto drin: «Zur Erinnerung», stand auf der Rückseite. Ein älteres Kind las mir die zwei Worte vor. Das war alles, sonst nichts. Kein Name. Ich hütete die Fotografie wie einen Schatz. Im Gegensatz zum Hochwasserhosen-Bild ist sie heute nicht mehr vorhanden. Sie muss bei einem meiner Umzüge von Heim zu Heim verloren gegangen sein, wie meine anderen wenigen Habseligkeiten auch. Wir Heimkinder besassen kaum etwas, und zu unseren Sachen wurde nicht so Sorge getragen, wie das in einer Familie der Fall gewesen wäre.

Nur zehn Tage lang lebte ich im Oktober 1947 als Neugeborener bei der Mutter in Lugano unten. Ich war ein Kind der Schande, lag in einem geliehenen Bettchen. Eine Frau mit Kind und ohne Ehemann? So etwas gehörte sich nicht. Die knapp zwanzigjährige Mutter sollte sich gar nicht erst an das kleine Wesen gewöhnen. Die Grossmutter, bei der sie noch wohnte, wollte es so. Sie hatte die junge Frau gedrängt: Es kann nicht bleiben. Es muss ins Heim. Für Uneheliche gebe es christliche Häuser, die würden sich des Buben annehmen. Die Grossmutter stammte aus Zürich, sie war reformiert. Schon bald hatte der Pfarrer der reformierten Diasporagemeinde von Lugano ein evangelisches Heim im Tessin gefunden. Das «Dio aiuta» in Pura ob Lugano, wo nur Deutsch gesprochen wurde. Dio aiuta – Gott hilft. Die Grossmutter packte ein paar Strampler zusammen, das Mützchen, das Jäckchen, das ihm jemand geschenkt hatte. Die Heimeltern aus Pura holten das Baby ab. Die Mutter war nicht da, als das Auto mit dem Kind davonfuhr. Die Grossmutter lief rasch ins Haus. Eine Sorge weniger. Und der unerwünschte Bub, dem man den Namen Sergio gegeben hatte, war nun aus ihrer aller Augen. Er war versorgt.

Das Auto brachte mich auf den Berg nach Pura, im Malcantone. Das Kinderheim befand sich in einem prachtvollen Haus mit Terrasse. Ein idyllischer Ort. Aussicht auf den Luganersee, Sonnenuntergänge, mediterranes Ambiente. Ein Haupthaus mit zwei Nebengebäuden, rund 30 000 Quadratmeter Land mit Gemüse- und Obstgarten, Feigenbäumen, Weinberg und Kastanienwald. Das Heim war ein Jahr zuvor von der Stiftung Gott hilft gegründet worden, als zwölftes dieser christlichen Trägerschaft schweizweit. «So möge dieses 12. Kinderheim Gott hilft im Tessin eine Stätte evangelischen Glaubenslebens sein, zum Zeugnis des herrlichen Gottesnamens!», schrieb Stiftungsgründer Emil Rupflin, ein ehemaliger

Heilsarmist, in einer Chronik. Es war der Ort, wo ich die ersten elf Jahre meines Lebens verbringen sollte. Zunächst war ich im «Zwergenhüsli» untergebracht, bei den Kleinsten, die noch nicht in den Kindergarten gingen. Man legte mich in ein Gitterbettchen. Hob mich morgens heraus, gab mir die Flasche, legte mich wieder hinein. Und machte die Türe zu. Ich wuchs heran. Zwischen anderen Kindern, die nicht meine Geschwister, und Erwachsenen, die nicht meine Eltern waren.

Was macht so ein Kind, wenn es an einem frühen Sommermorgen aufwacht und von einem Grauen gepackt wird? Draussen war noch dunkle Nacht, aber ich schlief nicht mehr, weil ich spürte, da war etwas, was mich bedrohte. Ich sah nichts. Dann, als in der Dämmerung das erste Licht auf mein Bett fiel, erspähte ich dieses schwarze, grosse Tier an der Wand. Ich hielt den Atem an und fiel in eine Starre, genau wie das Tier. Die Zeit stand still. Ich hoffte auf baldige Tagwacht und Rettung. Dann kam sie endlich, Tante Anneli, die Erlösung: «Kinder, schnell aufstehen!» Ich flüsterte: «Da ist ein schwarzes Tier an der Wand!» Tante Anneli schaute hin, liess mich allein. Ich wusste, jetzt würde ich sterben. Doch Tante Anneli kam mit einem leeren Glas aus der Küche zurück, schob das dunkle Ungeheuer hinein und sagte: «Den Skorpion schicken wir an eine Schulklasse nach Zürich. Die werden staunen. Dort kennen sie solche Tiere nicht.»

Tante Anneli war als Kind mit einem leichten Down-Syndrom selbst in ein Gott-hilft-Heim abgeschoben worden und als Erwachsene bei der Stiftung geblieben. Sie hatte nur kurz die Schule besucht und wusste, wie es war, ohne Eltern aufzuwachsen. Sie verteilte an uns Heimkinder all ihre Liebe. Diese kleine, behinderte Frau mit dem Klumpfuss, sie gab mir ein Stück von der Zuwendung, die mir sonst allenthalben fehlte. Wir Kleinkinder im Heim kannten nicht den vertrauten Geruch oder den liebevollen Blick einer Mama. Wir hörten nicht die beruhigend gemurmelten Worte eines Papas. Tante Anneli war die einzige Person, die mich hin und wieder in den Arm nahm. Sie tröstete mich heimlich, wenn ich bestraft worden war. Wenn ich weinend die Toiletten der Heimleiterfamilie putzen musste, die ich selbst nie benutzen durfte. Sie ermunterte mich, den Kopf oben zu behalten, wenn die Heimleiterbuben mich ärgerten und auslachten oder mir befahlen, dieses oder jenes zu tun, einfach weil ich ein Heimkind war und sie nicht. Tante Anneli lehnte im Fenster des «Zwergenhüsli» und spornte mich an, wenn ich ganz allein im grossen Gemüsegarten jäten musste, mit dem das Heim sich selbst versorgte. Nur dank ihres Zuredens überstand ich die endlosen Stunden. Ohne sie wäre ich vollends verloren gewesen in dieser Heimwelt, in der ein strenger Gott im Himmel oben den Menschen auf Erden die Freude am Leben nahm. In ihrer Tasche steckte immer ein Stück Schokolade. Woher sie die wohl hatte? Im Gott-hilft-Heim waren Süssigkeiten des Teufels. Tante Anneli tat, was getan werden musste. Sie war mein Halt, die Trösterin meiner ersten Lebensjahre. Die Entwicklungspsychologie weiss, dass ein Kind in diesen frühen Jahren die prägendsten Bindungserfahrungen macht. Es war Tante Anneli, die mir die Mindestdosis Urvertrauen in die Welt und die Menschen gab, ohne die kein Kind gross werden kann.

Viele Jahre später, als sie längst ins stiftungseigene Altersheim in Zizers gezogen und ich erwachsen war, besuchte ich sie von Zeit zu Zeit. Wenn sie mich von weitem erblickte, strahlte sie, als käme ihr eigener Sohn auf Besuch. Von ihrem Tod erfuhr ich nur zufällig, als ich auf dem Weg ins Engadin wieder einmal bei ihr vorbeischauen wollte. Gerne wäre ich bei ihrer Beerdigung dabei gewesen. Ich stellte mir vor, dass ich der Trauergemeinde erzählt hätte, wie sie sich nicht an die strengen Regeln der frommen Heimleute hielt, sondern ihrem Herzen folgte. Wie sie während vieler Nachtstunden auf einem Schemel neben den Kinderbetten sass, über uns wachend, weil eines krank war oder schlecht geträumt hatte. So viel Gutes hätte ich über sie gesagt, dass den anwesenden Heimleuten die Schamröte ins Gesicht gestiegen wäre. Niemand hätte mich daran hindern können. Ich war nicht mehr das Kind, das sie einst dafür bestraft hatten, dass es geboren war. Doch der Tag der Rache fand nur in meiner Fantasie statt. In Wirklichkeit stand ich ganz allein an Tante Annelis bescheidenem Grab auf dem Friedhof von Zizers. Still dankte ich ihr für alles, was sie mir gegeben hatte.

Hinter dem Wald

Ich kannte nichts anderes als den Alltag im Heim. Und ahnte doch, dass es jenseits unserer Zwangsgemeinschaft von etwa zwanzig Kindern etwas Grosses und Schönes gab. Die ganz Kleinen mussten noch nicht auf dem Feld arbeiten, weil ihre zarten Körper zu wenig hergegeben hätten. So war der Alltag eintönig, immer derselbe Trott. Ich stand morgens auf und zog die Kleider an, jeden Tag die gleichen. Mittags assen wir am langen Tisch das Einheitsmenü: Kartoffeln mit Gemüse. Kleine Ämtchen hatten auch die Kleinen, Geschirr abtrocknen, den Tisch abwischen, im Garten jäten. Mehrmals am Tag mussten wir die Hände falten und Gott danken. Wir waren kleine Betmaschinen, dazu bestimmt, das Leben vor dem Tod auszuhalten. Der Sonntag befreite uns von jeder Pflicht, ausser jener des Betens. Manchmal gingen wir in den Rebbergen spazieren. Sonst passierte nichts.

Einmal waren wir an einem warmen Sonntag im Spätsommer uns selbst überlassen. Ich schlich mich davon, ohne dass es jemand bemerkte. Ich wusste, irgendwo hinter den Bäumen gab es eine andere Welt, in der andere Menschen lebten. Kinder mit ihren Eltern, Geschwistern und Grosseltern. Ich lief durch den Kastanienwald, einfach immer geradeaus, so wie ich es gesehen hatte, wenn sich die Schulkinder am Morgen ins Dorf aufmachten. Ich rannte, fiel, schlug mir an einer Wurzel das Knie auf. Ich wusste, ich musste mich beeilen, sonst würden sie mich zurückholen. Am Waldrand sah ich eine Strasse vor mir, die zu den ersten Häusern des Dorfs führte. Es war heiss und staubig, ich hatte Durst. Die Wunde am Knie blutete. Ein Hund schlug an, versuchte, nach mir zu schnappen. Doch das war alles nicht so schlimm, solange ich nur einen Blick auf das Leben der anderen erhaschen konnte. Ich lief weiter und kam zu einem Platz mitten im Dorf, wo es einen Brunnen gab und Kinder sich gegenseitig nassspritzten. Wie herrlich! Eltern standen im Schatten der Bäume und lachten über ihre Buben in Badehosen, die kreischend herumhüpften. Die Mädchen schauten sehnsüchtig zu. Ich schlich hin und trank, niemand beachtete mich. Nach einer Weile fiel mir ein, dass sie im Heim wohl bald mein Fehlen bemerken würden. So schnell, wie ich gekommen war, rannte ich zurück. Dorthin, wo ich nicht sein wollte, aber sein musste, weil es keinen anderen Ort für mich gab. Als ich ankam, merkte ich: Niemand hatte mich vermisst.

Eines Tages hiess es, ich komme nächste Woche in den Kindergarten in Pura. Ich freute mich. Wir waren zu zweit, Anna und ich. Was uns wohl erwartete? In der Nacht davor machte ich vor lauter Aufregung kaum ein Auge zu. Am Morgen schickte man uns ohne Begleitung auf den Weg. Hand in Hand liefen Anna und ich ins Dorf, vorbei an den Rebbergen, durch den Wald, über die lange Hauptstrasse. Vor dem Kindergarten blieben wir stehen, hielten uns immer noch an den Händen. Wir waren viel zu früh. Wir standen und staunten. Konnten uns kaum sattsehen an der dörflichen Szenerie, den Steinhäusern, der Kirche, der Schule. An den Menschen, die vor ihren Häusern standen und einen Schwatz hielten. Nach und nach trafen die anderen Kinder mit ihren Müttern ein, die oft noch ein Geschwisterchen auf dem Arm trugen. Anna und ich hielten uns etwas abseits, stumm und mit wachsender Verlegenheit. Ich schämte mich. Für die schäbigen Kleider, die wir trugen. Dafür, dass keine Mutter an unserer Seite stand.

Die Kindergärtnerin, die wir Signorina nannten, klatschte in die Hände, rief uns Kinder zusammen. Im Haus gab es Bücher, Spielzeugautos und Puppen. So etwas hatten wir im Heim nicht. Kleine rote Stühlchen standen im Kreis, über jedem lag eine hellblaue Schürze. Anna und ich zogen sie an und setzten uns. Wenigstens für einige Stunden sahen wir gleich aus wie die Dorfkinder. Nach dem Kindergarten trödelten wir die Dorfstrasse hinauf, durch den Wald, zurück ins Heim. Immer wieder blieben wir stehen, um das Gefühl dieses Tages so lange wie möglich auszukosten. Als wir die Treppe hochstapften, roch es nach Fenchel und Bohnerwachs. Wie war mir das alles zuwider. Die Heimmutter empfing uns schimpfend: «Ja wo seid ihr denn so lange geblieben?» Ich schwieg. Dann nahm ich allen Mut zusammen und fragte: «Warum kommen mich meine Eltern nicht abholen? Jetzt warte ich schon so lange.» Mueti Klärli wandte den Blick ab. «Du solltest nicht so undankbar sein, Sergio. Sei froh, ein Dach über dem Kopf zu haben.»

Drei Jahre lang besuchten Anna und ich von morgens um neun bis nachmittags um vier den Kindergarten im Dorf. So waren wir wenigstens ein Stück weit angeschlossen an die Welt jenseits des Waldes. Die Signorina behandelte uns Heimkinder nicht anders als die Dorfkinder. Im Sommer zogen wir alle zusammen singend durch die Rebberge und sammelten Schneckenhäuschen. Sie zeigte uns Schmetterlinge, Blumen und Vogelnester, in denen die Jungvögel von den Eltern gefüttert wurden. Im Winter spielten wir drinnen. Jeden Morgen freute ich mich auf das Mittagessen im Kindergarten: Pasta und Tomatensauce mit Fleisch. Es war eine schöne Zeit. Doch nachmittags, wenn die Dorfkinder ihrem Elternhaus zustrebten, mussten wir zurück ins Heim. Ich verstand es nicht, wir beteten doch mehr als alle anderen Menschen auf der Welt. Hatte Gott uns vielleicht übersehen in unserem kleinen Winkel hinter dem Wald? Ich flehte ihn an, mir eine Mutter und einen Vater zu schenken.

Ich wuchs aus meinen geflickten Kleidern heraus, hinein in andere geflickte Kleider. Auch den ersten Schultag im Dorf bestritt ich allein. Freudig lernte ich bei der Lehrerin, Signora Poretti, lesen, schreiben, rechnen. Manchmal lieh sie mir ein Buch aus, in dem ich heimlich schmökerte. Im Heim war nur fromme Erbauungsliteratur erlaubt. Ich lebte recht bindungslos in meiner Welt, hatte kaum Freunde, weder im Heim noch im Dorf. Bis auf Edgardo, der mit seiner Mutter und Grossmutter in einem ärmlichen Steinhaus mitten in Pura wohnte. Seinen Vater kannte er nicht. Jeden Morgen wartete er auf mich, und wir trabten zusammen zur Schule. Die anderen wollten nichts mit ihm zu tun haben. Sie nannten ihn «spüzzon», Stinker, weil er sich kaum wusch und seine Kleider selten wechselte. Mir war das egal. Ich roch ebenfalls nach Stall und wurde deshalb gemieden. Wir zwei Aussenseiter taten uns zusammen, er besuchte mich im Heim, aber nur heimlich, denn Kinder aus dem Dorf durften nicht dorthin kommen, da sie katholisch waren und uns der Umgang mit den Falschgläubigen verboten war. Das seien schlechte Menschen, wurde uns eingetrichtert.

Als ich später in ein anderes Heim im Bündnerland umplatziert wurde, verloren Edgardo und ich uns aus den Augen. Erst Jahrzehnte später trafen wir uns wieder, zwei inzwischen ältere Herren. Er hatte eine Sendung im Tessiner Radio gehört, in der ich zu Wort gekommen war, und mich daraufhin via Redaktion kontaktiert. Wir verabredeten uns in der Innerschweiz, wo er mit seiner Familie lebte. Edgardo war Architekt geworden. Obwohl wir uns so lange nicht gesehen hatten, erkannte ich ihn sofort, als er mich vom Bahnhof abholte. Seine einst schwarzen Locken waren weiss geworden. Er sprach von unseren gemeinsamen Tagen in Pura, darüber, dass er sehr geweint habe, als ich plötzlich weggezogen sei. Und so tauchte auch bei mir die Erinnerung wieder auf. Ich realisierte, dass ich Edgardo aus reinem Selbstschutz vergessen hatte. Die Trennung vom einzigen Kindheitsfreund hatte einfach zu wehgetan. Manchmal frage ich mich, wie ich nur leben konnte ohne schöne Erinnerungen.

Im Heim in Pura wurden wir Kinder ja angehalten, zu den Heimeltern Vati und Mueti zu sagen. «Vati» Alex und «Mueti» Klärli wurden von «Onkeln» und «Tanten» unterstützt. Alle Mitarbeitenden des Heims waren so anzusprechen, selbst unter den Erwachsenen war die Anrede üblich. Das sollte uns die Familie ersetzen. Hin und wieder – lange nicht jedes Jahr – erhielt ich echten Familienbesuch. Das war wunderbar und schrecklich zugleich. Eines Tages kreuzte die Grossmutter in Pura auf, zusammen mit ihrer jüngsten Tochter Edi, meiner Tante. Freudestrahlend flitzte ich die Treppe hinunter – bis mich eine unsichtbare Schranke abrupt stoppte. Grossmutter, eine hagere, zugeknöpfte Frau mit zurückgebundenen Haaren, hielt mich körpersprachlich auf Distanz. Sie schützte sich vor der Zuneigung ihres Enkelkinds, das sie ins Heim abgeschoben hatte. Ich bekam es mit der Angst zu tun, als ich sie dort stehen sah.

Erst später begriff ich, dass meine Grossmutter es nicht leicht gehabt hatte im Leben. Sie war der Liebe wegen von Zürich Oerlikon nach Lugano gekommen, hatte einen Schiffsführer namens Devecchi geheiratet. Mein Grossvater arbeitete als Kapitän auf dem Ceresio, dem Luganersee. Er sprach immer mehr dem Alkohol zu und starb mit fünfzig. Grossmutter stand als mittellose Witwe da, ohne Ersparnisse und – damals noch – ohne Hinterbliebenenrente. Die Stadt um Sozialhilfe zu bitten, kam für sie nicht in Frage. Dazu war sie zu stolz. Um sich und die vier Kinder über Wasser zu halten, ging sie putzen und waschen. Ein fünftes Kind war früh gestorben. Grossmutters Leben glich zwinglianischer Pflichterfüllung:

Auf Erden musste man leiden, um es dereinst im Himmel oben schön zu haben. Da war keine Zeit für Zärtlichkeit.

Ich stolperte hinter der Grossmutter und der Tante her, durch den Wald Richtung Dorf, wo wir auf den Wirtshausgarten zuhielten. Es war der erste Restaurantbesuch meines Lebens. Wir sassen unter alten Platanen und blauem Himmel. Grossmutter bestellte für mich ein Orangina. «O, das darf ich nicht trinken», wandte ich ein. Im Heim waren süsse Getränke mit Kohlensäure verboten. «Du bist jetzt hier und nicht im Heim», herrschte sie mich an. Das sehe ja keiner. Zügig trank ich die Flasche leer. Es schmeckte köstlich. Wir sassen da. Ich hätte ihnen gerne so vieles erzählt und sie so vieles gefragt. Nach meiner Mutter, meinem Vater. Aber ich getraute mich nicht, und auch sie stellten mir keine Fragen. Grossmutter zahlte. Tante Edi hatte die Idee, mich in die katholische Kirche zu schleppen. Aber ich war doch im Heim gerade reformiert getauft worden! «Stell dich nicht so an», sagte sie. Es sei schön dort drinnen. Und tatsächlich, das halbdunkle Gotteshaus war nicht mit der nüchternen Heimkapelle bei uns oben zu vergleichen. Die Kerzen tauchten die Madonna in ein warmes, gütiges Licht. Der Tabernakel glänzte, das ewige Licht flackerte. Edi schenkte mir zehn Rappen. Ich zündete ungeschickt eine Kerze an und wünschte mir, dass meine Familie mich endlich lieb hatte. Wir eilten zum Bahnhof. Grossmutter und Edi stiegen in das Züglein, winkten kurz, und weg waren sie. Auf dem Heimweg durch den Wald setzte ich mich auf einen Baumstrunk und dachte über die vergangenen Stunden nach. Ich war zwar enttäuscht, dass sie mich zurückgelassen hatten – aber immerhin, sie hatten mich besucht.

Die Besuche meiner Mutter in Pura kann man an einer Hand abzählen. Sie kam immer unangemeldet. Umarmte mich nicht, sagte kein liebes Wort, brachte mir nichts mit. Wir waren jeweils beide verlegen. Manchmal machten wir einen kleinen Spaziergang ums Haus. Sie hatte inzwischen eine Familie. Zwei Jahre nach meiner Geburt hatte sie einen Betreibungsbeamten geheiratet, das Paar bekam drei Töchter. Ich erfuhr davon erst viele Jahre später, von meiner Lehrerin Signora Poretti in der Schule von Pura. Die Nachricht ging mir nicht mehr aus dem Kopf. Ich schrieb alle meine Schulhefte von Devecchi auf den neuen Nachnamen meiner

Mutter um und wurde dafür getadelt. Ich verstand es einfach nicht. Warum hiess ich als Einziger in der Familie anders? Und vor allem: Warum durfte ich nicht bei ihnen leben? Ich war doch auch Mutters Kind, ich war doch ihr Sohn. Aber sie schwieg konsequent zu dieser Frage. Die kostbaren Besuchsminuten vergingen, ohne dass wir uns viel zu sagen hatten. Zum Abschied gab ich ihr artig die Hand. Sie drehte sich um und eilte hinunter Richtung Caslano, um von dort die Bahn zurück nach Lugano zu nehmen. Ihr bunter Sommerrock schlug ihr um die Beine. Bald war sie im Wald verschwunden. Was mache ich nur falsch, fragte ich mich jedes Mal, wenn sie wieder gegangen war. Manchmal kam sie in Begleitung ihres Bruders oder meiner Grossmutter. Dann musste sie nicht mit mir allein sein. Die Erwachsenen redeten, ich trottete hinter ihnen her. Nach einer Stunde war der Spuk vorbei. Ich ging in den Stall und striegelte die Kühe. Die Tiere fühlten sich warm an.

Eine einzige Nacht verbrachte ich mit meiner Mutter unter dem gleichen Dach. Sie hatte mir eine Karte geschrieben und mich zu Weihnachten eingeladen. Ich sollte an Heiligabend bei ihnen übernachten. Ich konnte mein Glück kaum fassen. Meine älteste Halbschwester Silvana holte mich am Bahnhof in Lugano ab, im Haus warteten bereits alle auf uns. Meine Mutter hatte die schwarzen Haare hochgesteckt, sie war eine wunderschöne Frau. In der Küche stand eine Schüssel mit Kartoffelsalat auf dem Tisch, auf dem Gasherd kochte das Wasser für die Wienerli. Ein Festessen. Im Wohnzimmer brannten die Kerzen am Christbaum. Bald stimmten wir «O du Fröhliche» an, Mutter und Töchter herzten sich, der Vater meiner Halbschwestern stand etwas abseits und wachte über die Kerzen. Das Bäumchen glitzerte. Alle erhielten ein Geschenk, ich packte ein Hemd aus. Es war alles genau so, wie ich es mir vorgestellt hatte. Und doch wurde ich immer bedrückter. Ich begann, zu begreifen, dass ich hier nur zu Gast war. Ein Eindringling. 24 Stunden duldeten sie mich in ihrem Kreis, dann musste ich ins Heim zurückkehren, und sie würden ihr gewohntes Familienleben wieder aufnehmen.

Für die Nacht wurde mir ein Lager auf dem Sofa bereitet. Am Weihnachtsbaum hingen silberne Tannzapfen aus Schokolade – unwiderstehlich für ein Heimkind auf Entzug in so vielen Belangen. So leise wie möglich stand ich vom Sofa auf, pflückte die Tannzapfen vom Baum und machte mich über das Naschwerk her. Zehn Stück verschlang ich, obwohl ich zuvor bereits drei Wienerli gegessen hatte. Am nächsten Morgen konnte ich meiner Mutter vor lauter Scham kaum in die Augen schauen. Aber sie sagte nichts. Mein Bauchweh war wohl Strafe genug. Am Nachmittag ging es wieder zurück nach Pura. «Ciao Sergio, machs gut!» Täuschte ich mich, oder waren sie erleichtert? Auf der Heimfahrt im Zug würgte mich ein Kloss im Hals.

Einige Male verbrachte ich ein paar Tage Sommerferien bei meiner Grossmutter in Lugano. Sie wohnte im Arbeiterviertel Molino Nuovo, zusammen mit ihrer jüngsten Tochter Edi. Auch meine drei Halbschwestern waren zeitweise dort. Wir quetschten uns zu sechst in die kleine Sozialwohnung. Grossmutter putzte bei reichen Luganesern und Deutschschweizern: Hoteldirektoren, Pfarrern, Rechtsanwälten. Sie nahm uns mit, wenn die Herrschaften abwesend waren. Ich betrat eine Welt von Luxus und Besitz, die mir bis dahin völlig unbekannt gewesen war. Mein Zimmer im Heim in Pura teilte ich mit vier anderen Buben. Ich besass nur das Foto, das meine Mutter einst von mir gemacht hatte, und das Knisterpapier der Schokoladentannzapfen, das ich von der Weihnachtsfeier aufbewahrt hatte. Beides hob ich in der Nachttischschublade auf. Und nun diese Pracht – wir Kinder kamen aus dem Staunen kaum mehr heraus. Grossmutter arbeitete sich verbissen an dem ganzen Glanz ab. Sie polierte die Spiegel, schrubbte die Bäder, saugte die teuren Teppiche. Meine Halbschwestern und ich hockten in den plüschigen Fauteuils und langweilten uns. Die Grossmutter hatte uns eingeschärft, nichts anzufassen. Ich betrachtete die umstehenden Fotos. Aus silbernen Rahmen lachten mir Familien entgegen. Alle elegant gekleidet, alle glücklich. Ich schlief ein im warmen Polster. Es war immer noch besser, als im Heim zu sein. «Kommt, wir gehen», rief die Grossmutter. Daheim schlugen wir die Zeit weiter tot. Grossmutter war erschöpft und hatte nicht auch noch die Kraft, sich mit uns abzugeben. Sie schickte uns früh zu Bett. Draussen im Hof hörte ich die anderen Kinder spielen. Ich öffnete das Fenster und sah ihnen zu. Wie gerne hätte ich mitgespielt. Doch ich getraute mich nicht. Zu gross war die Angst, dass sie meine Herkunft aus dem Heim entdecken und mich deswegen zurückstossen würden.

Nachdem ich mit elf Jahren ins Gott-hilft-Heim ins bündnerische Zizers verschoben worden war, fuhr ich nie mehr zur Grossmutter in die Ferien. Auch die Besuche der Verwandten bei mir hörten ganz auf. Fast sechs lange Jahre liess sich niemand mehr im Heim blicken, nicht einmal meine Mutter.

Hatte die Mutter in der Zeit in Pura mindestens hin und wieder leibhaftig vor mir gestanden, blieb mein Vater für mich zeitlebens vollkommen unsichtbar. Ich wusste nicht, wer er war und ob er überhaupt noch lebte. Ich empfand über meine Vaterlosigkeit tiefe Scham, und meine Sehnsucht nach ihm wuchs von Tag zu Tag. Also erschuf ich ihn mir in meiner Fantasie. Im Kindergarten und später in der Schule schaute ich mir die Väter meiner Kameraden genau an. Sie waren nicht so stark, nicht so schön, nicht so gross und nicht so liebevoll wie meiner. Sie konnten meinem Vatergeist nicht das Wasser reichen. Er begleitete mich auf allen meinen Wegen, redete mit mir, gab mir Ratschläge, tröstete mich in den dunkelsten Stunden. Abends stand er an meinem Bett und sagte mir gute Nacht. Wenn ich im Rebberg Ruten schneiden musste, stand er mir bei, in Hitze und strömendem Regen. Auch später, nachdem man mich von Pura nach Zizers verschoben hatte und ich vor Heimweh fast umkam, war er bei mir.

Lange Jahre konnte ich nicht akzeptieren, dass die Heimleiter mein Schulzeugnis unterschrieben. Da gehörte der Name meines Vaters hin. Auch das Titelblatt des Zeugnisses irritierte mich: Dort, wo der Vatername hätte stehen müssen, klaffte eine Lücke. Kaum hatte ich lesen und schreiben gelernt, begann ich die Lücke zu füllen. Einmal trug ich Giovanni ein, einmal Alberto. Die Lehrerin und der Heimleiter schimpften, als sie es entdeckten, doch ich wollte sein wie meine Klassenkameraden, ich suchte die Normalität. Niemand erklärte mir, warum ausgerechnet ich keinen Vater haben sollte. Und so entstand mit den Jahren ein Riesentabu, das auch in mir wirksam wurde. Ein Kind, dem man keine Antworten gibt, wenn es etwas über die Umstände seiner Geburt erfahren will, glaubt, dass ein Makel an ihm haftet. Etwas Schmutziges, Böses.

Auch nach meiner Zeit im Heim erfand ich noch Namen, wenn für Dokumente nach dem Namen des Vaters gefragt wurde. Und das war oft der Fall. Im Tessin herrscht bis heute die Unsitte, dass auf wichtigen Papieren dessen Name zu stehen hat. Ist der Vater am Leben, steht «di» (von). Ist er gestorben, heisst es «fù» (gewesen). Irgendwann verlor ich den Überblick über die Namen, doch das war immer noch weniger schlimm, als enttarnt zu werden. Noch komplizierter wurde es, wenn ich mich in einer Gesellschaft vorzustellen hatte. Rasch tauchte jeweils die Frage nach dem Vater auf. Devecchi von wem und von wo? Von Arogno oder Castagnola? Hätte ich «di Edvige» – so heisst meine Mutter – gesagt, wäre meinem Gegenüber sofort klar gewesen, dass ich ein Unehelicher war. Sagte ich «di Mario», begann mein Gegenüber angestrengt zu überlegen und bohrte nach. Ich hasste die Ausfragerei. Die Vertuschung meiner Herkunft kostete mich über lange Jahre viel Kraft.

Bis ins Erwachsenenalter glaubte ich fest daran, dass mein Vaterheld eines Tages vor mir stehen, mich an sich drücken und mich um Verzeihung bitten würde, dass er mich so viele Jahre aus seinem Leben verbannt hatte. Ich würde ihm um den Hals fallen, und alles Schlechte wäre vergessen. Ich hätte einen Vater für den Rest meines Lebens. Als ich aus dem Heim entlassen wurde, lief ich durch die Strassen von Lugano und sah jedem Mann ins Gesicht. Vielleicht war einer von ihnen mein Vater? Vielleicht würde ich ihn zufällig erkennen, weil wir uns doch bestimmt ähnlich sahen? Doch ich habe meinen Vater nie gesehen. Eine eigenartige Scheu hielt mich stets davon ab, Nachforschungen anzustellen. Wahrscheinlich aus Angst, auch von ihm zurückgewiesen zu werden.

Jahre später, als ich selbst schon die ersten grauen Haare hatte, rief mich meine Mutter an. Ein kurzer Kontaktflash nach langer Funkstille. Heute sei mein Vater gestorben. Im 76. Lebensjahr. Er sei schwer krank gewesen. Mehr sagte sie nicht. Sie nannte nicht einmal seinen Namen, obwohl ich sie danach fragte. Die Todesnachricht löste keine grossen Gefühlsregungen in mir aus.

Zwangsgetauft

Die Stiftung Gott hilft war 1916 vom Heilsarmee-Offizierspaar Emil und Babette Rupflin gegründet worden. Die Erziehung in den Heimen war streng und fundamental-religiös. Wir waren bedürftige Kinder, da konnte nur noch eine höhere Macht helfen. Schon den kleineren Kindern erzählte unsere Heimmutter Klärli jeden Abend eine Geschichte aus der Bibel. Einmal ging es um einen Weinberg, in dem sich ein Stock in eine Schlange verwandelt. Ich nahm mir vor, das Wunder zu überprüfen. Als ich kurze Zeit später wieder einmal allein im Rebberg die Ruten schneiden musste, schien mir die Gelegenheit günstig. Ich schlug dreimal mit dem Stock auf den Boden – keine Schlange weit und breit. Mein Kinderglaube bekam einen ersten Riss. Ich war wütend und schlug mit dem Stock auf den Boden, bis er brach. Mueti Klärli hat gelogen, dachte ich, aber ich beschloss, das für mich zu behalten.

Später nahm ich am Religionsunterricht des reformierten Pfarrers von Lugano teil. Er kam extra nach Pura hoch, um mit uns Heimkindern in der Bibel zu lesen. Eines Sonntagmorgens im April 1956 hiess es: «Sergio, jetzt wirst du getauft.» Ich war ungetauft ins Heim gekommen, nun, mit neun Jahren, sollte das Sakrament nachgeholt werden. Die reformierte Taufe würde entscheidend zu meiner Rettung beitragen. Am Ende des Gottesdiensts im Speisesaal stellten sich meine beiden Taufpaten links und rechts neben mich hin: Gotte Hulda und Götti Jakob, beide Mitarbeitende des Heims. Der Pfarrer benetzte meine Stirn und murmelte vor sich hin. Ich hielt still und wusste nicht, wie mir geschah. Dann war es schon vorbei. Der Rest des Tages verlief wie gewohnt: am Mittag Gemüsepampe am langen Tisch, zum Dessert einen schrumpeligen Apfel, dann Sonntagslangeweile.

Meine Mutter und meine Halbschwestern waren katholisch, da meine reformierte Grossmutter einen Katholiken geheiratet hatte. Ich war nun reformiert in katholischer Umgebung, was ich bald zu spüren bekam. Bisher hatte ich zu den Buben gehört, die bei festlichen Anlässen in der Dorfkirche Pura die Glocken läuten durften. Wir kletterten auf den Turm, schlugen mit der Faust auf eine übergrosse Taste und bewegten so einen

Hammer. Die unterschiedlich grossen Glocken erzeugten Töne, die wir zu Melodien zusammenfügten. Es war für mich eine grosse Freude und Ehre, wenn ich wieder an die Reihe kam, für die Festgemeinde auf dem Dorfplatz unten das Glockenspiel zu betätigen. Die Leute sahen nach oben und staunten, welchen Klang der schmächtige Bub zustande brachte. Doch nun, frisch reformiert, durfte ich dieses Ämtlein in der katholischen Kirche nicht mehr ausüben. Das Religiöse war wichtiger als soziale Kontakte und meine Integration in die Dorfgemeinschaft. Auch der Religionsunterricht gemeinsam mit den Schulkolleginnen und -kollegen beim katholischen Dorfpfarrer von Pura hörte auf. Dabei war mir in der heimeligen Stube des Pfarrers immer sehr wohl gewesen. Manchmal hatte er das Radio eingeschaltet, und wir lauschten den Nachrichten aus aller Welt, die nie bis zu uns ins Heim drangen. Fortan schickte man mich nach der Schule zu Fuss nach Magliaso. Dort brachte der reformierte Pfarrer, der mich getauft hatte, die wenigen evangelischen Kinder im Malcantone auf den rechten religiösen Weg.

Meine neu gewonnene Gotte Hulda verliess das Heim bald danach, um ihrem ledigen Bruder Alfons in Turgi im Aargau den Haushalt zu führen. In den Sommerferien lud sie mich manchmal ein. Ganz allein fuhr ich mit dem Zug hin. Onkel Alfons besass eine grosse Giesserei. Das weisse Wohnhaus mit den grünen Fensterläden lag in der Nähe der Fabrikhalle, und ich durfte den italienischen Gastarbeitern helfen, was mir keine Last, sondern ein Vergnügen war. Sie freuten sich, dass ich Italienisch sprach, und zeigten mir meine Aufgaben. Sie lobten mich und teilten in der Pause ihr Znüni mit mir: Salami und Brot. Ich kam mir vor wie der Sohn des Fabrikanten und genoss die kleine Hochstapelei. Wenn Onkel Alfons Kunden besuchte, durfte ich ihn begleiten. Stolz sass ich vorne neben ihm im schnittigen Lancia-Cabrio, den Fahrtwind im Gesicht. Wir hörten Autoradio und sangen beide lautstark mit, ich war in diesen Momenten restlos glücklich. So hätte mein Leben sein sollen. In Turgi war ich nicht der Heimbub, sondern Sergio, der zur Familie gehörte.

Gotte Hulda liess mich jeden Tag einen Psalm auswendig lernen und Dankesgebete aufsagen. Onkel Alfons verdrehte die Augen. Er teilte die Gottesbegeisterung seiner Schwester nicht. Gotte Hulda und ich schlossen ihn in unser Gebet ein: «Lieber Gott, mach, dass Onkel Alfons endlich fromm wird.» Jeden Abend ratterte ich das Sprüchlein herunter. Es blieb mir wie ein Mantra, aus lauter Gewohnheit sagte ich es auch dann noch vor dem Einschlafen auf, als ich längst nicht mehr im Heim lebte. Unsere intensiven Bemühungen um Onkel Alfons' Seelenheil blieben allerdings fruchtlos. Er wollte einfach nicht fromm werden. «Du musst nicht alles glauben, was sie dir vorbetet», sagte er zu mir. Ich ahnte, dass er recht hatte. Als die Ferien vorbei waren und ich ins Heim zurückmusste, schlang ich die Arme um seinen Bauch, als wäre er mein Vater. Er tätschelte mir den Rücken: «Komm nächstes Jahr wieder, Sergio!» Im Zug hätte ich am liebsten die Notbremse gezogen. Im Heim fragte niemand nach meinen Erlebnissen, obwohl ich fast platzte vor Mitteilungsbedürfnis. Bald kehrte wieder der Alltag ein.

Jeden Sommer trafen sich Mitarbeitende und Kinder aller Gott-hilft-Heime an einem Wochenende zu einem Fest in Zizers. Es war einer der wenigen Höhepunkte im öden Heimalltag. Am Abreisetag standen in Pura schon am frühen Morgen lange Holzwagen mit Pferden vor dem Haus. Frisch geschnittene Tannenzweige schmückten die Gespanne. Die Pferde zogen uns die Berge hoch, dann wieder runter, vom Tessin bis nach Graubünden. Wir Kinder, die Tanten, Onkel und die Heimeltern sassen auf Bänken und sangen fromme Lieder. Am Abend hielt die Wagenkolonne an, die Pferde wurden auf eine Wiese getrieben. Wir bauten die Zelte auf. Stundenlang sassen wir ums Feuer, in dessen Glut Kartoffeln lagen. Spät in der Nacht krochen wir in unsere Zelte. Wenn es klar war, leuchteten am Himmel die Sterne. Bei schlechtem Wetter drängten wir uns unter die Plane und hörten dem Prasseln des Regens zu, bis wir einschliefen. Und dann, am nächsten oder übernächsten Nachmittag, tauchte Zizers vor uns auf, wo das Gott-hilft-Mutterhaus stand.

Es wurde vom Sohn des Gründerpaars Emil und Babette Rupflin geführt. Die beiden lebten inzwischen nebenan im stiftungseigenen Altersheim Eben-Ezer. Emil Rupflin hatte seinerzeit das Jahresfest angeordnet, um die Gott-hilft-«Familie» zusammenzuschweissen. Aus mehreren Kantonen der Schweiz trafen die Pferdetrecks ein. Wir sangen fromme Lieder, leierten fromme Sprüche herunter, führten fromme Theaterszenen auf.

Rupflin sah uns mit väterlichem Wohlwollen zu. Das war alles ganz nach seinem Geschmack. Wir Kinder waren freier als sonst und genossen die Abwechslung. Am Montag war das Fest vorbei, und wir machten uns alle auf, um in unsere Heime zurückzukehren. Ein langer Zug von Pferdewagen setzte sich in Bewegung. Die Dorfkinder von Zizers bestaunten das altertümliche Schauspiel und liefen hinter uns her. Wer fuhr schon in den 1950er-Jahren noch mit Ross und Wagen ins Tessin?

Der Sommer brachte auch andere willkommene Unterbrechungen. Jedes Jahr kreuzte ein verwegener Fremder auf einem Motorrad mit Seitenwagen auf, der Bruder eines Heimmitarbeiters. Wir Kinder fürchteten uns vor ihm, gleichzeitig faszinierte er uns. Er war von fester Statur, hatte eine Glatze und trug einen langen, schwarzen Mantel. «Guten Abend», sagte er auf Hochdeutsch und setzte sich zu uns an den Esstisch. Am nächsten Morgen kramte er eine Tüte Karamellbonbons aus der Hosentasche und stellte jedem Bub, der sich von ihm die Haare schneiden liess, eine Belohnung in Aussicht. Das musste man uns nicht zweimal sagen, in einer Reihe stellten wir uns draussen auf dem Acker vor ihm auf. Am Ende des Tages lag ein Haufen Haare am Boden, und wir Buben waren so kahlköpfig wie der Coiffeur selbst. Warum gerade er uns die Haare schnitt, und woher seine eigenartige Freude an dieser Aufgabe rührte, weiss ich nicht. Wir Buben machten nur um der Süssigkeiten willen mit. Genüsslich lutschte ich das Caramel mou, ich hatte den Geschmack noch im Mund, als ich mich beim Mittagessen über meine Kartoffeln und Rüebli beugte.

Eines Sommers fragte ich den Mann: «Kannst du mich mit dem Töff zu meiner Mutter fahren?» Meiner Lehrerin war zu Ohren gekommen, dass mich meine Mutter und ihre Familie nun vielleicht doch zu sich nehmen würden. Sie hatte mir deren Adresse in Lugano auf einen Zettel geschrieben. Wir fuhren los, der dicke Mann auf der schweren Maschine mit dem schmalen Jungen im Seitenwagen. Gerne hätte ich jetzt meinen Schulkameraden zugewinkt, doch in der heissen Mittagszeit hielt sich kaum jemand draussen auf. Die Adresse in der Stadt war problemlos zu finden, die Haustüre stand offen. Leise schlich ich die Treppe hoch, um die Mutter, die Halbschwestern und deren Vater zu überraschen. Mein

Herz pochte. Würden sie sich freuen, mich zu sehen? Es war ganz still im Haus. Da erschien die Mutter, ganz in Schwarz. «Ciao, ich bin allein. Du kannst nicht hierbleiben und musst wieder gehen», sagte sie mit Grabesstimme. «Aber ich wollte doch nur ...», stammelte ich, kehrte um und rannte über die Strasse. Im gleissenden Licht fuhren wir wieder bergwärts, der Fahrer fragte nichts. Meine Schmach war gross. Erneut platzte der Familientraum. Was für ein törichter Junge ich doch war.

Nach den Ferien erzählte ich der Lehrerin von dem missglückten Ausflug. Sie klärte mich über die Geschehnisse auf. Der Mann meiner Mutter habe an Depressionen gelitten, derart schwer, dass er sich das Leben genommen habe. Aufwühlende Nachrichten für einen Primarschüler. Erst im Erwachsenenalter erfuhr ich von meiner Halbschwester, wie schrecklich und dramatisch alles abgelaufen war. Ihr Vater liess das Gas vom Herd in die Wohnung strömen, er wollte seine drei Kinder in den Tod mitnehmen. Ich hatte den Mann meiner Mutter nur flüchtig gekannt und ihn gemocht, weil er mich ab und zu ins Fussballstadion Cornaredo mitgenommen hatte, wenn ich bei der Grossmutter in den Ferien war. Nach seinem Tod entzog die Vormundschaftsbehörde meiner damals 27-jährigen Mutter die drei Töchter und platzierte auch diese in einem Heim.

Wenigstens keine Kommunisten

Teilweise schon im Kindergartenalter, spätestens aber ab der ersten Klasse musste ich im Landwirtschaftsbetrieb des Heims mitanpacken. Tag für Tag, erst recht in den Ferien. Nach dem Unterricht kehrten wir Heimkinder rasch zurück, um unsere Pflicht zu erfüllen, während die Dorfkinder noch schwatzten und es nicht eilig hatten, nach Hause zu kommen. Ich wurde oft in den Rebberg geschickt. Tage-, ja wochenlang schnitt ich die Ruten, wie man es mir gezeigt hatte, und band sie fest. Im Sommer dünnten wir das dichte Buschwerk aus, im Herbst lasen wir die Trauben. Sie wurden nicht zu Wein, sondern zu Saft verarbeitet. Wir Buben mussten auch auf den steilen Wiesen heuen, der Tessiner Gluthitze ausgesetzt.

Während ich die Heugabel schwang, hing ich meinen Gedanken nach. Wir trugen nur Turnhosen, so konnte das Heim Wäsche sparen. Die Mädchen arbeiteten im Haus und im Garten und rochen nach Kernseife, wir Buben stanken nach Mist, weil wir zusätzlich im Stall eingesetzt wurden.

Zur Stallarbeit hatte ich ein zwiespältiges Verhältnis. Einerseits mochte ich die Tiere sehr, sie liessen sich – als einzige Lebewesen um mich herum – streicheln und halten. Auch dem Hund war es egal, dass ich ein Heimkind war. Er flippte schier aus vor Freude, wenn ich von der Schule zurückkam. Andererseits bedeutete der Stall harte Arbeit, vor allem später im Heim in Zizers, als ich schon grösser war. So sehr ich es genoss, die Kühe aufs Feld zu führen und zu sehen, wie sie mir vertrauensvoll folgten, so mühsam waren die Aufträge des Heimleiters, nachts stündlich aufzustehen und im Stall nachzusehen, ob die Kuh schon am Kalben war. Natürlich hätte ich es vorgezogen weiterzuschlafen, musste ich doch am nächsten Morgen früh zur Schule. In Pura wurden wir Buben ausserdem zum Hühnerschlachten abkommandiert. Ich sah meistens nur zu. Wir schlossen Wetten ab, welches kopflose Huhn am weitesten flattern würde, und wenn niemand in der Nähe war, rissen wir den Hühnern die Federn aus und spielten Indianerlis.

Viel lieber als zu arbeiten ging ich in die Schule. Die Lehrerin unterrichtete mit Fantasie und pädagogischem Geschick. Fünf Jahrgänge waren in einer Klasse zusammengefasst, jedes Jahr rutschte man eine Reihe nach hinten, bis ich als Fünftklässler ganz an der Wand sass. Am liebsten hätte ich das Klassenzimmer gar nicht mehr verlassen und dort auch übernachtet. Im Herbst 1956 herrschte eine ernste Stimmung. Im Dorf hatte sich die Neuigkeit verbreitet, das Militärspital im nahen Novaggio werde Flüchtlinge aus Ungarn aufnehmen. Sie hätten Schweres durchgemacht, seien gefoltert worden. Das Postauto mit den Ungarn sollte bei uns in Pura vorbeikommen. Das halbe Dorf postierte sich am Strassenrand, auch wir Schulkinder. Während wir auf die Flüchtlinge warteten, erzählte uns die Lehrerin vom Kalten Krieg. Von den bösen Russen, die die Freiheit des ungarischen Volks mit Panzern niedergewalzt und Frauen vergewaltigt hätten. Uns allen drohe Krieg und Unheil, wenn der Westen die Kommunisten nicht aufhalte. Plötzlich ertönte das charakteristische

Horn. Zwei gelbe Postautos tauchten aus dem Nebel auf und schoben sich langsam durch die enge Dorfstrasse. Hinter den Fensterscheiben sassen Männer, Frauen, Kinder, dick vermummt, zaghaft hoben sie die Hand. Wir Kinder winkten zurück und schwenkten unsere Schweizer Fähnchen. Ich war tief beeindruckt. Auch andere Menschen hatten ein schweres Los zu tragen. Es ging ihnen sogar noch deutlich schlechter als mir. Ich hatte wenigstens ein Heimatland, und keine Russen machten mir das Leben schwer. Um elf Uhr läuteten im ganzen Land die Glocken, auch in Pura. Wir standen schweigend vor unseren Pulten, die Lehrerin schaute zu Boden. Würde der Krieg auch uns heimsuchen?

Das Kinderheim in Pura wurde noch mit Kohle geheizt. Zu den wiederkehrenden Aufgaben gehörte es, diese im Keller in einen Eimer und danach in den Ofen zu schaufeln, um später, nach dem Abbrennen, die Asche wieder aus dem Ofen zu entfernen und neues Material einzufüllen. Eine schmutzige und laute Arbeit, auf die ich mich dennoch freute, denn in den Pausen bot sich die Gelegenheit zu musizieren. In einem Abstellraum neben dem Kohlenbunker stand ein ausrangiertes Harmonium, auf einem Tisch lag eine alte Handorgel. Ich mochte diese staubbedeckten, ungestimmten Instrumente und spielte auf ihnen, während im Ofen die Flammen züngelten. Musikunterricht genoss ich – mit Ausnahme der Blockflöte – im Heim keinen, doch ich brachte wohl ein gewisses Talent mit und probierte die Musikgeräte einfach aus. Die Handorgel zog ich auf und zu, wie es gerade kam. Ein kleiner, improvisierender Junge mit verschmiertem Gesicht, den die schiefen, wehmütigen Töne irgendwie zu trösten vermochten.

Jeweils im Frühling und im Herbst fuhr Emil Rupflin, der Gründer der Gott-hilft-Heime, mit seinem Chauffeur, Onkel Werner, in Pura vor. Er wollte sich vor Ort ein Bild seiner Betriebe verschaffen. Das gab doppelt so viel zu tun für uns Kinder. Wir hatten grossen Respekt vor ihm, weil wir spürten, dass unser Schicksal von ihm abhing. Und nicht nur unseres, Rupflin hatte alle Fäden in der Hand. Er bestimmte, wo die Onkel und Tanten zu arbeiten hatten und wie die Heime zu führen waren. Unsere Betreuer konnten sich zwar freiwillig für ihren Dienst melden, doch damit war es mit ihrer Selbstbestimmung vorbei. Schon ab frühstem Alter konnte ich beobachten, wie die Erwachsenen Rupflins Anweisungen klaglos ausführten, auch wenn sie einschneidende Folgen für ihr Leben hatten. Es kam vor, dass eine Tante oder ein Onkel von einem Tag auf den anderen verschwand, weil er oder sie in einem anderen Heim gebraucht wurde. Der Einsatz war diakonisch, das heisst, sie bekamen keinen Lohn, sondern ein Taschengeld, Kost und Logis. Wenn sie mit fortschreitendem Alter nicht mehr arbeiten konnten, wartete das stiftungseigene Altersheim in Zizers auf sie. Und letztlich ein Platz im Himmel.

Zwei Wochen vor Emil Rupflins Ankunft begann der grosse Hausputz. Alles musste tipptopp hergerichtet werden. Wir krochen in die hintersten Winkel, wischten Staub, polierten die Böden und waren am Tag der Ankunft völlig erschöpft. Kaum ertönte die Autohupe, die der Chauffeur auf Geheiss des Chefs betätigte, eilten die Mitarbeitenden und wir Kinder vors Haus und standen stramm. Dann hatten wir ihn vor uns, den gütig-strengen Mann mit dem weissen Haar. Er flösste mir Angst ein, wenn er uns übers Haar strich und dabei seinen Jesus zitierte. Während Rupflin die lange Reihe seiner Untergebenen inspizierte, stieg Onkel Werner ins Übergewändli und wienerte den Wagen. Das war auch nötig nach der langen Reise über die Alpen.

Seine Frau Babette mochte ich hingegen gern. Sie strahlte eine Gutmütigkeit aus, die unseren verkümmerten Seelen guttat. Wir mussten sie Mutterli nennen, Mueti war doch der Heimleiterin vorbehalten und Müeterli der Schwiegertochter Rupflins in Zizers, die den Sohn Samuel geheiratet hatte. Ich erinnere mich gut an Babette Rupflin. Nach meinem Wechsel ins Heim in Zizers musste ich einmal im späten Herbst Nüsslisalat ernten. Ich kniete auf dem bereits gefrorenen Boden, meine Finger waren steif vor Kälte, und ich schluchzte verzweifelt vor mich hin. Mutterli Rupflin war zufällig in der Nähe und hörte mich. Sie half mir auf die Beine und brachte mich in den warmen Stall. Dort durfte ich meine Finger an Pia wärmen, meiner grossen und schönen Lieblingskuh. Und Babette Rupflin sorgte dafür, dass ich an jenem Tag nicht mehr in den Garten zurückmusste.

Hin und wieder zogen sie und ihr Mann sich zum Zwiegespräch mit Gott ins «Taborli» zurück, in das Gott-hilft-Ferienhaus oberhalb von Zizers. Dann machten sich die Mitarbeiterinnen und Mitarbeiter auf Veränderungen gefasst. Dort oben, in der Abgeschiedenheit, entschied Emil Rupflin, welches Haus neu erworben, welches geschlossen wurde und welche Mitarbeitenden es wohin zu versetzen galt. Obwohl gesundheitlich angeschlagen, leitete der alte Mann die Stiftung bis zuletzt. Er starb 1966, zwei Jahre nach meiner Entlassung aus dem Heim. Von seinen Nachfolgern wird er heute als «Heimpionier» verehrt. Für mich bleibt fragwürdig, warum sich der aus Deutschland stammende ehemalige Heilsarmee-Offizier mitten im Ersten Weltkrieg nicht um echte Waisenkinder im zerstörten Europa zu kümmern begann, sondern in der Schweiz Kinderheime gründete.

Wir Kinder atmeten immer auf, wenn der Patriarch wieder abreiste. Nach Rupflins Herbstinspektion begann schon bald die Vorweihnachtszeit. An den Adventssonntagen spielten die grösseren Kinder auf den Blockflöten den Mitarbeitenden ein Ständchen. Wie alle Kinder freuten auch wir uns auf das Weihnachtsfest. Es war eine seltene Attraktion in unserem Alltag, und vor allem mussten wir nicht arbeiten. Am Weihnachtsmorgen begaben sich alle Kinder noch im Dunkeln zum Haupthaus. Die jüngeren aus dem «Zwergenhüsli» in Begleitung von Tante Anneli, die älteren hinter ihnen, die Hände in den Hosentaschen. Stumm warteten wir vor dem Speiseraum, bis die Türe aufging. Der Anblick des riesigen Christbaums, mit brennenden Kerzen und den Sternen aus Stroh, die wir wochenlang gebastelt hatten, war jedes Mal aufs Neue überwältigend. Wir sangen sämtliche Weihnachtslieder, die wir kannten, gemeinsam mit allen Onkeln und Tanten. Gäste waren keine dabei. In all den Jahren habe ich es nie erlebt, dass eines der Heimkinder an Weihnachten Besuch bekommen hätte.

Wenn es draussen hell wurde, setzten wir uns an die Tische. Es gab Weissbrot, Butter und warmen Kakao. Weihnachten war der einzige Tag im Jahr, an dem wir – für unsere Verhältnisse – ein wenig schlemmen durften. Bald schielten wir zum Christbaum, unter dem Pakete mit Namensschildern lagen, und fragten uns insgeheim bange, ob wohl jemand an uns gedacht hatte. Mir schickte meistens der Vormund, den ich noch nie zu Gesicht bekommen hatte, ein paar Socken und eine Tafel Schokolade. Nach meiner Taufe kamen auch Geschenke von Gotte Hulda und Götti Jakob. Der Heimvater hob Paket für Paket auf, las den Namen vor und übergab die ersehnte Gabe feierlich. Einmal trat das befürchtete Debakel ein: Mein Name wurde nicht vorgelesen. Meine Scham übertraf noch meine Enttäuschung. Aus der hintersten Ecke des Speisesaals sah ich den anderen Kindern durch einen Tränenschleier zu, wie sie freudig die Schnur von ihrem Paket rissen. Jahre später sollte ich genau dieses Gefühl in der Rekrutenschule wieder erleben. Wenn die Feldpost verteilt wurde und die anderen ihre Fresspakete entgegennahmen, ging ich leer aus.

Nach der Bescherung nahmen uns die Onkel und Tanten die Süssigkeiten weg, um sie später so zu verteilen, dass alle etwas abbekamen. Ich tappte nur einmal in die Falle, in den Folgejahren ass ich meine Schokolade jeweils sofort auf. Was man hatte, das hatte man. Am Weihnachtsmittag gab es immer Sauerkraut, wohl als kulinarisches Kontrastprogramm zum ausnahmsweise gefälligen Frühstück. Am Nachmittag folgte ein Spaziergang durch den Wald, danach war das Fest vorbei.

Eines habe ich in besonderer Erinnerung. Am späten Nachmittag von Heiligabend rief der Pöstler von Pura im Heim an, da liege ein Paket für Sergio. Falls ich es vor Weihnachten erhalten wolle, könne ich es bei ihm zu Hause abholen. Sofort lief ich los, es war bereits stockdunkel im Wald. Wolken schoben sich vor den Mond, es schneite leicht. Im Dorf war es still, laut klapperten meine genagelten Schuhe auf den Pflastersteinen. Am Haus des Posthalters klingelte ich. Er öffnete die Tür und ging das Päcklein holen. Ich sah von draussen in die Stube hinein, wo die Familie bei Kerzenschein um den Esstisch sass. Die beiden Kinder blickten wortlos zu mir hinüber, ich kannte sie aus der Schule. Der Posthalter kam zurück und übergab mir das Paket. «Schöne Weihnachten», wünschte er, dann fiel die Haustür ins Schloss. Das Paket war vom Vormund. Ganz vorsichtig, als sei es aus Glas, trug ich es durch den Wald und gab es im Heim ab. Am Weihnachtsmorgen lag es unter dem Christbaum, nach einer Ewigkeit durfte ich es endlich auspacken. Ein Meccano-Metallbaukasten! Ich war selig. So etwas Wertvolles hatte ich noch nie erhalten. Ich zählte die Schrauben, breitete die Metallteile auf dem Tisch aus. Dem Vormund schrieb ich einen extralangen Dankesbrief, in der Hoffnung, er werde mich auch im nächsten Jahr so fürstlich beschenken. Doch es kam anders. Das war mein letztes Weihnachtsfest in Pura, und mit dem Vormund bekam ich es früher zu tun, als mir lieb war.

Schreie bei den Leuchtkäfern

Ein Oktobersonntag 1958, in Pura genossen die Ausflügler die letzten warmen Tage des Jahres. Für sie war der Ort über der Stadt Lugano ein Naturparadies. Sie wussten nichts von uns Heimkindern hinter dem Wald. Elf Jahre lebte ich nun schon hier, und ich hatte mich an den Alltag gewöhnt: beten, arbeiten, zur Schule gehen. Sonntags blickten wir durchs Schlüsselloch, um die Heimleiterfamilie in ihrer abgetrennten Wohnung zu beobachten: die Eltern, die vier Knaben, der jüngste an seine Mutter – unsere Heimmutter Klärli – geschmiegt. Abwechselnd führten wir uns das innige Bild zu Gemüte, wieder und wieder, bevor wir mit hängenden Köpfen davonschlichen. So etwas würden wir nie erleben. Doch an diesem Sonntag war alles anders als sonst. Jenseits des Schlüssellochs herrschte eine auffallende Unruhe. Die Heimeltern waren nervös. In den Wochen zuvor waren Dinge vorgefallen. Ein kleines Mädchen war vom Balkon gestürzt und dabei zu Tode gekommen. Eine Mitarbeiterin war ins Wasser gegangen. Aus Liebeskummer, wie gemunkelt wurde. Sie habe sich in den Heimvater verliebt und die Zurückweisung nicht ertragen. Zudem waren Kinder an Brechdurchfall erkrankt, sie hatten verdorbene Lebensmittel gegessen.

Wir ahnten vor dem Schlüsselloch, dass Veränderungen ins Haus standen. Am Abend ass der Bruder eines Betreuers mit uns Kindern das Abendessen. Er war ein Freund des Hauses und regelmässig in Pura zu Gast. Ich mochte ihn und fragte ihn oft über seinen Beruf als Lokomotivführer aus. An diesem Abend gab er mir einen Franken, vielleicht könne ich den brauchen, meinte er vieldeutig. Ich steckte die Münze in die Hosentasche. Vor dem Zubettgehen erfuhr ich, dass ich am Morgen nicht zur Schule gehen müsse. Vor lauter Aufregung lag ich lange wach. Ich warf

den Kopf hin und her, wie jeden Abend. Erst im Morgengrauen fand ich
Schlaf. Nach dem Frühstück machten sich die anderen Kinder auf den
Weg, ich aber sah auf der Holzbank vor dem Haus mein braunes, abge-
schabtes Köfferchen stehen. Ein alter Renault fuhr vor, ein buckliges
Männlein stieg aus. Das sei mein Vormund, sagte man mir. Ich sah ihn
zum ersten Mal. Er kam, um sein Mündel abzuholen. Ich musste hinten
ins Auto einsteigen, und wir fuhren davon. Durchs Rückfenster sah ich
das Heim verschwinden. Niemand stand dort, um mir zum Abschied zu-
zuwinken, auch Tante Anneli blieb im Haus. Noch bevor wir um die
nächste Kurve bogen, überfiel mich das Heimweh. Ein grauenhaftes, boh-
rendes Heimweh. Es war schlimmer als alles, was ich kannte.

«Ich bringe dich jetzt nach Bellinzona, zu den katholischen Schwestern», sagte der Vormund. Kurz schöpfte ich Hoffnung, denn keinesfalls
konnte ich als Reformierter doch zu den Katholiken. Ich setzte ihn über
den offensichtlichen Widerspruch in Kenntnis, doch er fuhr weiter und
meinte nur, es werde mir dort gewiss gefallen. Die Nonnen im Istituto von
Mentlen in Bellinzona nahmen einen Jungen mit verheulten Augen in
Empfang. Ich könne nicht bleiben, orientierte ich sie, ich müsse zurück
nach Pura. Eine Schwester nahm mich an der Hand und zeigte mir mein
Bett im grossen Schlafsaal. Doch mein Entschluss stand fest. Beim Nachtessen schlich ich mich zum Balkon und sprang aus dem ersten Stock. Die
Abendsonne beschien die Berge. Dahinter musste Pura liegen. Ich begann Richtung Monte Ceneri zu laufen und kam nach Einbruch der Dun-
kelheit am Fuss der Passstrasse an.

Vor dem dortigen Gasthaus stand die Wirtin. «Wo willst du denn hin,
um diese Zeit, ganz allein?», fragte sie mich. «Ich muss nach Pura, nach
Hause.» – «Das hat doch Zeit. Jetzt komm zuerst einmal rein und iss
etwas. Wie heisst du denn?» – «Sergio.» Wir gingen ins Haus, und sie
stellte einen Teller mit Brot, Käse und Wurst auf den Tisch, dazu ein Glas
Most. Ich ass und trank gierig. Plötzlich trat ein Polizist in die Gaststube.
Die Wirtin hatte mich verraten. Ich würdigte sie keines Blickes mehr. Mit
dem Polizeiauto wurde ich zurück nach Bellinzona gebracht. Nur für eine
Nacht, wie es hiess. Beruhigt und todmüde schlief ich ein. Morgen würde
ich nach Pura zurückkehren. Mein Pura.

Als am nächsten Tag der Vormund vorfuhr, stieg ich mit gepacktem Köfferchen ins Auto. Doch er brachte mich nicht nach Pura, sondern nach Pollegio in der Leventina. Immer weiter weg von dort, wo ich herkam, ins Istituto Santa Maria, ein katholisches Internat für Oberstufenschüler. Ich prägte mir den Weg ein. Ein Pater in schwarzer Kutte begrüsste mich. Bei der Vesper in der Kapelle bewachten mich zwei ältere Schüler. Von den Weihrauchschwaden wurde mir schlecht. In der Nacht träumte ich von den Kühen im Stall von Pura. Am nächsten Morgen kletterte ich durch ein Fenster in der Toilette und lief weg. Kurz vor Biasca holte mich die Polizei ein. Der freundliche Beamte erkannte meine Not. Er schenkte mir ein Stück Schokolade und fuhr mit mir kreuz und quer durch die Dörfer. Ich schüttete ihm mein Herz aus. Schliesslich hielt er an, um zu telefonieren, dann brachte er mich zurück nach Pura. Endlich zu Hause. Es waren nicht mehr viele Kinder im Heim. Nach einiger Zeit wurde ich ins Büro gerufen, wo der Vormund und die Heimeltern auf mich warteten. «Das Heim in Pura wird demnächst geschlossen», sagte Vati, alle müssten umziehen, Kinder und Erwachsene. Ich käme nun nach Chur, ich ein anderes Gott-hilft-Heim.

Zwei Tage später machte sich Mueti Klärli mit mir auf den Weg. Diesmal hatte ich mich von den Tieren und den anderen Kindern verabschieden können. Die Tränen schluckte ich hinunter. Von Lugano fuhren wir mit dem Zug über Zürich nach Chur, in der dritten Klasse. Weg vom Tessin, von meiner Heimat, in einen anderen Kanton. Klärli sprach wenig, unaufhörlich klapperten die Stricknadeln. Ich schaute aus dem Fenster. Noch nie war ich so weit gefahren. Am Abend lieferte sie mich im Heim Foral in Chur ab. Sie selbst wollte weiterfahren nach Zizers, um dort im Gott-hilft-Stammhaus zu übernachten und tags darauf nach Pura zurückzufahren. Als die Leiterin das Bett bezog, fiel mir der Franken im Hosensack ein, den mir der Bruder des Betreuers geschenkt hatte. Ich verliess das Heim, lief zum SBB-Bahnhof und löste für neunzig Rappen ein Billett. Es war schon lange Nacht, als ich in Zizers ankam. Wo das Heim lag, in dem Klärli übernachtete, wusste ich nicht. Ich lief durch das menschenleere Dorf, horchte bei jedem Haus, in dem noch Licht brannte, ob Muetis Stimme zu hören war, und da, kurz bevor ich aufgeben wollte, hörte ich sie sprechen. Von der Turmuhr schlug es halb zwölf. Es war bald November und bereits empfindlich kühl. Ich würde hier auf sie warten, vor dem Haus, am nächsten Morgen würde sie mich mit nach Pura nehmen. Wie ein Hund rollte ich mich vor dem Eingang zusammen und schlief erschöpft ein.

Der Heimleiter Samuel Rupflin entdeckte mich wenig später. Klärli kam herunter und ohrfeigte mich. Doch die Heimmutter von Zizers, Müeterli Marguerite Rupflin, hatte Erbarmen. Sie gab mir zu essen, bereitete ein Nachtlager. Am nächsten Morgen schlug sie vor, ihren Schwiegervater zu Rate zu ziehen, den Gott-hilft-Gründer Emil Rupflin, der ja nebenan im Altersheim lebte. Dieser verfügte, ich dürfe in Zizers bleiben. Ich kam zur Bubengruppe der Leuchtkäfer. Doch bald schon war ich wieder auf der Flucht. Auf den Geleisen der SBB lief ich Richtung Landquart. Über Zürich wollte ich ins Tessin zurückkehren. Der Stationsvorsteher von Landquart traute seinen Augen nicht, als er mich kommen sah. «Runter von den Schienen», schrie er mir entgegen, «willst du dich umbringen?» Er rief in Zizers an, und der Heimleiter holte mich. Doch ich fühlte ihn noch immer, diesen unbändigen Drang nach Pura, und unternahm vier weitere Fluchtversuche. Sie schlossen meine Schuhe ein, ich machte mich barfuss auf den Weg. Sie schlossen auch meine Kleider ein, ich zog im Pyjama los. Sie sperrten mich ins Zimmer ein, ich rutschte an der Dachrinne hinunter. Mein letzter Versuch endete schon nach wenigen hundert Metern. Mitschüler aus dem Heim hatten mein Weglaufen beobachtet und rannten hinter mir her: «Wir kriegen dich», brüllten sie, und sie brachten mich zurück, als wären sie die Jäger und ich die Beute. Wieder schloss man mich ein.

Die Gott-hilft-Mitarbeitenden in Zizers waren mit ihrem Latein am Ende. Was sollten sie nur tun mit diesem Bub? Pura zog mich an wie ein Magnet. Dort war meine Lebensbasis, dort fand mein Alltag statt. Ich kannte nichts anderes. In Pura verortete ich meine Heimat, und von dort war ich schonungslos entwurzelt worden. Eine höchst traumatisierende Erfahrung.

Eingesperrt im Zimmer, öffnete ich das Fenster, um mich abermals aus dem Staub zu machen. Da sah ich unten Oskar stehen, einen etwas älteren Heimbub, der das Amt des Stallburschen versehen durfte. Auf die

Heugabel gestützt, grinste er zu mir herauf und winkte. Das war der Moment, in dem ich meine Fluchtpläne aufgab. Wenn Oskar hier leben und lachen kann, dachte ich, dann kann ich es vielleicht auch. Dieser kleine Augenblick, er wurde zu einem der Schlüsselmomente meiner Heimkindheit.

Jahrzehnte später machte ich Oskar ausfindig und lud ihn an die Fachtagung zu meiner Pensionierung ein. Zuerst zögerte er, dann kam er aber doch und setzte sich ins Publikum. Als ich den Tagungsteilnehmenden von dieser Episode erzählte, stand Oskar von seinem Stuhl auf. Als lebender Beweis dafür, wie wichtig noch die winzigste Geste menschlicher Zuwendung im Leben eines Heimkinds sein kann. Nun stand Oskar mir ein zweites Mal bei, diesmal beim Schritt, endlich zur Heimvergangenheit zu stehen.

In seinem «Roman eines Schicksallosen» beschreibt der ungarische Schriftsteller Imre Kertész in der eindrücklichen Schlussszene, wie sein junger Protagonist in der Abenddämmerung auf die Stadt Budapest blickt. Vom Licht und von den Geräuschen her fühlt er sich an eine bestimmte Stimmung im Konzentrationslager Buchenwald erinnert, aus dem er kurz zuvor befreit worden ist – «und ein schneidendes, schmerzliches, vergebliches Gefühl ergriff mich: Heimweh», schreibt Kertész. Ich will mich nicht mit einem Opfer des Holocaust vergleichen. Doch der psychologische Vorgang, der bei einem jungen Menschen ein von aussen kaum nachvollziehbares Heimweh erzeugt, war der gleiche. Man vermisste, was man kannte. Auch wenn es schlecht war.

Das Heimweh, das ich mit elf Jahren kennenlernte, wurde ich zeitlebens nie mehr richtig los. Die Enttäuschung des Kindes, in seinem Schmerz nicht gehört zu werden. Die Erkenntnis, dass ich für Menschen, zu denen ich Mueti und Vati sagte, doch nur das Heimkind war. Dass sie es nicht für nötig hielten, mich in diesen Umwälzungen aufzufangen. Dass es niemanden interessierte, was ich fühlte und dachte. Das alles hinterliess tiefe Spuren.

2016 erhielt ich überraschend eine E-Mail von Magrit S. Sie war eine Tochter des Bauern, der bis 1965 im Heim in Zizers die Landwirtschaft besorgte. Die Grossfamilie lebte neben dem Heim.

Lieber Sergio
Es ist schon eigenartig, nach all den Jahren bekommen die unheim-
lichen Schreie aus der Vergangenheit ein Gesicht. Seit deiner «Einliefe-
rung» in Zizers höre ich die Schreie des halbwüchsigen Sergio bei den
Leuchtkäfern. Ein Gesicht hattest du nie, auch keinen Nachnamen.
Ich habe mich oft gefragt, was aus dir geworden ist. Heute hat mir
meine Schwester einen Artikel über dich geschickt. Es freut mich sehr,
dass die Schreie verstummt sind.

So viele Jahre später erfahre ich, dass ich doch gehört wurde.

Beten und arbeiten

Ab elfjährig lebte ich also im Gott-hilft-Heim in Zizers und versuchte, dort neue Wurzeln zu schlagen. Einmal in der Woche, am Samstagabend, durften wir duschen, nachdem die Arbeit erledigt war: der Hof geputzt, die Kühe gestriegelt, die Pferde gewaschen, der Misthaufen begradigt. In letzterer Disziplin brachte ich es zu einer gewissen Kunstfertigkeit. Weil ich gehört hatte, der Miststock sei die Visitenkarte des Bauern, strengte ich mich ausserordentlich an. Es war die einzige Gelegenheit, ein Lob des Heimleiters zu ergattern. Vater Samuel markierte bei unserer samstägli-chen Abendtoilette Präsenz. Wir hatten keinerlei Privatsphäre im Heim. Die Buben versammelten sich in der Wäscherei, dort war die Dusche in-stalliert. In Einerkolonne stellten wir uns splitternackt auf. Der Heimvater rief einen nach dem anderen in den weiss gekachelten Duschraum. Er bediente den Wasserhahn, stellte die Temperatur ein und bestimmte, wann es genug war. Wir seiften uns ein, am Schluss folgte ein eiskalter Guss. Das sei gut für den Kreislauf. Anschliessend überprüfte er unsere Sauberkeit, hinter den Ohren, an den Fussgelenken, unter den Armen und am Rücken. Er rubbelte mit seinen Fingerkuppen auf unserer Haut herum, und wenn er einen Rest Dreck vorfand, mussten wir nochmals unter die Brause. Wenn auch sauber geduscht, konnten wir uns nicht auf die Sonntagskleider freuen. Wir hatten hoffnungslos altmodische Knickerbocker, während die Buben aus dem Dorf moderne Röhrenhosen oder sogar Jeans trugen. Auf dem Weg durchs Dorf zur Kirche, den wir in der grossen Gruppe zu gehen hatten, genierten wir uns fürchterlich. Jeder sah hundert Meter gegen den Wind: Da kommen die Heimkinder. Woche für Woche die gleiche erniedrigende Erfahrung.

Ich war etwa ein Jahr im Heim in Zizers und mit der Apfelernte beschäftigt, als mich der Heimvater zu sich rief: «Serscho, Nase abgeben!» Dass er meinen Namen so aussprach, daran war ich gewöhnt. Doch was, um Himmels willen, war mit «Nase abgeben» gemeint? Man sagte mir nur, dass ich ins Rotkreuzspital nach Chur müsse. Dort war vorgesehen, meine Rachenmandeln zu entfernen. Vor Angst schloss ich mich – bereits im Spitalhemd – in der Toilette ein. Doch es gab kein Entkommen. Ich wurde in den Operationssaal gebracht und erhielt die Äthermaske aufgesetzt. Als ich aufwachte, wähnte ich mich im siebten Himmel. Junge hübsche Krankenschwestern standen wie Engel um mein Bett, umsorgten und trösteten mich. Gegen die Halsschmerzen gab es Glace ohne Ende. Beim Austritt riet mir der Arzt, zur Operationswunde Sorge zu tragen. Doch im Heim wurde ich sofort wieder an die Arbeit geschickt. Und ass, was auf den Tisch kam. Das Schlucken brannte und tat weh. Krankheit und Schwäche hatten keinen Platz. Das war schon in Pura so gewesen. Einmal taten mir derart die Ohren weh, dass ich es kaum mehr aushielt. Als ich etwas sagte, kassierte ich eine Ohrfeige auf das schmerzende Ohr. Ein andermal liess der Sohn des Heimleiters mir aus Versehen einen grossen Stein auf den Fuss fallen, ein Knochen im Fussrücken war gebrochen. Kein Arzt wurde gerufen, das hätte zu viel gekostet. Für den havarierten Körperteil und die grosse Wunde taten es auch Kamillenbäder. Noch lange spürte ich dort starke Schmerzen, wenn das Wetter umschlug. Als ich um die dreissig war, plagte mich ein übler Husten. Nach dem Röntgen fragte mich der Arzt, ob ich als Kind eine Tuberkulose durchgemacht habe. Auf meiner Lunge seien typische Tb-Vernarbungen festzustellen. Ich konnte ihm keine Antwort geben. Ich wusste es nicht.

Die Heimeltern in Pura und Zizers baten den lieben Gott um alles Erdenkliche. Er möge das Vieh auf der Weide vor Blitz und Donner verschonen, das Getreide auf den Feldern, das Heu auf den Wiesen und die

Reben an den Hängen vor Nässe und Hagel schützen. Nie hörte ich sie für uns Kinder und unsere Gesundheit beten. Auch die Erwachsenen durften nicht krank sein. Als eine Tante in Pura von einer Viper gebissen wurde, schickte man uns Kinder in die Zimmer und schloss die Fensterläden. Wir sollten nicht zusehen, wie der Krankenwagen kam und mit der Tante wegfuhr. Sie kehrte nie mehr ins Heim zurück. Was mit ihr passierte, erfuhren wir nicht.

In Zizers mussten wir Buben uns nach der Schule ins Übergewand stürzen und uns vor dem Heim in Reih und Glied aufstellen. Dann verteilte der Heimvater Samuel die Arbeiten. Wer gerade in seiner Gunst stand, bekam eine weniger unangenehme Aufgabe, zum Beispiel Holz zu spalten. Ein schlechtes Zeichen war es, im Winter zur Nüsslisalaternte im Garten eingeteilt zu werden. Jeden Nachmittag legte der Heimvater so die Hackordnung unter uns Jugendlichen neu fest. Ich fürchtete mich vor dem willkürlichen Antrittsverlesen und bewegte mich in der Hierarchie der Arbeiten auf und ab. Einmal, es war im Sommer, erteilte mir der Heimvater den Auftrag, mit dem Ackergaul Fanny ein Stück Land unten im Tal zu düngen. Ich war stolz. Diese Arbeit durften nur Buben verrichten, denen er vertraute. Ich spannte das Pferd vor den Karren, hängte den breiten Düngebalken an und führte es zum abgeernteten Kornfeld. Fanny am Halfter führend, ging ich auf und ab, nutzte die Zeit, um meinen Gedanken nachzuhängen. Die Grillen zirpten. Plötzlich krachte es. Ich hatte den Telefonmasten in der Mitte des Ackers vergessen, der Düngebalken brach. Das Pferd erschrak und suchte das Weite. Mir wurde ganz flau im Magen. Nun hatte ich mir die Gunst des Heimvaters ein für alle Mal verspielt. Ich getraute mich nicht nach Hause, setzte mich auf den Boden. Bald begann es zu dämmern. Ich bekam Hunger und Durst. Vater Samuel und Onkel Franz holten mich mit dem Auto ab. Kein Schimpfen, kein Schlagen. Doch danach musste ich einen Monat lang im Garten arbeiten – Wirkungsstätte der Schwächlinge.

Am schlimmsten war das Silostampfen im Spätsommer, wenn die grossen Türme für den Winter vorbereitet werden mussten. Oben warf Onkel Fritz laufend Gras und Mais hinein, unten im Turm zerstampften wir Kinder das Material. Wir gingen barfuss im Kreis und schraubten uns nach und nach durch den Turm hoch. Ab und zu streute ein Onkel ein übel riechendes, ätzendes Pulver auf die Biomasse. Das Atmen fiel uns schwer. Manchmal schauten wir zum blauen Himmel hoch und fragten uns, wozu wir auf der Welt waren. Gott hilft? Uns jedenfalls nicht. Stundenlang drehten wir unsere Runden. Bis der Siloturm gefüllt war und unsere Füsse wund. Zerschnitten von den harten Pflanzen. Es war eine Tortur. Wir waren Kinderknechte, billiger als jede Maschine. Ich wage die Behauptung, dass «Gott hilft» dank der Gratisarbeit von uns Kindern die Mechanisierung der Landwirtschaft – und damit grössere Investitionen – länger hinauszögern konnte als andere Betriebe.

Wir begehrten nie gegen die Arbeit auf, erledigten die schwierigsten Aufgaben. Setzten Kartoffeln in riesige Äcker. Spülten das Geschirr von achtzig Personen. Kehrten den grossen Hof, auch wenn der Herbstwind die Blätter immer wieder durcheinanderwirbelte. Wir kooperierten, denn zwischen uns und den Erziehern bestand das grösstmögliche Machtgefälle. Um den allgegenwärtigen Strafen zu entgehen, sah ich mich vor und passte mich an. Die anderen Kinder hielten es auch so. Nie verbrüderten wir uns gegen die Erwachsenen. Wir waren ja von ihnen abhängig, hatten sonst niemanden. Bei «Gott hilft» lebten wir in einem geschlossenen System ohne Kontrolle. Das war meine Realität, denn es war Gottes Fügung.

Die Gott-hilft-Heime waren ein evangelikales Glaubenswerk. Wir armen Kinder sollten nicht nur vor unseren gottlosen Eltern gerettet, sondern auch zum Herrgott hingeführt werden. «Wir sollen unsere Kinder, die uns oft aus so schweren Lebensverhältnissen übergeben werden, mit Gott dem Schöpfer, dem Herrn Jesus Christus, unserem Erlöser, und dem Heiligen Geist, der uns in alle Wahrheit leitet, und mit den Geboten Gottes und Seinen Verheissungen bekanntmachen», schrieb Stiftungsleiter Emil Rupflin 1956, mitten in meiner Heimzeit. Die Atmosphäre war durch und durch fromm. Wir beteten am Morgen, wir beteten am Mittag, wir beteten am Abend. Dazwischen Bibelbetrachtungen, Bibelauslegungen. Sämtliche Tanten, Onkel und Hauseltern: gläubig. Keine Erziehungsprofis, sondern Menschen, die der Herr Jesus zur Arbeit im Heim berufen hatte. Gebärdeten wir uns schwierig oder tauchte sonst ein Problem auf, betrachteten sie dies als Prüfung ihres Glaubens, und wir hörten sie noch inständiger beten.

Mit der reformierten Landeskirche in Zizers pflegten die Heimeltern engen Kontakt. Müeterli Marguerite Rupflin spielte in der Kirche die Orgel, Vater Samuel Rupflin engagierte sich in der Kirchenpflege. Jeden Sonntag mussten wir die sterbenslangweilige Predigt des Dorfpfarrers über uns ergehen lassen. Ich studierte ausgiebig die Hinterköpfe der anderen Kirchgängerinnen und Kirchgänger und plangte auf das erlösende Amen. Den Glauben täglich im Gebet zu leben, war eine Anpassungsleistung von uns Heimkindern. Es kam vor, dass eines noch einen Schritt weiter ging und sich ausdrücklich bekehrte. Das wurde dann beim Heimvater angemeldet, worauf wir alle am Sonntagabend nach dem Nachtessen zu einer Zusatzandacht aufgeboten wurden. Müeterli Marguerite Rupflin setzte sich ans Klavier, Vater Samuel zitierte aus der Bibel, und das bekehrte Kind erzählte im Plenum von seinem Erweckungserlebnis. Ein Riesentheater, bei dem ich mich immer äusserst unwohl fühlte. Nicht nur, weil uns der Anlass wertvolle Freizeit wegnahm, sondern auch, weil ich mich stark unter Druck gesetzt fühlte, dem Beispiel zu folgen. Die öffentlich zelebrierten Bekehrungen waren Versuche, sich die Zuwendung der Heimeltern zu sichern. Im Alltag verhielten sich die Bekehrten nicht anders als vorher, und ich weiss noch, wie ein solcher Bub später das Heim verlassen musste, weil er beim Schmusen mit einem Mädchen erwischt worden war.

Mehrmals machte der Evangelist Wim Malgo mit seinem Missionszelt in Zizers halt, auch dort mussten wir hin. Beim Eintreten bekamen wir ein weisses Nastuch in die Hand gedrückt. Wozu das gut war, erfuhren wir erst ganz am Schluss. «Wer jetzt bekehrt ist, hebe das Tuch hoch», rief der Prediger nach seinem Redeschwall – und ein Meer von weissen Tüchlein wogte durch das Zelt. Auch ich streckte auf, um nicht negativ aufzufallen. Die frömmlerische Erziehung stiess mich, je älter ich wurde, zunehmend ab. Es kam der Moment, an dem ich kippte. Ich putzte auf den Knien mit einer Bürste die Treppe, als Onkel Hans vorbeilief und das Resultat meiner Arbeit prüfte. Was er sah, genügte ihm nicht. «Aber Sergio», sagte er tadelnd, «die Treppe ist viel zu wenig sauber.» Dann nahm er mir die Bürste aus der Hand und schlug mir damit auf den Kopf. In dieser Minute wurde ich Atheist. Wenn ein Mensch so böse ist, dachte ich, kann es keinen Herrgott geben. Gläubig bin ich im Heim nicht geworden, abhängig vom Herrgott aber schon. Ihn vor dem Schlafengehen anzurufen, ging mir in Fleisch und Blut über. Auch die Schuldgefühle, nachdem man etwas Gottloses getan hatte, wurde ich lange nicht los. Nach meinem Weggang vom Heim brauchte ich einige Zeit, um mich aus dieser Abhängigkeit zu lösen. Später trat ich aus der reformierten Landeskirche aus. Meine Söhne sind nicht getauft. Die biblische Geschichte finde ich interessant, aber alles allzu Religiöse, Fundamentale ist mir bis heute suspekt.

Im Heim lernt man, dem trostlosen Alltag kleine Glücksinseln abzutrotzen. Sie waren unspektakulär. Glück war, wenn es Bratkartoffeln gab. Wenn ich auf dem Mähdrescher mitfahren durfte. Oder wenn wir bei Zita Berliner schnabulierten. Zita war eine ältere Dame. Von 1962 bis zu ihrem Ableben 1989 wohnte sie im St.-Johannis-Stift in Zizers. Stets trug sie Schwarz. Dadurch erschien sie uns Heimkindern sehr geheimnisvoll. Alljährlich im Advent lud sie uns in den herrschaftlichen Speisesaal ein, wo sich Berliner auf Platten zu Bergen türmten. Wir sassen an langen Tischen, erduldeten die frommen Worte der alten Dame und machten uns dann über die frittierte, süsse Ware her. Erst nach ihrem Tod erfuhr ich, wer sie gewesen war: Zita von Bourbon-Parma, die letzte Kaiserin von Österreich und Königin von Ungarn.

Auch die drei Konfirmandentage gehörten zu den glücklicheren Momenten im Heim. Zur Vorbereitung trafen sich alle Konfirmanden der Gott-hilft-Heime im stiftungseigenen Hotel in Seewis im Prättigau. Wir assen mit den anderen Gästen im Speisesaal und wurden wie Erwachsene behandelt. Am aufregendsten waren die Konfirmandinnen, die einen Stock über uns Buben untergebracht waren. Wir verliebten uns augenblicklich, wenn auch die Auserwählten niemals davon erfuhren.

Ein Stück Glück war der Sommer, wenn es warm wurde und wir Kinder nicht mehr in den ungeheizten Schlafzimmern frieren mussten. Einzig im Stall war es im Herbst und Winter wohlig warm. Hob eine Kuh den Schwanz, rannten wir zu ihr hin und stellten uns mit nackten Füssen in den dampfenden Fladen, um ein wenig Wärme abzukriegen.

In positiver Erinnerung habe ich auch einen vergleichsweise freien Tag mit Herrn Mazza. Er war Vertreter und kam vorbei, um dem Heimvater eine automatische Silostampfanlage zu verkaufen. Doch Vater Samuel brauchte so etwas nicht. Fürs Stampfen hatte er ja uns Kinder. Herrn Mazza wurde empfohlen, andere Bauern aufzusuchen, und weil ich Italienisch sprach, borgte mich der Heimvater einen Tag lang als Übersetzer aus. In einem grossen grauen Mercedes fuhr ich mit dem Vertreter bis nach St. Margrethen hinunter, um Bündner und St. Galler Bauern die Stampfmaschine anzudrehen. Irgendwo zwischen Chur und Buchs lud er mich zum Mittagessen ein. Es gab Koteletts, Teigwaren und Glace. Ich trank eine Cola, Herr Mazza Wein. Wieder zurück im Heim, nahm man mir den Fünfliber ab, den Herr Mazza mir zum Dank zugesteckt hatte.

Übergriffe

Der Umgang mit uns Heimkindern war in mehrfacher Hinsicht übergriffig. Das harte Arbeitsregime. Die unablässige religiöse Indoktrinierung. Dass wir niemals autonome Entscheide fällen durften, alles von oben bestimmt war. Auch sexuelle Übergriffe kamen vor. Als ich ungefähr sechs oder sieben Jahre alt war, lockte mich der älteste Sohn der Heimeltern von Pura in den Schweinestall ganz am Rand des Areals. Er zog sich aus und befahl mir, dasselbe zu tun. Er berührte mich an den Genitalien, masturbierte vor mir. Monatelang ging das so, ich liess es über mich ergehen. Wem hätte ich mich auch anvertrauen sollen? Ich hatte Angst, bestraft zu werden. Es musste wohl so sein. Wie in vielen Kinderheimen gab es auch in Zizers Mitarbeiter mit pädophilen Neigungen. Die Primarschule war dort ins Heim integriert, und einer der Lehrer hatte uns Knaben gern, das spürten wir deutlich. Während des Unterrichts spazierte er durch die Pultreihen, setzte sich zu einem von uns, liess seine Hand über unsere Oberschenkel bis in delikate Gegenden gleiten. In den Pausen tuschelten und spotteten wir über ihn, doch insgeheim taten mir die Berührungen gut. In der bigotten Atmosphäre des Heims war Körperkontakt tabu, und da wir nach Nähe lechzten, erkannte ich nicht die Ausbeutung, die Grenzüberschreitung des Lehrers.

Doch dann war er von einem Tag auf den anderen verschwunden. Über die Gründe bewahrten die Heimverantwortlichen wie üblich Stillschweigen. Später, etwa drei Jahre nach meinem Austritt aus dem Heim, schrieb mir der ehemalige Lehrer eine Postkarte. «Lieber Sergio, ich lade dich ins Opernhaus Zürich ein.» Wie er wohl meine Adresse herausgefunden hatte? «Ich komme gern. Ich freue mich», antwortete ich – einsam, wie ich war. Mit dem Zug fuhr ich hin. Er wartete vor der Oper, gab mir die Hand, meinte, ich sei gross geworden. Ich war verlegen, wusste nicht, was sagen. Drinnen nahmen wir auf den obersten Rängen Platz. Ich schämte mich wegen meiner ärmlichen Aufmachung, doch die Vorstellung war faszinierend. Der Lehrer blickte mich von Zeit zu Zeit von der Seite an. In der Pause spendierte er mir ein Getränk und erzählte mir, er habe sich kastrieren lassen. Ich nahm die Nachricht ungerührt zur Kenntnis, wusste, dass der Tierarzt das mit den männlichen Ferkeln machte. Nach der Oper trennten sich unsere Wege. Später erfuhr ich, dass der Pädagoge wieder eine Anstellung in einem Heim im Kanton Zürich gefunden hatte.

Auch ein anderer Mitarbeiter in Zizers – er arbeitete in der heimeigenen Bäckerei – suchte meine Nähe. Sonntags ging er mit uns Buben in den Wald. Er hakte sich bei mir ein und flüsterte mir seltsame Dinge ins Ohr. Ich verstand nicht recht, was er von mir wollte. Jahrzehnte später, nach einem Medienbericht über mich, meldete er – inzwischen ein alter Mann – sich überraschend telefonisch bei mir. Er bereue sein damaliges Benehmen, unterstrich er, es tue ihm sehr leid. In der Caneyhütte bei Seewis, wo wir jeden Winter eine Woche Skilager verbrachten, befummelte ein älterer Heimbub nachts mein Geschlechtsteil. Ich drehte mich weg, er machte weiter. Am Morgen erzählte ich es dem Anstaltsvater. Dieser lachte schallend: «Da ist wohl deine Fantasie mit dir durchgegangen, Sergio. Das sind doch Spielereien!» Ich solle mich nicht so wichtig nehmen.

Im Heim herrschte eine Doppelmoral. Offiziell gab es keine Sexualität. Sie wurde tabuisiert, galt als Sünde. Wenn ein Heimbub beim Onanieren ertappt wurde, wurde er öffentlich gemassregelt und bestraft. Masturbation, so wurde uns gesagt, mache dumm und krank und rufe den Zorn des Herrgotts hervor. Doch die gleichen Mitarbeiter, die das tagsüber verlauten liessen, griffen nachts unter unsere Bettdecken. Vor der Konfirmation wurden wir Buben in die Stube des Heimvaters gerufen. In knappen Sätzen beschrieb er uns, wie die Bienen sich fortpflanzten. Die Königin fliege zu Drohnensammelplätzen und paare sich mit mehreren Männchen. Die dort empfangenen Spermien könne sie ihr Leben lang speichern und gezielt dazu verwenden, um befruchtete Eier zu legen und ihr Volk zu vergrössern. Fertig war die Aufklärung. Unser Verhältnis zur Sexualität blieb zwiespältig, wenn nicht gar gestört.

Ich schoss in die Höhe, blieb aber von magerer Statur. Turnen in der Schule bedeutete Demütigung. Zwar konnte ich schneller rennen als die anderen, doch zu meinem Bedauern waren meist Kraftübungen angesagt: Klettern an der Stange, Klimmzüge am Reck, Gewichte heben. Da vermochte ich nicht mitzuhalten. Während der Turnlektionen im Schwingkeller der Schule dienten wir schmalbrüstigen Buben den Nachwuchsbösen als Sparringpartner. Sie warfen uns ins Sägemehl, drückten uns zu Boden, bis wir kaum mehr Luft hatten und uns der Speichel aus dem Mund rann. Viel länger als nötig, aber kein Lehrer griff ein. Einmal im Monat wurden wir gewogen, ich nahm an Gewicht und Muskeln nur wenig zu. Auch die rötlichen Haare und die Sommersprossen in meinem Gesicht gaben den stärkeren Kindern Anlass zu Spott. Nie würde ein Mädchen Augen für mich haben, davon war ich überzeugt. Ich wurde ein schüchterner junger Mann, hielt mich lange vom anderen Geschlecht fern, um mir die erwarteten Abfuhren zu ersparen. Die Erziehung im Heim war nicht geeignet, unser Selbstwertgefühl zu stärken. Sie gestand uns keinerlei Individualität zu und respektierte uns auch nicht in unserer Identitätssuche während der Pubertät. Mit fünfzehn strich ich Melkfett in mein störrisches Haar, um so schneidig auszusehen wie Elvis, der King of Rock'n'Roll. Ich kämmte die Haare nach hinten, formte eine Tolle und ging frühstücken. «Spinnst du?», fragte der Heimvater, und er schickte mich zur Strafe in die Ecke. Dort musste ich den ganzen Tag mit den gefetteten Haaren stehen bleiben. Am Abend schnitt man sie mir ab.

An meinem dreizehnten Geburtstag durfte ich zu den grösseren Knaben ins Haus Marin umziehen. Die Frau des Heimvaters, Marguerite

Rupflin-Knecht, Schwiegertochter des Stiftungsgründers, meinte es gut mit mir. Müeterli war Lehrerin, eine gebildete Frau. Sie hatte in Deutschland Bismarck-Nachkommen unterrichtet, war streng, aber klug und charismatisch, trug stets elegante Kleider. Ich bewunderte sie. Sie kam mir immer ein wenig wie ein Fremdkörper in der bieder-frommen Heimgemeinschaft vor. Umgekehrt hatte ich bei ihr wohl einen Stein im Brett, weil sie in mir schulisches Potenzial erkannte. Einen Winter lang büffelte sie mit mir Deutsch. In Pura hatte ich im Heim zwar ebenfalls Deutsch, in der Schule aber Italienisch gesprochen. Mit Müeterlis Deutsch-Nachhilfe bestand ich die Prüfung für die Sekundarschule in Zizers, die ich fortan jeden Tag besuchte, als einziger Schüler aus meiner Heimgruppe. Ich bin der Heimmutter noch heute dankbar, dass sie mich in meiner Begabung förderte. Andere ehemalige Gott-hilft-Heimkinder haben allerdings weniger gute Erinnerungen an sie, erlebten sie als gewalttätig, ja sadistisch. Sie behandelte uns unterschiedlich, die Gründe dafür kenne ich nicht.

Auch anderweitig konnte ich in der Heimhierarchie aufsteigen. Oskar, der Stallbursche, verliess das Heim, als er siebzehn Jahre alt war. Heimleiter Samuel Rupflin kam nach dem Frühstück auf mich zu: «So, Sergio, ab heute bist du der Stallbub.» Ich hatte sehr gehofft, das Amt übernehmen zu können, denn der Stallbub genoss Privilegien, und es tat gut, ein wenig Verantwortung zu haben. Insgeheim befürchtete ich aber, dass ich dem Heimvater körperlich zu schwach sein könnte. Umso glücklicher machte mich seine unvermittelte Zusage, wiewohl ich bangte, ich könnte den Anforderungen nicht gewachsen sein. Der Stallbub musste hart und lange arbeiten. Neben etwa zwanzig Kühen galt es, zwei Pferde und einige Schweine zu versorgen. Die Hühner blieben Mutterli Babette Rupflins Domäne. Ich bekam mein eigenes Zimmer, und zum Frühstück gabs Konfibrot und Milch mit ein paar Tropfen Kaffee anstatt der kommunen Haferflocken. Schon um halb sechs Uhr morgens läutete mein Wecker, der Stallbub war der Frühaufsteher im Heim. Ich schlüpfte in meine stinkenden Kleider, ging in den Stall, band den Kühen die Schwänze hoch, mistete, legte frische Streu aus, gab ihnen zu fressen. Während die Tiere mampften, schweifte ich mit den Gedanken ab und baute Luftschlösser der Liebe. Ich dachte an Eliane, eine Mitschülerin in der Sekundarschule, an glückliche Familien, in denen die Mutter den Kindern nachwinkte, wenn sie zur Schule gingen, und sie am Abend nach dem Spielen ins Haus rief.

Um halb sieben riss mich der Heimvater aus meinen Träumen, wenn er – eine Stunde nach dem Stallbub – zum Melken in den Stall kam. Die vollen Milchkannen hievten wir auf ein Handwägelchen, das ich in die Dorfkäserei brachte, begleitet vom Hofhund Barry. Dann gings zurück ins Heim, um die Kannen mit heissem Wasser auszuwaschen. Um halb acht folgte das Frühstück. Die Tischordnung beim Morgenessen legte der Heimvater fest. Zu seiner Linken sass der Stallbub. Neben der Heimmutter wurde immer einer platziert, der sich etwas zuschulden hatte kommen lassen. Das war ein Teil der Strafe. Selbstverständlich wurde auch das Frühstück für unsere christliche Erziehung genutzt. Der Reihe nach musste jeder Knabe einen Bibelvers vorlesen, den Vater Samuel anschliessend auslegte. Verpasste einer den Einsatz, schlug er dem Fehlbaren brutal ins Gesicht. Wir anderen Buben starrten erschrocken auf unsere Teller, wagten uns kaum zu regen. Aus dem Nebenraum, wo die Onkel und Tanten ihr Frühstück einnahmen, ertönten fromme Lieder. «Lobet den Herrn, den mächtigen König der Ehren», sangen unsere Erzieher, «lob ihn, o Seele, vereint mit den himmlischen Chören.» Drüben Gebet, hüben Gewalt. Die eklatanten Widersprüche schienen den Verantwortlichen nicht aufzufallen. Für sie passte das zusammen.

Nach dem Essen packte ich rasch meine Schulsachen und eilte ins Dorf. Einmal stellte Eliane mich zur Rede und wollte wissen, warum ich am Morgen an ihr vorbeigerannt sei. Sie habe doch gerufen. Ich lief knallrot an. So sehr hatte ich mich auf dem Weg in die Käserei in meinen Tagträumen über sie verloren, dass ich ihre reale Präsenz glatt übersehen hatte.

Nach der Schule ging es wieder in den Stall, während die anderen Heimkinder aufs Feld oder in den Garten mussten. Beim Melken stellte der Heimvater das Radio an. Lüpfige Ländler erfüllten den Kuhstall. Zur vollen Stunde brachte Radio Beromünster Nachrichten. Dann das Nachtessen, dann nochmals in den Stall. Erst dann Hausaufgaben auf meinem Zimmer, während sich die anderen Kinder vor dem Schlafengehen noch kurz auf dem Spielplatz tummeln durften.

«... der züchtigt ihn»

«Wer seine Rute schont, der hasst seinen Sohn; wer ihn aber lieb hat, der züchtigt ihn beizeiten.» Dieser Vers – Sprüche 13,24 – ist nur eine von mehreren Stellen in der Bibel, die dem Gläubigen strengste Erziehung anraten. Wir Heimkinder in der Gott-hilft-Stiftung bekamen die Botschaft fast täglich zu hören und begannen sie zu glauben. Je mehr man uns bestrafte, desto mehr wurden wir geliebt. Erst mit der Zeit realisierte ich, dass das gar nicht stimmen konnte. Die christliche Rhetorik triefte zwar vor Liebe, doch die Herzen blieben kalt. Als Heimkind stand man auf der untersten Stufe der Hierarchie und war den Launen der fremden Erwachsenen schutzlos ausgesetzt. Einfach jeder und jede konnte an uns den Zorn auslassen. Aus heiterem Himmel gingen Donnerwetter über uns nieder. Nicht immer wussten wir, was wir verbrochen hatten. Wir lebten in ständiger Angst, etwas falsch zu machen. Das schärfte unsere Sinne. Wir beobachteten die Erwachsenen ganz genau und versuchten, ihre Körpersprache, ihren Gesichtsausdruck zu interpretieren. Das kindliche Privileg, sich selbstvergessen und unbekümmert ins Leben fallenzulassen, blieb uns im Heim vorenthalten. Ich war immer wachsam, immer auf der Hut.

Körperstrafen waren praktisch an der Tagesordnung. Ohrfeigen, Tatzen – Schläge auf die Hände –, Kopfnüsse. Und Brennnesselbäder. Sie wurden von einem Betreuer angeordnet und von grösseren Heimbuben ausgeführt. Zwei oder drei von ihnen packten den Kameraden und warfen ihn mit nacktem Oberkörper in die Nesseln. Es juckte und schmerzte fürchterlich, den Spott der anderen gabs gratis dazu. Abends im Bett weinte ich lautlos in mich hinein. Denn wir hatten Order, nach dem Lichterlöschen still zu sein. Zu viel verlangt von sechs Teenagerbuben gemeinsam in einem Zimmer, die tausend Dinge zu besprechen hatten. Wir mussten recht früh ins Bett, im Sommer war es draussen noch hell. Der Heimvater oder ein Mitarbeiter horchte an der Tür, und wenn einer schwatzte, folgte die Strafe auf dem Fuss. Im gnädigeren Fall hiess es: «Sergio, nimm dein Bett und wandle.» Dann musste ich meine Matratze schultern, sie vor dem Zimmer der Heimeltern auf den Boden legen und eine Woche lang dort im Korridor übernachten. Wollte der Heimvater ins Bett, stieg er einfach über mich hinweg. Im schlechteren Fall wurden wir für abendliches Schwatzen mit einem Fussmarsch bestraft. Auch wenn nur einer geschwatzt hatte, kamen alle dran. «Ihr seid wohl noch nicht müde genug», hiess es. Der reine Zynismus. Den nächtlichen Strafmarsch fürchteten wir sehr, denn er wurde ohne Rücksicht auf die Jahreszeit angeordnet.

Zizers im strengen Winter, das Bündner Rheintal in dunkle Nacht gehüllt. Die meisten Dorfbewohner waren schon zu Bett gegangen. Nur eine Gruppe von Heimbuben war noch unterwegs. Im Pyjama, trotz Temperaturen unter null. Keine warme Jacke, kein Schal, keine Mütze, keine Socken, keine Schuhe. Barfuss bahnten wir uns einen Weg durch den Schnee, schlotterten, klapperten mit den Zähnen. Neben uns her ging, dick vermummt und in warmen Stiefeln, Onkel Hans. Uns Bürschchen werde das Schwatzen schon noch vergehen! Bis ins Nachbardorf Igis liess uns der Grimmige stapfen, dann zurück nach Zizers, eine halbe Stunde lang. Im Dorf riss jemand das Fenster auf: «Was tut ihr den Kindern an?» Doch der Onkel liess sich nicht beeindrucken. Wieder daheim im Bett, setzte der Kuhnagel ein. Stechende Schmerzen in den halb erfrorenen Zehen und Fingern, oft tagelang.

Auch über das Essen liefen viele Massregelungen. Die Ernährung in Zizers war kärglich, aber nicht ungesund. Ungefähr so, wie sie heutzutage die Vegetarier und Veganer propagieren. Damals war das kein Lifestyle, sondern Ausdruck von Sparsamkeit. Zum Frühstück Haferbrei. Zum Mittagessen Gemüse und Kartoffeln, zum Abendessen ebenso, ausnahmsweise eine Wähe oder Café complet, aber ohne Schinken und Käse, nur mit Schwarzbrot, Margarine und Konfitüre. Fleisch gab es äusserst selten, Zucker so gut wie nie. Zwischendurch erhielten wir einen Apfel. Da wir viel arbeiten mussten und Energie verbrauchten, waren wir rasch wieder hungrig. Eingriffe in die Verpflegung fielen ins Gewicht, ganz gleich, ob es ein Essensentzug oder eine Verschandelung der Speisen war. Das konnte bereits am frühen Morgen anfangen. Wer zu spät zum Frühstück kam, erhielt zur Strafe den Lebertran ins Hafermus und wurde gezwungen, dieses samt dem ekelhaften Fischöl hinunterzuwürgen. Wer beim Mittagessen in ungeliebtem Gemüse herumstocherte – bei mir der Sellerie –, erhielt zum Abendessen den gleichen Blechnapf nochmals vorgesetzt, mit dem erkalteten Essen darin. Wenn es ganz schlimm kam, wurde einem das Znacht gestrichen, und man musste mit knurrendem Magen ins Bett. Die Mahlzeiten boten auch Gelegenheit zu allerlei Blossstellungen. Wenn ich – pubertierender Jüngling – ein gleichaltriges Mädchen aus dem Heim zu lange anschaute, reagierte die Heimmutter prompt. Mädchen anzuschauen, gehörte zu den gröberen Sünden, die wir Buben bei «Gott hilft» begehen konnten. Noch die zaghaftesten erotischen Aufwallungen mussten im Keim erstickt werden. Ich wurde am Mittagstisch geheissen aufzustehen, öffentlich ausgeschimpft – «Sergio ist ein Grüsel» – und musste stehend zusehen, wie die anderen ihr Gemüse assen. Wenn ich Glück hatte, gab es an so einem Tag Sellerie.

Die vielen Strafen und Züchtigungen hatten zum Teil mit der Überforderung unserer Hauseltern, Onkel und Tanten zu tun, denen es in ihrer überwiegenden Mehrheit gänzlich an pädagogischem Rüstzeug fehlte. Anders als der Stiftungsgründer glaubte, reichte der Glaube an den Heiland und ein bisschen guter Wille bei weitem nicht aus, um jemanden als Erziehungsperson zu befähigen. Erst 1965, ein Jahr nach meinem Austritt aus dem Heim, gründete «Gott hilft» eine interne Erzieherschule. Und 1970, sechs Jahre nach meinem Weggang, verbot die Stiftung die Körperstrafe in ihren Heimen.

Aber es war nicht die Überforderung allein, die die Gewalt hervorbrachte. Wer das Strafregime in dieser protestantischen Einrichtung erlebt hat, weiss: Die Gewalt hatte System. Nicht nur die Arbeit war geeignet, uns die Verwahrlosung und das Gottlose auszutreiben, sondern auch erzieherische Härte. Die latente Bedrohlichkeit und die mangelnde Wärme im Heim zeigte bei vielen von uns psychische Folgen. Es gab unter meinen Heimgspändli einige Bettnässer und Stotterer. Ich selbst entwickelte eine Form von Hospitalismus: Jeden Abend schaukelte ich mich in den Schlaf. Ich warf dabei den Kopf hin und her, manchmal stundenlang. Die stereotype Bewegung war ein Versuch, etwas Trost zu finden. Ich weiss nicht genau, wann ich mit dem sonderbaren Verhalten anfing.

Auch nach dem Austritt aus dem Heim behielt ich es beim Einschlafen jahrelang bei.

Noch während ich in Zizers im Heim war, in den späten 1950er- und frühen 1960er-Jahren, erforschte die Zürcher Kinderärztin Marie Meierhofer den Hospitalismus bei Kleinkindern in Zürcher Heimen. Sie hielt zu diesem Zweck verschiedene auffällige Verhaltensweisen von Heimkindern filmisch fest, darunter auch die stereotypen Bewegungen. Ihre Erkenntnisse flossen 1966 ins Standardwerk «Frustration im frühen Kindesalter» ein. Die berührenden Filmdokumente sind heute auch im Internet zu sehen.

Abschied von Zizers

In die Sekundarschule ging ich gern, sie war meine Insel im Heimalltag, und ich war sehr wissbegierig. Die zwei Schulreisen wurden zu Höhepunkten meiner Oberstufenzeit. Das erste Mal fuhren wir für drei Tage in den Jura, das zweite Mal zum Morteratschgletscher im Engadin. Ich genoss diese Ausbrüche aus meiner engen Welt, die Gesellschaft der Jugendlichen aus dem Dorf. Mit einigen freundete ich mich an, auch wenn mich nie jemand im Heim besuchte. In der Schule war ich ein freierer Mensch, aber ich vergass nie, wo ich herkam. Ich erzielte gute Noten und wollte die Chance nutzen. Auch mein Klassenlehrer fand, ich gehöre ins Gymnasium nach Chur. Als ich dem Heimvater beim Melken davon erzählte, bekam ich zur Antwort eine Ohrfeige. Samuel Rupflin schaltete auf stur. «Ihr seid Kinder von Säufern und Unverheirateten, ihr werdet immer unten bleiben», sagte er, «das Einzige, was ihr lernen müsst, ist, mit der Armut umzugehen.» Dafür brauche es keine höhere Bildung. Rupflin glaubte offenbar selbst nicht daran, dass die arbeitsame Frömmigkeit des Heims uns so zu läutern vermochte, dass aus uns doch noch ehrbare Mitglieder der bürgerlichen Gesellschaft wurden. Kinder wie wir blieben hoffnungslose Fälle.

Im Frühling 1964, ich näherte mich dem Ende der Sekundarschulzeit, stand meine Konfirmation an. Sie markierte die Grenze zum Erwachsenendasein und kündete damit auch das Ende meiner Zeit im Heim an. Auf den feierlichen Sonntag freute ich mich. Am Vorabend stand ich vor meinem Bett und betrachtete erwartungsvoll den neuen dunklen Anzug, der da lag, neben einem gebügelten weissen Hemd, einer Krawatte, neuer Unterwäsche und Socken, als man mich rief. Da sei jemand für mich am Telefon. Das war in meinem ganzen Leben noch nie vorgekommen. «Ich bins, dein Onkel Luigi», schrie es durch den Hörer. Er hole mich in einer Woche in Zizers ab, verkündete der Bruder meiner Mutter: «Dann kommst du zu uns ins Tessin.» Ich kannte ihn nicht, hatte ihn nie gesehen. Während meiner ganzen Zeit in Zizers hatte es kein Lebenszeichen von meiner Familie gegeben. Ich fühlte mich überrumpelt und verwirrt.

Dieser Anruf verdarb mir kurzzeitig die Vorfreude auf die Konfirmation, doch es wurde trotzdem ein schöner Tag. Marguerite Rupflin band mir am Morgen die Krawatte, die ungeliebten Knickerbocker blieben im Schrank. Im Anzug trat ich zu den jüngeren Heimkindern auf den Hof, zusammen mit den Onkeln und Tanten spazierten wir durch das Dorf zur Kirche. Zum ersten Mal schämte ich mich auf dem Kirchgang nicht, ein Heimkind zu sein. Nach dem Gottesdienst spielte die Dorfmusik uns Konfirmanden auf dem Dorfplatz ein Ständchen. Im Heim waren die Tische ausnahmsweise mit Tischtüchern gedeckt. Darauf standen Vasen mit Frühlingsblumen aus dem Garten. Es gab Braten mit Sauce. Gotte Hulda hatte mir eine Uhr geschickt, Götti Jakob ein Bankbüchlein, auf das er fünfzig Franken eingezahlt hatte. Endlich stand ich einmal im Mittelpunkt. Das genoss ich sehr.

Am Ende des Tages fiel ich in eine heillose innere Leere. Ich wollte nicht zurück ins Tessin, wo ich niemanden mehr kannte ausser meiner Familie. Nicht einmal zur Konfirmation waren meine Mutter, die Grossmutter und die Halbschwestern erschienen. Ich wollte im Bündnerland bleiben, in Chur eine Ausbildung machen. Mit dem sehr guten Abschlusszeugnis hätte ich jede Lehrstelle bekommen. Und von Chur war es nicht weit nach Zizers, wo jetzt meine Wurzeln lagen. Doch ich war minderjährig und hatte mich zu fügen. Wieder fragte niemand nach meinen Vorstellungen, wieder riss man mich aus der vertrauten Umgebung. Und erneut fiel mir die Trennung vom Heim schwer, trotz aller Widrigkeiten, die ich hier erlebt hatte. Doch bleiben konnte ich nicht, denn mit dem Schulaustritt endeten die Kostgeldzahlungen der Behörden.

Eine Woche blieb mir Zeit, um Abschied zu nehmen. Die Schule war vorbei. Arbeiten musste ich nicht mehr, etwas anderes kam mir nicht in den Sinn. Am Montag kaufte ich mir im Dorfcafé mit dem Konfirmationsbatzen, den mir jemand zugesteckt hatte, ein Päckchen Stella Filter. Ich verzog mich damit in den Stall und sog den Rauch so heftig ein, dass ich fast ohnmächtig wurde. Ich fühlte mich sehr erwachsen. Wenn das der Heimleiter bemerkt hätte. Ich suchte nochmals alle meine Lieblingsplätze auf. Ging in den Stall zu den Kühen, wo Hans, der neue Stallbursche, in Amt und Würden gehoben worden war. Besuchte Fanny, das alte Pferd, das ich über die Felder geführt hatte, Barry, den bejahrten Hofhund, der mich in die Käserei begleitet hatte. Obwohl inzwischen fast blind, wedelte er freundlich mit dem Schwanz.

Als Onkel Luigi mich mit seinem gelben Ford Cortina abholen kam, wartete ich allein vor dem Haus. Drinnen hatte ich den Heimleuten und Kindern kurz die Hand geschüttelt, bevor alle an ihr Tageswerk geeilt waren. Luigi kurbelte das Fenster hinunter und rief: «Komm, steig ein. Wir haben eine lange Reise vor uns.» Ich blickte durch das Rückfenster und sah meine Heimat verschwinden. Wir sagten beide nichts. Im Tessin angekommen, nahmen mich Onkel Luigi und seine Frau Ada in ihr Häuschen in Canobbio bei Lugano auf. Morgens bereitete mir Zia Ada das Frühstück, dann legte ich mich im kleinen Garten in den Liegestuhl und betrachtete den Himmel. Blieb untätig, bis der Abend kam. Hinauskatapultiert aus dem strikt reglementierten Heimalltag, wusste ich mit der neu gewonnenen Freiheit nichts anzufangen. Keine Arbeit mehr, keine Schule, keine Gebete. Gegen fünf, sechs Uhr kam Onkel Luigi von der Arbeit zurück. Er arbeitete als Kassier und Wagenführer bei der Funicolare, der Standseilbahn hinauf von der Altstadt Lugano zum Bahnhof. Wir assen das Abendbrot, schauten «Carosello» im Fernsehen. Ich schwieg die ganze Zeit. Lag herum, rauchte Zigaretten, die ich dem Onkel stahl. Hatte Heimweh nach Zizers, schrieb traurige Briefe ins Heim.

Liebe Hauseltern!
Mir geht es gut. Hoffe das auch von euch. Bis jetzt habe ich noch keine
Stelle. Es ist mir furchtbar langweilig. Ich wäre lieber noch ein paar
Monate in Zizers geblieben, als hier nichts zu tun. (...) Ich denke noch
viel an den Stall, an die Kühe und an die Kälber. Haben Zeda und
Ufa schon gekalbert? Was sind es für Kälber? Ich hoffe, dass es Hans im
Stall gut gefällt. In Pura sind sie schon fast fertig mit Heuen. (...)
Nun grüsse ich euch herzlich und wünsche euch alles Gute,
euer Sergio

Fiel mir wohl damals auf, dass ich mehr nach den Tieren als nach den Menschen fragte? Ehemalige Heimkameraden kamen mir in den Sinn, die plötzlich verschwunden waren, genau wie ich jetzt. Was war wohl aus ihnen geworden? Wir wurden nicht auf ein selbständiges Leben ausserhalb des Heims vorbereitet, hatten davon nur eine rudimentäre Ahnung. Der Sommer kam, schliesslich wurde Onkel Luigi die Situation zu unheimlich. Er rief meine Mutter an: «So kann es nicht weitergehen mit Sergio. Es geht ihm nicht gut.» Sie kam nach Canobbio. Unser erstes Wiedersehen seit mehr als sechs Jahren. Beim letzten Mal hatte sie, nach dem Freitod ihres Ehemannes, Trauer getragen. Jetzt hatte sie einen weissen Rock an, auf dem rote Rosen prangten. «Du bist aber ein Hübscher geworden», sagte sie. Die Beklemmung war mit Händen zu greifen. Sie verschwand ins Haus, drinnen besprachen die drei meine Zukunft, ich ging mich verstecken. Hinter einem Busch hockend, sah ich die Mutter herauskommen und die Strasse hinuntereilen. Bloss weg von mir. Tags darauf brachte mich der Onkel zur Grossmutter nach Lugano. Sie organisierte mir eine kaufmännische Lehrstelle und ein Zimmer in einem heruntergekommenen Nebengebäude des Hotels Maya in Lugano-Paradiso.

Im August 1964 begann ich meine KV-Lehre beim Landesverband Freier Schweizer Arbeiter, bei einer Art freisinnigen Gewerkschaft, mitten in der Stadt. Nach der Arbeit zog ich mich in mein Zimmer zurück, bevor ich im Hotelrestaurant zu Abend ass, die einzige warme Mahlzeit des Tages. Ich sass allein an einem Tisch, nur wenige andere Gäste waren anwesend. Als Lehrling war ich gefügig, machte, was man mir sagte. An den Wochenenden schickte mich der Lehrmeister, Signore Colombo, nach Chiasso an den Bahnhof, um unter den eintreffenden Gastarbeitern Mitglieder für den Landesverband zu werben. Es kamen damals viele Italiener ins Land, sie wurden auf den Schweizer Baustellen dringend gebraucht. Beim Zoll wartete ich auf sie und streckte ihnen die Beitrittsformulare unter die Nase. Für jedes neue Mitglied, das ich rekrutierte, bekam ich zehn Franken. Ich war ziemlich erfolgreich. Die Gastarbeiter dachten wohl, die Unterschrift gehöre zu den Einreiseformalitäten. Neben mir buhlten auch andere Gewerkschaftsvertreter um die Migranten. Die Roten, also die Sozialisten, und die Schwarzen, von den katholischen Verbänden. Besonders Erstere bedachten mich mit Spott und Hohn. Eine bürgerliche Gewerkschaft? Ein Witz! Ich hatte keine Skrupel, weil ich das Geld dringend brauchte. Und das Lob meines Chefs tat mir gut. Er setzte mich auch bei Wahlen als Propagandahelfer ein. Wir postierten uns vor dem Wahllokal, und er diktierte mir die Namen jener, die ihre Stimme abgaben. Rund eine Stunde bevor das Wahllokal schloss, gingen wir säumige Wähler mobilisieren, darunter auch Bewohner von Altersheimen. Mein Chef karrte sie mit dem Auto zum Wahllokal, wo sie die «richtige» Liste in die Urne warfen. Die Freisinnigen machten das nicht als Einzige so. Es war meine erste Begegnung mit eigennütziger Parteipolitik. Sie kam mir später als Heimleiter oft in den Sinn, wenn wieder einmal Parteivertreter links und rechts die Heimpolitik zur Profilierung nutzten.

Trotz des Zustupfs durch die Mitgliederwerbung reichte mein Lehrlingslohn oft nur bis Mitte Monat. Dann konnte ich mir kein Essen mehr kaufen. Ich hatte lange Jahre in einem grossen Kollektiv gelebt, nun war ich auf mich allein gestellt und unfähig, mit den Anforderungen des Alltags zurechtzukommen. Ich wusste nicht, wo ich meine Kleider waschen sollte. Wenn ich an den Wochenenden vom Mitgliederwerben zurückkam, legte ich mich aufs Bett und wartete, bis es Montag wurde. Einmal rief ich mit dem schwarzen Telefonapparat in meinem Zimmer Toni an, einen früheren Schulkameraden aus Zizers. Wir redeten eine Stunde lang. Am nächsten Tag war ein kleines Schloss am Telefon angebracht. Wer die Gespräche nicht zahlen konnte, sollte auch nicht telefonieren.

Ich hatte Hunger und vereinsamte und verwahrloste zusehends. Niemand bemerkte meine Not, schon gar nicht die Verwandten, die in der gleichen Stadt lebten. Sie fragten nie nach mir, besuchten mich nie. Viele Jahre später fand ich heraus, dass das Sozialamt mir sehr wohl Geld für Kost und Logis gezahlt hatte. Wer die Unterstützung, die ich dringend gebraucht hätte, einkassiert hat, weiss ich bis heute nicht.

Am Tiefpunkt

Manchmal ging ich in den Parco Ciani in Lugano und schaute dem Treiben um mich herum zu. Väter, die mit ihren Kindern Ball spielten. Mütter, die ein Picknick vorbereiteten. Als ich einmal auf der Parkbank sass, kam ein Mann auf mich zu. «Was machst du da, ganz allein?», fragte er. Er war Geiger in einem Sinfonieorchester. Wir gingen essen. Ich ahnte, dass die Einladung nicht umsonst zu haben war. Auch nicht der Kinobesuch, zu dem mich der Hotelportier mitnahm. Die Ausfahrt im Cabrio des Fernsehjournalisten. Der Drink in der Bar, den mir ein Stadtpolitiker spendierte. Meistens fuhren wir in den Wald oder an den See, an eine verborgene Stelle. Sie steckten mir eine Zwanziger- oder Fünfzigernote zu. Dann zogen sie mich aus, berührten meinen mageren, siebzehnjährigen Körper und befriedigten sich selbst. Ich roch ihren Schweiss, ihre Angst, entdeckt zu werden. Sie war genauso gross wie meine Scham, mein Ekel. Doch ich brauchte das Geld. Und auf eine gewisse Weise tat mir die Zuwendung dieser Männer gut, einsam und allein, wie ich war. Daheim in der Kammer überkam mich tiefe Verzweiflung. Ich duschte endlos, um alles wegzuwaschen. Heulte vor Wut auf mich selbst und die Typen, die mich benutzten. Am Montag ging ich zur Arbeit, um am nächsten Wochenende das Doppelleben wieder aufzunehmen. Zog wieder los in den Park, wo die Männer warteten. Hatte zu essen, konnte ins Kino und mir neue Hosen kaufen. Ich war mir selbst zuwider, aber ich konnte nicht anders. Ich war am Tiefpunkt angelangt.

Eines Morgens um sechs Uhr klopfte es heftig an der Tür. Drei Polizisten standen draussen. Ich erschrak gewaltig. Jetzt verhaften sie mich, weil ich mich mit den Männern eingelassen habe, dachte ich. Nun lande ich im Gefängnis, und mein Leben ist endgültig gescheitert. Sie legten mir Handschellen an, nahmen mich auf die Wache mit, riefen meinen Chef an – einer der Polizisten war dessen Sohn. Dann klärte sich die Situation. Es ging nicht um mich, sondern um unsaubere Machenschaften des Hotels bei der Vermietung der Zimmer. Ich kam mit dem Schrecken davon. Von diesem Tag an mied ich den Park. Hatte wieder Hunger. Geschwächt, wie ich war, kam es auch vor, dass ich auf dem Trottoir zusammenbrach. Die Passanten hielten mich vermutlich für einen Junkie und gingen achtlos weiter. Meine Schuhe hatten Löcher. Meine Kleider waren dreckig. Hin und wieder liess ich an einem Markstand einige Früchte mitgehen. Monatelang lebte ich so. Ich dachte daran, allem ein Ende zu setzen.

Dann kam der 25. Mai 1965, der Tag, an dem Muhammad Ali seinen Weltmeistertitel gegen Sonny Liston verteidigen wollte. Auf der Arbeit hatten sie tagelang über nichts anderes als den bevorstehenden Boxkampf in den USA gesprochen. In der folgenden Nacht sollte das Sportereignis im Fernsehen übertragen werden. Mein Hunger war an diesem Tag besonders gross. Ich wusste nicht mehr weiter. In meiner Verzweiflung machte ich mich auf nach Pura, zu Fuss, am Schluss durch den Kastanienwald, wie einst. Das Heim, in dem ich die ersten elf Jahre meines Lebens verbracht hatte, gab es nicht mehr. In dem schönen Haus betrieb «Gott hilft» inzwischen ein christliches Seminarhotel. Ich klopfte an die Türe, eine Frau öffnete. «Was machst du denn hier, Sergio? Komm rein!» Es war Tante Emmi Küffer, die von der Stiftung aus dem Bündnerland ins Tessin beordert worden war, um die Leitung des Hotels zu übernehmen. Als sie sah, wie beinmager ich war, führte sie mich in die Hotelküche und gab mir zu essen. Frisch gebadet und mit fünfzig Franken im Hosensack, kehrte ich mit dem letzten Zug nach Lugano zurück. Satt, sauber, ein klein wenig zuversichtlicher. Die Cafés in der Stadt waren noch geöffnet, die aufgeregte Stimme des Sportkommentators drang auf die Strasse. Muhammad Ali schlug Sonny Liston in der ersten Runde k. o.

Am nächsten Tag rief Tante Emmi den Präsidenten des Christlichen Vereins Junger Männer (CVJM) in Lugano an, dieser kontaktierte mich umgehend. Das war meine Rettung. Ein Sozialarbeiterpraktikant namens Walter Gasser nahm sich meiner an und vermittelte mir Sozialhilfe. Auch im Alltag half er mir zurecht, zeigte mir beispielsweise, wo ich waschen konnte. Nach und nach rappelte ich mich auf, lernte andere Deutschschweizer kennen, begann mir ein soziales Netz zu flechten. Als man mich anfragte, selbst das Präsidium des CVJM zu übernehmen, sagte ich zu und übte das Amt zwei Jahre lang aus. Nicht wegen des christlichen Hintergrunds, sondern weil ich in dem Verein Kollegen gefunden hatte.

Es wurde Herbst, und ich nahm zum ersten Mal an der Castagnata teil, dem Kastanienfest, das Signore Colombo für die Belegschaft organisierte. Ich trank Wein, bis ich unter den Tisch rutschte. Der Chef rief meine Mutter an, er befürchtete Schlimmes. Auf dem ganzen Weg zum Arzt schimpfte sie zünftig mit mir, doch das tat mir nur gut. Ich genoss die Tadel. Sie gaben mir das Gefühl, eine Mutter zu haben, die sich um mich sorgte. Der Doktor untersuchte mich. «Ihr Sohn ist unterernährt», sagte er, sie solle sich besser um mich kümmern. Aber schon an der nächsten Strassenkreuzung trennten sich unsere Wege wieder.

Vom Sozialamt erhielt ich Gutscheine, die ich in der SBB-Kantine einlösen konnte. Dort lernte ich Maria kennen. Sie stammte aus einer stadtbekannten Luganeser Familie und arbeitete bei der Bahn. Wir trafen uns fast jeden Abend. Verklemmt sass ich neben ihr im Kino, bekam vom Film wenig mit, getraute mich nicht, ihre Hand zu fassen. Maria hatte bald genug von dem Jungen, der sie immer nur verliebt anstarrte. Sie reiste nach New York, hinterliess mir immerhin ihr Velosolex. Andere Frauen begannen sich für mich zu interessieren. Was sie wohl an mir, dem hageren, schüchternen Jüngling mit den roten Locken, fanden? Lieber ging ich mit meinen neuen Freunden vom CVJM in die Berge.

Eines Tages fuhr ich mit Marias Velosolex nach Morcote, wo meine Mutter mit ihrem zweiten Mann Franco die Bar Lugano betrieb. Irgendwie hatte ich davon erfahren. Auch, dass die beiden meine drei Halbschwestern aus dem Heim zu sich genommen hatten und nun als Familie zusammenlebten. Ich setzte mich an die Bar, bestellte eine Cola und fragte nach der Mutter. Ich sei ihr Sohn. Franco, der hinter der Theke bediente, fiel aus allen Wolken. Offensichtlich hatte sie ihm nie erzählt, dass sie noch einen Sohn hatte. Er trat hinter den Kugelkettenvorhang, zischendes Flüstern drang an meine Ohren. Dann kam Franco wieder hervor, sichtlich unwohl: «Deine Mutter will dich nicht sehen.» Ich stürmte aus der Bar, schnappte mir das Velosolex und fuhr weg. Der Wind trocknete meine Tränen. Es hatte einfach keinen Sinn. Ich versuchte mich damit abzufinden, dass ich der Mensch auf Erden war, der von der eigenen Mutter nicht geliebt wurde.

So kam das Schweizer Militär für einmal zur rechten Zeit. Rund um mich herum verabschiedeten sich am Bahnhof junge Männer mit kurz geschnittenen Haaren von den Eltern, der Freundin. Ich hatte nach der KV-Lehre bei der Banca Svizzera Italiana in Lugano Arbeit gefunden und ein Zimmer bei einer Schlummermutter bewohnt. Als ich in die Rekrutenschule eintrat, musste ich es aufgeben. Damals war es noch nicht üblich, dass der Arbeitgeber die Lohnfortzahlung garantierte. Ich lebte vom Sold und einer kleinen Erwerbsausfallentschädigung, die Ende Monat ausbezahlt wurde. Die Kaserne La Poya nahe Freiburg wurde für sechzehn Wochen mein Zuhause. Exerzierwiese, Kampfbahn, Betonröhren, Wassergräben. Ein Zimmer mit Eisenbetten, ein Holztisch am Fenster, ein Spind. An den Wochenenden blieb ich als Einziger in der Kaserne zurück. Die Wachposten blickten mich mitleidig an. An einigen Samstagen schnallte ich nach dem Abtreten ebenfalls den Effektensack an den Rücken und ging mit zum Bahnhof. Ich tat so, als wollte auch ich in den Wochenendurlaub ins Tessin fahren. Wenn alle Züge weg waren, kehrte ich in die Kaserne zurück. Langweilte mich. Schaute aus dem Fenster. Las Jerry-Cotton-Hefte. Schrieb Briefe. Am Sonntagabend, wenn die Kameraden wieder einrückten, flunkerte ich ihnen Abenteuer aus dem Ausgang vor. Erzählte von Frauen, die ich erobert, und von Filmen, die ich gesehen hatte – wenigstens Letzteres stimmte. Weil ich mich ab und zu gegen Entgelt in die Wachmannschaft einteilen liess, konnte ich ins Kino oder ein Bier trinken gehen.

Zum Problem wurde in der RS das Schlafschaukeln. Seit so vielen Jahren fand ich erst Schlaf, nachdem ich den Kopf minutenlang, manchmal stundenlang, hin- und hergeworfen hatte. Wie peinlich. Was würden nur die Mitrekruten von mir denken? In der ersten Nacht in der Kaserne kämpfte ich gegen das Schaukeln an und blieb prompt wach. Einige unruhige Nächte später schaffte ich es, ohne mein jahrelanges Ritual einzuschlafen. Ich war sehr erleichtert.

Die Rekrutenschule ging vorbei, ich nahm meine Arbeit bei der Bank wieder auf und wanderte am Wochenende mit meinen Freunden in den Tessiner Bergen. In einer Berghütte lernte ich Dora kennen. Unsere Wandergruppen trafen mehrmals aufeinander. «Bist du eigentlich blind?», fragte irgendwann jemand. Ich hatte Doras Interesse an mir nicht bemerkt. Wir kamen zusammen. Sie wohnte noch zu Hause bei ihrer verwitweten Mutter. Meine Grossmutter kannte die Leute, die früher eine Pferdemetzgerei geführt hatten. Sie hatte dort für die Herrschaften, in deren Diensten sie stand, Fleisch besorgt. Doras Mutter war eine liebe, warmherzige Frau. Sie nahm mich in die Familie auf. Ich fühlte mich aufgehoben. Auch beruflich machte ich einen Schritt vorwärts. Die Arbeit auf der Bank sagte mir nicht zu, und Sozialarbeiter Walter Gasser schlug mir vor, Heimerzieher zu werden. Diese seien auf dem Arbeitsmarkt gerade sehr gefragt. Heimerzieher, ich? Etwas klang in mir an, als Gasser damit kam. Ich weiss nicht genau, was es war. Wohl kaum der Wunsch, ins Heim zurückzukehren, um es besser zu machen als die Betreuer, die ich erlebt hatte. Jedenfalls war mir das zu diesem Zeitpunkt nicht bewusst. Ich kann es nicht anders sagen: Es war das Heimweh, das mich bewog, ins Heim zurückzukehren.

Die Mondlandung

Mein zweites Heimleben begann 1968, im Alter von 21 Jahren, mit einem einjährigen Vorpraktikum im Kinderheim Ala Materna im schmucken Tessiner Dorf Rovio über dem Luganersee. Der Sozialarbeiter hatte mir die Praktikumsstelle vermittelt. In dem Heim lebten Kinder und Jugendliche zwischen sechs und fünfzehn Jahren. Ich hörte Geschichten von Rabenmüttern, gewalttätigen Vätern, gleichgültigen Verwandten, überforderten Behörden. Es waren Kinder auf der Suche nach Geborgenheit und Glück, genau wie ich früher. Ich konnte mich in sie hineinfühlen – und war dennoch mit meiner Verantwortung heillos überfordert. In meiner neuen Rolle fand ich mich überhaupt nicht zurecht. Ich ergriff Partei für die Kinder, wenn diese mit Zimmerarrest, Blossstellungen oder, was nur selten vorkam, Schlägen für ein abweichendes Verhalten bestraft wurden. Die spontane Solidarisierung brachte mich des Öfteren in Widerspruch zu meinen Vorgesetzten.

So auch im Juli 1969, als die Amerikaner erstmals auf dem Mond landeten. Die Heimleitung entschied, dass die Kinder nicht live am Fernsehen dabei sein durften. Ungestörter Schlaf war offenbar wichtiger als dieses Jahrhundertereignis, das Aufbruch versprach. Die Buben, für die ich zuständig war, protestierten vergeblich. Da sagte ich ihnen, ich würde sie heimlich in der Nacht wecken, wenn sie mir zusicherten, das für sich zu behalten. Das versprachen sie hoch und heilig. Um zwei Uhr führte ich sie leise in den Speisesaal, am Schlafzimmer der Heimleiterin vorbei. Gemeinsam schauten wir zu, wie Neil Armstrong den Mond betrat, hörten ihn «Ein kleiner Schritt für einen Mann, ein grosser Schritt für die Menschheit» sagen. Die Kinder waren mucksmäuschenstill. Zwei Stunden später schlichen sie die Treppe hoch, zurück in ihre Betten. Niemand hatte etwas bemerkt. Jahrzehnte später rief mich ein Mann an, der als Bub in der «Ala Materna» gewesen war. Er hatte mich bei einem Auftritt im Tessiner Fernsehen wiedererkannt. Prompt sprach er mich auf die Nacht der Mondlandung an und dankte mir für mein Vorgehen.

Ich ertappte mich damals aber auch bei Eifersuchtsgefühlen gegenüber den Heimkindern. Die Reformprozesse hatten in dieser Institution schon eingesetzt. Die Mädchen und Buben mussten nicht mehr arbeiten, sondern durften nach der Schule Fussball spielen oder basteln. Ihnen galt die ganze Aufmerksamkeit der Mitarbeitenden. Meine Kolleginnen und Kollegen strahlten viel Herzlichkeit und Güte aus, von der Leiterin bis zum Koch. Jeden Morgen wurden die Probleme der Kinder erörtert, oft im Beisein eines Psychiaters. Auch abends, wenn sie im Bett waren, trafen wir uns im Team und tauschten uns über den Tag aus. Unser ganzes Streben galt dem Wohl dieser Kinder. Das hätte ich auch gerne erlebt.

Mit dem feinen Sensorium der Heimkinder spürten meine Schützlinge, dass ich nicht mit mir im Reinen war. Sie begannen, mich zu provozieren und Grenzen auszuloten. Zum Beispiel Federico, ein blonder Knabe von zehn Jahren. Er weigerte sich zu duschen. Die anderen sassen bereits beim Frühstück und durften ohne ihn nicht anfangen. Zuerst sprach ich ihm gut zu. Doch er trotzte meinen Erziehungsversuchen. Ich wurde immer nervöser, schliesslich schlug ich ihm mit der flachen Hand auf den nackten Rücken. Federico schrie auf und stieb davon. Am Nachmittag, als die Buben nach der Schule Fussball spielten, erschien er demonstrativ ohne T-Shirt. Alle konnten den roten Abdruck auf seinem Rücken sehen. Die anderen bestürmten ihn. «Wer war das? Wer hat dich geschlagen?» Federico sah mich aus den Augenwinkeln an, doch er verriet mich nicht.

Der Heimbub Federico erteilte dem angehenden Sozialpädagogen Devecchi eine Lektion, die dieser nicht mehr vergessen sollte. Keinesfalls durfte ich vom Opfer zum Täter werden. Federico kam mir später immer wieder in den Sinn, wenn ich als Heimleiter mit Jugendlichen konfrontiert war, deren Verhalten uns Mitarbeitenden den letzten Nerv auszureissen drohte. Trotz aller Verwicklungen war die Praktikumszeit wichtig für meine Laufbahn. Im Dorf nannten sie mich «Maestro», Lehrer, das schmeichelte mir. Die Bezeichnung tat mir gut, auch wenn ich sie nicht verdient hatte. Endlich war ich jemand.

Am Abend, wenn die Kinder in ihren Betten lagen, sass ich meistens in meinem Zimmer. Durch das Fenster konnte ich nach Melide hinuntersehen, wo ja meine Mutter wohnte. Die Lichter des Dorfes spiegelten sich auf dem dunklen See. Ich verspürte das Bedürfnis, sie über meine beruflichen Pläne zu informieren, und spekulierte auch ein wenig darauf, dass sie stolz auf mich sein würde. Ich setzte mich an meinen kleinen Schreibtisch vor dem Fenster und begann zu schreiben. Als der Morgen dämmerte, hatte ich mich in Anklagen und Vorwürfe hineingesteigert.

Liebe Mutter
Es ist Nacht. Die Kinder, die ich hier in Rovio betreue, schlafen alle.
Ich wache über sie, was mir die Zeit gibt, Dir diesen Brief zu schreiben. Seit 4 Monaten schon arbeite ich als Hilfserzieher in der «Ala Materna». Im Herbst beginne ich in Basel die Ausbildung zum Sozial-

pädagogen. Vor einer Woche habe ich von der Schulleitung den posi-
tiven Aufnahmeentscheid bekommen. Es ist lange her, seit wir uns das
letzte Mal gesehen haben. Im Grunde genommen hast Du keine
Ahnung, wer ich bin. Du hast Dich nie für mich interessiert, ja, ich
glaube zu spüren, dass Du Dich für mich schämst. Niemand in
Deiner Umgebung, keiner Deiner Freundinnen und Freunde, hat
eine Ahnung von meiner Existenz. Du versteckst mich vor ihnen. Das
spürte ich, als ich Dich in der Bar besuchen wollte. Meine Anwesen-
heit war Dir peinlich. Wie sehr möchte ich doch, dass Du teilnimmst
an meinem Leben, so wie ich glaube, dass Du teilnimmst am Leben
meiner Halbschwestern. Wie gross ist doch mein Wunsch, bei Dir
wohnen zu dürfen, wie alle anderen Söhne und Töchter bei ihren
Eltern wohnen dürfen. Du aber lehnst mich ab, verweigerst Dich mir,
und das schmerzt mich sehr. Im Grunde genommen könntest Du
stolz auf mich sein. Denn ich habe meinen Weg gemacht, trotz vieler
Hindernisse und fehlender Mutterliebe. Und jetzt bin ich daran,
einen weiteren Schritt zu tun, auf den Du als Mutter ebenfalls stolz
sein könntest. Ich hoffe, dass es mir gelingt, mit den mir anvertrau-
ten Kindern hier liebevoll umzugehen, denn auch sie leiden darunter,
dass sie keine Familienkinder sein dürfen. Weisst Du, meine Freude
wäre sehr gross, wenn Du mal hochkommen würdest, nach Rovio,
mich besuchen. Du bist ja nicht weit weg von mir.
Bald werden die Kinder wach, und ich muss zur Arbeit.
Es grüsst Dich, Sergio

Nachdem ich den Brief abgeschickt hatte, malte ich mir aus, wie die Mutter nach Rovio hochkommen und mich in die Arme schliessen würde. Die Tage vergingen, sie liess nichts von sich hören. Dafür meldete sich Onkel Luigi und stellte mich in Lugano zur Rede. «Du darfst deine Mutter nicht so behandeln, sie hat das nicht verdient», schimpfte er, «wegen dir hat sie viel durchgemacht.» Sie hatte sich bei ihrem Bruder beklagt, anstatt sich mit mir, mit ihrem Sohn, auseinanderzusetzen. Vor lauter Frust versetzte ich Luigis Karre einen kräftigen Tritt. Der Brief aus Rovio war mein letzter Versuch, aktiv Kontakt mit der Mutter aufzunehmen.

Zaungast bei der Heimkampagne

Nach dem Praktikum in Rovio begann ich 1969 mit der Sozialpädagogen-schule in Basel. Es waren die Jahre, in denen das Heimwesen durchge-schüttelt und tiefgreifende Reformen eingeleitet wurden. Einfluss darauf hatte auch die Heimkampagne, eine Folge der 68er-Studentenunruhen. Die Bewegung schwappte von Deutschland in die Schweiz über. Sie übte radikale Kritik an den Zuständen und den repressiven Erziehungsmetho-den in den Heimen. Sie forderte, diese in die Selbstverwaltung der Ju-gendlichen zu überführen, und unterstützte Insassen bei der Flucht aus geschlossenen Institutionen.

Ich war fasziniert und verunsichert zugleich. Inkognito besuchte ich die Heimkampagne-Versammlungen in Bern und Zürich. Dort hörte ich unerschrockene Jugendliche gegen Heimbonzen wettern, und ich reali-sierte, wie brav und angepasst ich stets gewesen war. Ich hing an den Lip-pen gewandter Sprecherinnen und Sprecher, die marxistisch unterfüt-terte Gesellschaftsanalysen ablieferten. Von der «totalen Institution» war die Rede, einem Begriff, den der kritische Soziologe Erving Goffman geprägt hatte. Vieles war mir zu akademisch, doch ich verstand, was ge-meint war. Ich hatte es selbst erlebt. Ich stimmte ihnen innerlich zu, wenn sie von Machtmissbrauch und Ausbeutung sprachen. Wenn sie die «Bra-chialpädagogik» brandmarkten, die ihre Ziele mit Druck, Zwang und physischer Gewalt zu erreichen versuche. Ich nickte wissend, wenn sie sagten, dass die Heime die Jugendlichen von der Gesellschaft isolierten und sie nicht auf das Leben vorbereiteten.

Hier tat sich eine Welt auf, von der ich nichts gewusst hatte. Eine auf-müpfige, unkonventionelle Welt. Die 68er sprachen von gesellschaftli-chem Umbruch, lebten in Wohngemeinschaften und propagierten die freie Liebe. Derweil ich, im Zwangskollektiv gross geworden, von einer kleinen Familie träumte. Von einem eigenen Schlafzimmer, einer Bade-wanne, einer eigenen Küche. Ich war auf dem besten Weg, ein Spiessbür-ger zu werden. Auch was die Heime betraf, stand ich nun prompt auf der falschen Seite, schickte ich mich doch gerade an, als Erzieher in jene Ins-titutionen arbeiten zu gehen, die die Aktivisten schleifen wollten.

Die gestandenen Heimleiter reagierten zurückhaltend auf die Forderungen. Die neu gegründete Jugendheimleiterkonferenz der Deutschschweiz verstand sich als Bastion gegen die Aktivisten, die als anarchistische Aufwiegler empfunden wurden. Damals vertraten die meisten Leiter konservatives Gedankengut. Viele waren Offiziere der Schweizer Armee und im christlichen Glauben gefestigt. Sie unterstellten der Heimkampagne, die Jugendlichen für klassenkämpferische Zwecke einzuspannen. Dass in Zürich sogar Notunterkünfte für ausgebüxte Zöglinge angeboten wurden, goutierten die Heimleiter überhaupt nicht.

Im Dezember 1970 kam es zum denkwürdigen Zusammentreffen, zum grossen Showdown. Das Gottlieb-Duttweiler-Institut in Rüschlikon organisierte eine Tagung mit dem Titel «Erziehungsanstalten unter Beschuss». 450 Leute drängten in den Plenarsaal: Jugendliche aus Heimen, Leiter, Vertreter der Heimkampagne, Sozialarbeiter, Journalisten, Neugierige. Zweihundert Interessierte mussten wegen Platzmangel abgewiesen werden. Ich hatte Glück und fand Einlass. Die Reden und Diskussionen wollten nicht enden, die Emotionen gingen hoch. Die Heimerziehung befinde sich in einer Krise, so wie die ganze Gesellschaftsordnung, referierte der St. Galler Strafrechtler Eduard Nägeli. Ich sass hinten im Saal und rang mit mir. Ein Teil von mir wollte ebenfalls nach vorne gehen und vom eigenen Leben erzählen. Sich solidarisch erklären mit den Zöglingen, die auftraten, den Ausgegrenzten, Gedemütigten. Doch der andere, stärkere Teil von mir blieb vorsichtig, getraute sich nicht. Zu gross war die Angst – vor dem Schmerz der Selbstentblössung, vor beruflichen Risiken als angehender Sozialpädagoge. Wer würde mich noch einstellen, wenn ich jetzt das Maul aufriss? Gerade erst war ich, nach vielen Jahren im Heim und dem sozialen Absturz in Lugano, in der Gesellschaft angekommen. Alles war noch so wacklig. Ich schämte mich. Ging nach draussen in den Park, drehte eine Runde. Der kalte Wind tat mir gut. Dann ging ich zurück in den Saal, weil ich nichts verpassen wollte.

Gegen Ende der Tagung schritt ein Mann nach vorne: Gerhard Schaffner, Psychologe, Leiter des «Erlenhofs». Das Jugendheim im Baselbiet, dem Schaffner seit kurzem vorstand, war über die Landesgrenzen hinaus für seine fortschrittlichen Ansätze bekannt. Er gehörte zu den reformwilligen Kräften unter den Heimleitern. Er war noch jung, hatte aber schon fast weisse Haare. Ruhig trug er sein Referat vor. Es enthielt Thesen, die in eine Resolution «zur Lösung der dringendsten Probleme» in der Heimerziehung mündeten:

- Erziehungseinrichtungen gehören in die Nähe von Städten und nicht in ländliche Abgeschiedenheit.
- Die Erziehungsarbeit soll in baulich überschaubaren Wohngruppen geleistet werden.
- Bau und Betrieb der Einrichtungen sollen gesamtschweizerisch koordiniert werden.
- Es braucht mehr qualifiziertes Personal und eine bessere Entlöhnung desselben.
- Forschungsergebnisse der Hochschulen sind einzubeziehen.
- Heime und Anstalten sollen auf eine vernünftige finanzielle Grundlage gestellt werden, die Beiträge von Bund, Kantonen und Gemeinden sind ganz erheblich zu erhöhen.
- Ambulante Beratungs- und Betreuungsdienste müssen ausgebaut, alternative Lösungen entwickelt werden.
- Alle menschenunwürdigen Zustände und alle brutalen Formen von Disziplinarmassnahmen, Schikanen, Demütigungen und Kränkungen (wie Haareabschneiden, Dunkelhaft, Isolier- und Besinnungszelle, Kostschmälerung etc.) sind abzuschaffen.

Die Heimzöglinge, so die Resolution, müssten ab sofort spüren, dass diese Tagung engagierter Menschen stattgefunden habe. Wir Teilnehmenden in Rüschlikon nahmen die Resolution klar an. Es gab lediglich vier Gegenstimmen und ein paar Enthaltungen. Schaffner war es gelungen, die vergiftete Atmosphäre zwischen Reformern und Bewahrern zu entkrampfen. Er fand Formulierungen, hinter die sich die Mehrheit der Anwesenden stellen konnte. Ich war beeindruckt und merkte mir seinen Namen. In dieser Nacht machte ich kaum ein Auge zu. So vieles ging mir durch den Kopf. In Zürich, Basel und Bern demonstrierten junge Menschen auf der Strasse.

Sie weigerten sich, zu tun, was man mir als Kind im Heim beigebracht hatte: gehorchen, schweigen, beten. Das liess mich nicht mehr los.

Während meiner Ausbildungszeit führten Dora, meine damalige Partnerin und zukünftige Ehefrau, und ich eine Wochenendbeziehung. Während der Werktage wohnte ich in Basel bei einer Schlummermutter, am Freitagabend kehrte ich nach Lugano zurück, wo Dora in einem Büro arbeitete. Sie war aktiv und lebenslustig, was in Kontrast zu meiner Grundstimmung stand, der Melancholie. Ich war einverstanden, als sie vorschlug, in Basel zusammenzuziehen. Die Aussicht auf ein eigenes Nest, das wir uns einrichten würden, gefiel mir, Revolution hin oder her. Um Anfang der 1970er-Jahre in der Schweiz einen Mietvertrag zu bekommen, musste man verheiratet sein. Basel war dann eben doch nicht Paris oder Berlin. Also beschlossen wir, uns trauen zu lassen. Erst jetzt erzählte ich Dora von meiner Heimvergangenheit. Weil meine Grossmutter mit ihrer Familie bekannt war, hatte sie bereits davon gewusst, mich aber nie mit Fragen bedrängt. Sie hatte gemerkt, dass das Thema für mich schwierig war. Diese Rücksicht rechnete ich Dora hoch an. Unsere Hochzeit fand im reformierten Kirchlein in Melide statt, meine Abneigung gegen das Religiöse überwand ich für einen Tag. Auf Wunsch der Schwiegermutter lud ich meine Grossmutter ein. Sie brachte überraschend meine Mutter mit, doch ich schickte diese in einem spontanen Reflex weg: «Du bist nicht eingeladen.» Sie sagte nichts und machte auf dem Absatz kehrt. Dafür waren meine Heimeltern aus Zizers und Gotte Hulda gekommen. Ich wollte nicht allein dastehen, während sich um Dora ihre ganze Familie gruppierte. Müeterli Marguerite Rupflin spielte die Orgel, Vater Samuel hielt eine Ansprache, pries Gottes Wille und Gnade. Meine Grossmutter sass nahe beim Ausgang und verschwand nach der Trauung. Dora strahlte, sie sah schön aus. Später tischte meine Schwiegermutter Rossbraten, Bohnen und Kartoffeln auf.

Am Nachmittag zogen wir unsere Bergkleider an und stiegen zur Hütte hoch, in der wir uns kennengelernt hatten. Unsere Freunde vom CVJM erwarteten uns schon. Wir sangen und stiessen mit Merlot auf unser Glück an. Der Hüttenwart hatte eine Hochzeitstorte gebacken und packte die Handorgel aus. Wir tanzten ausgelassen. In dieser Nacht vergass ich beinahe, dass ich nicht immer so glücklich gewesen war. Tags darauf fuhren Dora und ich in unsere neue Wohnung nach Basel. Nur wir zwei. Noch nie hatte ich mich dem normalen Leben so nahe gefühlt. Später lebten wir auch in der Nähe von Torricella und in Zürich zusammen, und Mitte der 1970er-Jahre eröffnete Dora mir freudestrahlend, sie sei schwanger. Ich fühlte mich überfordert und der Verantwortung als Ernährer einer Familie nicht gewachsen. Im dritten Monat verlor sie das Kind, und ich ertappte mich dabei, erleichtert zu sein.

Wie viele ehemalige Heim- und Verdingkinder hatte ich früh geheiratet, war ich bestrebt, das warme Nest zu bauen, das mir so lange gefehlt hatte. Doch ich war noch nicht parat für eine Bindung, eine Familie. Ich packte meine Siebensachen und zog in eine Einzimmerwohnung, zurück in die Einsamkeit. Dora und ich lebten eine Zeitlang getrennt, später liessen wir uns scheiden. Der Richter lehnte den Akt zunächst ab, weil wir ihm keinen Scheidungsgrund nennen wollten. Ich legte Rekurs beim Obergericht ein und wandte mich an den «Tages-Anzeiger». Ein Artikel mit dem Titel «Ein seltsames Scheidungsurteil» erschien. Es ging darin um das Recht auf Scheidung, ohne fremden Leuten Rechenschaft ablegen zu müssen. Der öffentliche Druck erzielte Wirkung. Bald darauf waren Dora und ich geschiedene Leute. Danach hatten wir keinen Kontakt mehr, ausser dass sie mir Geburtsanzeigen schickte. Sie hatte wieder geheiratet und zog zwei Söhne gross. Genau wie ich.

Revoluzzer und Gastarbeiter

Nach meiner Ausbildung an der Erzieherschule in Basel fand ich mit Leichtigkeit eine Stelle im Tessin. Ausgebildete Sozialpädagogen waren Mangelware und entsprechend gefragt, genau wie Sozialarbeiter Walter Gasser es vorausgesagt hatte. Mehrere Institutionen buhlten um mich. Denn in den Tessiner Heimen arbeiteten nach wie vor allem Nonnen und Patres. Ich entschied mich für ein Jugendheim in Torricella nahe Lugano. Es wurde von einem ehemaligen katholischen Priester geführt, der dem Zölibat abgeschworen und sich für Frau und Kinder entschieden hatte. In dem Heim bot sich ihm eine neue, weltliche Aufgabe. Er gehörte der CVP an und war befreundet mit Regierungsrat Lepori, einem Parteikollegen. Tessiner Filz, zu dem ich keinerlei Zugang hatte. Das sollte mir noch zum Verhängnis werden.

Im Heim war vieles verbesserungswürdig. Die Architektur nahm wenig Rücksicht auf die Bedürfnisse der Jugendlichen. Die Wohnung der Heimleiterfamilie belegte einen Drittel der Fläche, die Jugendlichen hatten sich mit unwohnlichen Zimmern zu begnügen. Alles war kahl. Grauer Sichtbeton im Treppenhaus und im Aufenthaltsraum. In der Ecke eine Kaminattrappe, während der Heimleiter in seiner Wohnung vor einem echten Cheminée sass. Es gab mehr Betreuungspersonal als Jugendliche, doch die Mitarbeitenden hatten ein beamtenhaftes Verständnis ihrer Aufgabe und wirkten wenig motiviert. Zur Disziplinierung der Jugendlichen standen drei Zellen zur Verfügung. Ein Reglement zur Anordnung des Zellenarrests fehlte. Sogar Praktikanten konnten die Jugendlichen einsperren. Willkür pur, nach wie vor.

Mein Schulkollege und Freund Reto und ich – frisch ausgebildet und voller Tatendrang – fingen gemeinsam im Heim in Torricella an. Man erwartete von uns neue Impulse. Das Tessiner Justizdepartement wollte dem Heim Modellcharakter geben. Als Erstes verschönerten wir die Innenarchitektur, wofür uns der Heimleiter widerstrebend einen Kredit gewährte. Wir hängten Vorhänge auf, nagelten Bilder an die Wände, weisselten die düsteren Gänge und das Treppenhaus. Auch die hässliche Kaminattrappe kam weg. Wir waren fest entschlossen, den Geist der Rüschlikoner Tagung hochleben zu lassen, und wollten den Jugendlichen, denen das Leben so übel mitgespielt hatte, ein Paradies einrichten.

Dem Heimleiter wurde es zu viel, doch in unserem Eifer merkten wir das nicht. Erst im Nachhinein realisierten wir, dass wir taktisch ungeschickt vorgegangen waren und laufend Leute vor den Kopf gestossen hatten. Den Koch zum Beispiel, der um seine Stelle fürchtete, weil wir vorschlugen, von nun an mit den Jugendlichen das Essen selbst zuzubereiten. Den Schreiner, der – warum auch immer – nicht gewillt war, sein veraltetes Arbeitsprogramm zu modernisieren. Den Gärtner, der sich nur umso öfter hinter die Büsche schlug, um ein Schläfchen abzuhalten. Noch vor

Ablauf der Probezeit wurden wir zum Personalverwalter nach Bellinzona zitiert. Dieser legte uns nahe, von uns aus zu gehen, ansonsten werde man uns entlassen. Wir nahmen die Drohung nicht ernst, kehrten ins Heim zurück und machten weiter wie bisher. Ein paar Tage später flatterte uns die Kündigung ins Haus. Eingeschrieben, fristlos. Wir waren empört.

Ich holte in dieser Phase vermutlich ein Stück pubertärer Auflehnung nach. Eltern, gegen die ich mich hätte abgrenzen können, hatten mir gefehlt, und im Heim hatte ich mich mehrheitlich angepasst. Nun aber wollte ich es den Autoritäten heimzahlen. Wir kämpften für eine bessere Welt, mein Freund Reto und ich. Wir sassen mit den Jugendlichen im gleichen Boot. Wir wandten uns an die Gewerkschaft, sprachen bei einflussreichen Politikern vor, konsultierten Anwälte, informierten Zeitungsredaktionen. Bald wusste das ganze Tessin vom Kampf gegen unsere Entlassung. Regierungsrat Lepori lud uns zum Gespräch. Der rundliche, gutmütig wirkende Mann bot Kaffee an und forderte uns auf, in den Polstersesseln Platz zu nehmen. Er kam sofort zur Sache. Dutzende Telefonate von Parteifreunden und politischen Gegnern habe er wegen uns entgegennehmen müssen. Er sei der Presse Rede und Antwort gestanden, habe sich mit der Gewerkschaft herumgeschlagen. «Jetzt reichts», befand Lepori freundlich lächelnd und riet uns, das Tessin zu verlassen. Er sei sicher, im Rest der Schweiz würden wir Arbeit finden.

Schon standen wir wieder im Vorzimmer. Man schmiss uns doch tatsächlich aus dem Kanton. Das liessen wir uns nicht gefallen, wir suchten neue Stellen. Reto fand mit etwas Glück eine Arbeit als Bademeister in Magliaso. Ich bewarb mich bei Banken, Versicherungen, zuletzt sogar als Metzgergehilfe. Wie hätte ich meinen geliebten Kühen mit dem Messer zu Leibe rücken können? Ich bekam überall Absagen. Nach einem Monat weitete ich die Suche notgedrungen auf die Deutschschweiz aus und bekam die Zusage für eine Stelle als Teamleiter im Jugendheim Schenkung Dapples in der Stadt Zürich. Auch in den Deutschschweizer Heimen herrschte Personalmangel. Dort interessierte sich niemand für meinen unrühmlichen Abgang in Torricella. Man war froh, dass sich überhaupt jemand für die schwierige Aufgabe meldete.

Am 15. Mai 1974 reiste ich mit einem Koffer nach Zürich, ich kam mir vor wie ein Gastarbeiter aus dem Süden. Schon im Zug befiel mich Heimweh nach dem Tessin. Zunächst wohnte ich in einem Zimmer auf dem Areal der Schenkung Dapples. Mit einem Team von Sozialpädagogen hatte ich den Auftrag, den Jugendlichen angemessenes Sozialverhalten beizubringen. Rasch merkte ich, dass in diesem Heim professionell gearbeitet wurde. Da wurden Prinzipien gelebt, hinter denen ich stehen konnte. Die jungen Männer absolvierten eine Ausbildung und erhielten eine Perspektive. Wir sprachen nicht mehr von Zöglingen, sondern – im Jargon des Heims – von den «Boyen», später von den Bewohnern oder einfach von den Jugendlichen. Im Verlauf der 1990er-Jahre wurden die Betreuten dann zu «Klienten».

Doch die «Boyen» zeigten wenig Dankbarkeit. Im Gegenteil, sie meckerten von früh bis spät. Jeden Morgen stand ich um sechs Uhr auf, um mürrische junge Männer aus dem Bett zu holen und sie engelszüngig für die Arbeit in den Lehrwerkstätten zu motivieren. Die Butter war ihnen zu hart, das Brot zu trocken, das Fleisch zu zäh, der Lehrmeister zu streng. Selbst in den Sommerferienlagern in Italien, Frankreich oder Jugoslawien und in den Winterferien im Berner Oberland hörten sie nicht auf zu motzen. Die Sonne war ihnen zu hell, das Essen zu schlecht, der Schnee zu weich. Einmal reisten wir an die Plitvicer Seen im heutigen Kroatien. Vincent, ein besonders hartnäckiger Stänkerer, fiel mir dermassen auf den Keks, dass ich ihn kurzerhand aus dem Bus warf: «Du kannst zu Fuss in die Schweiz zurückkehren.» Als ich ihn ganz allein am Strassenrand stehen sah, packte mich zwar das schlechte Gewissen, doch selbst die anderen Jugendlichen zeigten sich froh, den Störenfried los zu sein. Ein paar Tage später trafen wir Vincent am Zoll in Triest wieder. Kleinlaut, traurig, still, um ein paar Erfahrungen reicher. «Ich bin froh, wieder bei euch zu sein», sagte er. Heute hätte ich bei einem solchen Vorfall wegen Verletzung der Fürsorgepflicht sofort die Staatsanwaltschaft am Hals. Vincent und ich hatten, jeder auf seine Art, Glück gehabt.

Es gab Gründe, dass die Jugendlichen sich so verhielten. Niemand hatte ihnen Manieren beigebracht, keine liebenden Eltern hatten ihnen Grenzen gesetzt. Viele erlebten als Kinder Gewalt und trugen starke

Aggressionen in sich. Es waren geschädigte Jugendliche, und mit ihnen zu arbeiten, war eine echte Herausforderung. Ganz besonders für mich. Zu harte Butter? Wir bekamen im Heim gar keine Butter. Auch die Arbeitsbedingungen von uns Erziehern stressten mich. Aufgrund des chronischen Personalmangels arbeitete ich oft sechzig bis siebzig Stunden die Woche und war häufig auf mich allein gestellt. Alle zwei Wochen gab es eine Supervision, einen Austausch mit Teamkollegen. Nach vier Jahren war ich reif für ein Timeout von der Heimerziehung. Timeout – so nennt die Fachwelt die vorübergehende Umplatzierung eines Jugendlichen, wenn er im Heim nicht mehr tragbar ist. Ich platzierte mich, 31-jährig, selbst in eine ganz andere Arbeitswelt um und wurde Chauffeur.

Ein Jahr lang transportierte ich mit einem Kleinlaster Metallprofile durch die Gegend. Ich besuchte kleine und grosse Schlossereien und lieferte die Ware ab. Bleche, Rohre, Platten, Stangen. Es war körperlich harte Arbeit, abends fielen mir vor Müdigkeit die Augen zu. Zum Znüni trafen wir Chauffeure uns wenn möglich im «Eber», in einem Restaurant nahe dem Schlachthof Zürich, das mit dem Vorteil eines grossen Parkplatzes aufwarten konnte. Wir tranken Most und assen dicke Schinkenbrote. Um mitreden zu können, kaufte ich den «Blick». Die Präzision der Arbeitsabläufe in meiner Firma beeindruckte mich, genau wie die unverblümte Art und Weise, wie Konflikte ausgetragen wurden. Im Sozialwesen war das alles viel umständlicher abgelaufen. Hier aber sprach man mich fadengerade darauf an, wenn ich einen Fehler gemacht hatte, und liess es dann auch mal gut sein. Einmal rammte ich mit dem Lieferwagen den Mercedes des Chefs und machte mich auf eine fristlose Entlassung gefasst. Doch der Platzchef sah sich den Schaden nur kurz an und meinte trocken, auch dem Chef müsse klar sein, dass an diesem Ort nicht privat parkiert werden dürfe.

Eines Nachmittags bekam ich den Auftrag, Aluminiumprofile in der Schlosserei der Arbeitserziehungsanstalt Uitikon abzuliefern. Als Heimerzieher war mir diese Institution für junge Männer ein Begriff. Bevor ich mich auf den Weg machte, stärkte ich mich in der Dorfbeiz mit einem Wurstsalat. Als ich auf den Parkplatz zurückkehrte, hatten zehn vermummte Gestalten meinen Lieferwagen geentert. Sie forderten mich auf,

sie zur Anstalt zu fahren. Auf meine Frage, was sie denn dort zu tun ge-
dächten, antworteten sie, dass sie gegen die Unterdrückung der Jugendlichen demonstrieren wollten. Diese würden in Uitikon eingesperrt. Ich war
ganz offensichtlich an die letzten Ausläufer der Heimkampagne geraten.
Ein paar Jahre zuvor, im Herbst 1971, war zwei Dutzend Zöglingen die
Flucht aus Uitikon gelungen, mit tatkräftiger Unterstützung der Zürcher
Heimkampagne. Die Massenflucht geriet zum Medienereignis. Planten
die Aktivisten auf meinem Kleinlaster etwa eine Wiederholung des damaligen Coups? Fieberhaft überlegte ich hin und her. Einerseits reizte es
mich, die Demonstranten mitzunehmen. Andererseits würde dies wahrscheinlich ein für alle Mal meine Erzieherkarriere im Heim ruinieren. Den
Direktor von Uitikon kannte ich, er hatte zuvor die Schenkung Dapples
geleitet. Die Jungs auf dem Laster wurden langsam ungeduldig: «Mach
schon!» Ich fasste mir ein Herz und liess sie mitfahren. Auf dem Anstalts-
gelände angekommen, sprangen sie vom Wagen, entrollten Transparente
und skandierten Parolen. Bevor der Direktor auftauchte, machte ich mich
davon. In den folgenden Tagen blätterte ich die Zeitungen noch aufmerk-
samer durch als sonst, doch nirgends wurde über die Protestaktion berichtet. Viele Jahre später gehörte der damalige Direktor der Anstalt Uitikon zu
den Gästen an der Abschiedstagung anlässlich meiner Pensionierung. Erst
da gestand ich ihm meine lange zurückliegende, subversive Tat, und wir
lachten beide.

Nach einem guten Jahr als Chauffeur zog es mich wieder zurück in
die Sozialarbeit. Ich vermisste die selbständige und verantwortungsvolle
Arbeit mit Menschen.

Mit und ohne Bhagwan gegen Drogen

In den 1960er-Jahren entdeckte die Schweizer Jugend den Drogenrausch.
Eigentlich ein Wunder, dass nicht auch ich in der Szene landete, als ich
damals in Lugano vor mich hinvegetierte. Doch ich hatte nie das Bedürfnis danach gehabt. Meine Rauscherlebnisse beschränkten sich auf gele-
gentliche Bierabstürze. Ab 1979 bekam ich es beruflich mit Suchtkranken

zu tun. Ich erhielt eine Stelle als Betreuer in der Drogenklinik Sonnenbühl in Brütten im Kanton Zürich. Die kantonale Institution – eine Pionierin in der Schweiz – war neu gegründet worden. Anstatt die Abhängigen auf der Strasse herumzujagen, wollte man ihnen helfen. Es war der Anfang der pragmatischen Drogenpolitik, wie sie später in der Schweiz gesetzlich verankert wurde, mit den vier Säulen Prävention, Therapie, Überlebenshilfe und Repression.

Vorreiter war der Zürcher Psychiater Ambros Uchtenhagen. Ich bewunderte den gescheiten, eleganten Mann und war stolz, in seinem Umfeld arbeiten zu dürfen. Doch die Freude währte nicht lange. Schon in den ersten Arbeitstagen beschlich mich ein Unbehagen. Jeden Nachmittag versammelten sich Therapeuten und Patienten zur Gruppentherapie im grossen Saal. Gemeinsam schrien sie in Kissen hinein, weinten, sangen. Ich war in eine verschworene Gemeinschaft von Bhagwan-Anhängern geraten. Mit der Lehre des Gurus, der im indischen Poona ein Meditations- und Therapiezentrum betrieb, sollte den Zürcher Junkies ihre Sucht ausgetrieben werden. Mir war gar nicht wohl dabei, und die Patienten taten mir leid. Der Bhagwan-Kult erinnerte mich an meine Kindheit im Heim, wo wir immer wieder dem Herrgott hatten huldigen müssen. Gegen diese Art von Zusammenkünften hegte ich eine tiefe Abneigung, und so weigerte ich mich, an den Gruppensitzungen teilzunehmen. Stattdessen schaute ich im Stall zu den Schafen, dem Esel und den Hühnern, die die Klinik angeschafft hatte, damit die Drogensüchtigen wieder lernten, Verantwortung zu übernehmen. Nach drei Monaten kündigte ich, ohne meine Kritik vorgebracht und ein klärendes Gespräch mit den Vorgesetzten gesucht zu haben. Ich war nicht selbstbewusst genug, hatte das Gefühl, zur Widerrede nicht befugt zu sein. Warum sollte jemand wie Uchtenhagen gerade auf mich hören? Ich haderte mit mir selbst und fühlte mich als Versager.

Einige Wochen später fand ich doch noch den Mut, mit ihm zu reden. Wir sassen uns in seiner geräumigen Wohnung im Burghölzli gegenüber. Er hörte mir zu, machte sich Notizen, versprach, sich der Sache anzunehmen. Dann bot er mir die Leitung einer neuen Nachsorgeinstitution für ehemalige Drogenabhängige an, die in Küsnacht eröffnet werden sollte.

Ich wusste nicht recht, was ich davon halten sollte. Wollte er sich mit dem Angebot mein Schweigen sichern? Oder meinte er es ernst?

Gleichzeitig erhielt ich überraschend ein Stellenangebot aus dem Tessin. Hoffnungsvoll fuhr ich nach Lugano, um Fulvio Pelli zu treffen, den Präsidenten der «Villa Argentina». Auch das war eine Einrichtung für Drogenkranke, mitten in der Stadt, die bald eröffnet werden sollte. Pelli wurde später Nationalrat und Präsident der FDP Schweiz. Ich kannte die Familie aus der Zeit im Heim in Pura. Pellis Eltern wohnten damals im Dorf, und ich habe nur gute Erinnerungen an sie. Eines kalten Wintertags schickte mich die Heimmutter in den Dorfladen von Pura, um etwas zu besorgen, das sie vergessen hatte. Ich schwang mich aufs Fahrrad, was eigentlich strikt dem Heimvater vorbehalten war. Im Laden hielt ich meine steifgefrorenen Finger an den warmen Kachelofen. Das Auftauen tat schrecklich weh. Eine Kundin im Laden – Fulvio Pellis Mutter oder Grossmutter – bemerkte den zitternden Jungen. Kurzerhand nahm sie mich mit in ihr Haus gleich gegenüber. Dort löste sie mit einer sanften Handbewegung ihren Haarknoten, damit ich meine Finger in ihrem langen Haar vergraben und mich so ein wenig aufwärmen konnte. Eine menschenfreundliche, mütterliche Geste, die dem Heimbub unendlich guttat. Für die Rückfahrt schenkte mir Signora Pelli ein Paar Handschuhe, die ich kurz vor dem Heim im Wald vergrub, um niemandem etwas erklären zu müssen.

Fulvio Pelli erzählte ich nichts von unseren gemeinsamen Wurzeln in Pura. Keinesfalls sollte er erfahren, dass ich im Heim gewesen war. Unser Gespräch in seiner Anwaltskanzlei in der Altstadt von Lugano und die anschliessende Besichtigung der Drogeneinrichtung verliefen in angenehmer Atmosphäre, doch ich sah auch, dass einer meiner Onkel, ein Bruder meiner Mutter, gleich neben der Institution wohnte. Das war mir definitiv zu nah. Ich sagte Pelli schweren Herzens ab und nahm Uchtenhagens Angebot an. Im Frühling 1980 übernahm ich die Leitung des Freihofs Küsnacht.

Das Wohnheim lag an der Zürcher Goldküste, in einer der wohlhabenden Gemeinden am unteren rechten Zürichseeufer. Es befand sich in einem früheren Fabrikantenhaus, das die Gemeinde der Trägerschaft – der reformierten Kirchgemeinde Küsnacht – zur Verfügung gestellt hatte.

Zur Villa gehörten ein kleines Fabrikgebäude, Nebengebäude, eine Pergola mit Schwimmbad und ein Park. Zuvor hatte das Stimmvolk Plänen des Kantons, in der Kittenmühle in der Nachbargemeinde Herrliberg eine Drogenklinik einzurichten, einen Riegel geschoben. Die umstrittene Abstimmung hatte dennoch zu einer gewissen Sensibilisierung für die Thematik geführt, und mit dem Wohnheim wollte man jetzt ein sozialtherapeutisches Angebot für die als geheilt geltenden Suchtkranken bereitstellen. Die Vertreterinnen und Vertreter der Kirchgemeinde meinten es gut und leisteten viel Freiwilligenarbeit.

Während die ersten vier Bewohnerinnen und Bewohner in unser Wohnheim am ruhigen Seeufer einzogen, brannte ein paar Kilometer weiter vorne Zürich. In der Stadt waren die 8oer-Unruhen in vollem Gang, mit Grossdemonstrationen für ein autonomes Jugendzentrum. Steine landeten in Schaufensterscheiben, Tränengas und Gummigeschosse trafen auf Demonstranten. Gewalt und Gegengewalt. Kurz vor Weihnachten zündete sich Silvia Z. am Bellevue an und erlag ihren Verletzungen. Derweil bemühten wir uns in Küsnacht, die früheren Drogenkonsumenten an ein geregeltes Leben zu gewöhnen, mit begleitetem Wohnen und Eingliederung in den Arbeitsmarkt. Doch es dauerte nicht lange, bis die Sucht sie wieder eingeholt hatte. Einer der Bewohner klapperte sämtliche Apotheken der Umgebung ab, bis er genug kodeinhaltigen Hustensaft erworben hatte, um sich damit zu berauschen. Mir erzählte er, er gehe auf Arbeitssuche – was ich ihm anfänglich sogar abnahm. Ein liebenswürdiges Pärchen, das gemeinsam ins Wohnheim gekommen war, besorgte sich den Stoff an den einschlägigen Plätzen in der Stadt, ich sah an ihren Pupillen, dass sie wieder mit dem Spritzen begonnen hatten. Und der Vierte im Bunde? Er hatte trotz seiner Heroinabhängigkeit jahrelang bei der Swissair als Flugbegleiter gearbeitet. Mit organisatorischem Geschick besorgte er sich bei Zwischenlandungen und auf Zielflughäfen im Ausland seinen Stoff. Als das Flugzeug einmal ungeplant zwischenlanden musste, kam er auf Entzug. Die Sucht wurde bemerkt, der Mann erhielt die Kündigung. Sehnsüchtig schaute er im Garten unseres Wohnheims den Flugzeugen nach. Er wollte wieder fliegen, wieder schweben. Wenn ich ihm zusah, kam mir meine eigene Wehmut in den

Sinn, damals im Heim in Zizers, als ich den Zügen nachschaute, die ins Tessin fuhren, Richtung Pura.

Der Trägerschaft entgingen unsere Misserfolge nicht. Beim Mittagessen in einem feinen Lokal stand ich dem Präsidenten der Betriebskommission Rede und Antwort. «Wir müssen mehr Geduld haben», erklärte ich ihm. Gleichzeitig würden wir vom Freihof her versuchen, bei der Bevölkerung Vorurteile und Ängste abzubauen. Nicht selten standen Gaffer vor unserem Haus. Erwarteten sie, ausgemergelte Gestalten zu sehen? Als Integrationsmassnahme schlug ich unter anderem vor, unsere Heimbewohner könnten ihre Schriften in die Gemeinde verlegen und Küsnachter werden. Das kam gar nicht gut an. Wohnheim ja, Wohnsitz nein. Denn, nicht wahr, ein Junkie bleibt halt ein Junkie. Nach zwei Jahren gab ich auf. In Erinnerung behielt ich den eindrücklichen Kampf der drogenabhängigen Menschen. Ihren unbedingten Willen, das Leben doch noch in eine positive Richtung zu lenken. Viele scheiterten zunächst einmal auf diesem Weg, doch das war oft Teil des Prozesses. Diese Zeit mochten ihnen nicht alle zugestehen. Ich kündigte und zog zurück ins Tessin. Mit Verena, meiner grossen Liebe.

Ich hatte sie 1977 kennengelernt, als ich im Jugendheim der Schenkung Dapples als Teamleiter tätig war. Sie arbeitete ebenfalls als Sozialpädagogin dort. Genau wie ich war sie erst auf dem zweiten Bildungsweg zum Beruf gekommen. Sie hatte früher als Gärtnerin gearbeitet. Ich verliebte mich auf den ersten Blick in sie, in ihre feine Erscheinung, ihr Wesen, ihre ganze Art. Gleichzeitig erstarrte ich zur Salzsäule. Wusste nicht, wohin schauen, was sagen, was tun. Konnte nur noch an diese Frau denken, geschlagene zwei Jahre lang. Viel zu schüchtern war ich, um etwas zu unternehmen. Dann endlich, am Weihnachtstag 1979, verabredeten wir uns in der «Bodega» im Zürcher Niederdorf zu einem Glas Wein, ein gemeinsamer Kollege begleitete uns. Im Zigarettenqualm kamen wir uns näher. Nachtessen im Ristorante Giardino, später Kaffee bei ihr in der kleinen Dachwohnung, der Kollege verabschiedete sich irgendwann. Zum Glück machte Verena den ersten Schritt, wagte zu sagen, dass sie Gefühle für mich hege. Liebestaumel, Zukunftspläne, Heirat – diesmal nicht in der Kirche. Über meine Kindheit und Jugend im Heim wusste

Verena Bescheid. Bei ihr getraute ich mich ziemlich von Anfang an, mit offenen Karten zu spielen.

Sie sehnte sich nach dem Süden, als Tessiner erfüllte ich wohl einen Teil dieser Sehnsucht. Sie las die Bücher von Hermann Hesse, der bis zu seinem Tod 1962 in Montagnola oberhalb von Lugano gelebt hatte. Immer wieder reisten wir über den Gotthard, schauten uns Häuser in idyllischen Dörfern an. Ich fühlte mich jetzt bereit für eine Familie. Doch die Ärzte eröffneten Verena, sie könne aus medizinischen Gründen keine Kinder bekommen. Verena, mit ihrem riesengrossen Vertrauen ins Leben, fing meine Enttäuschung auf. Wir beschlossen, wenigstens den Traum vom Süden zu realisieren.

So gaben wir unsere Stellen im Kanton Zürich auf und mieteten ein Haus im Malcantone, in Bedigliora. Ich kannte den hübschen Ort mit Aussicht auf den Monte Rosa, denn er lag nur wenige Kilometer entfernt von Pura. Als Kinder waren wir jeden Sommer in der Nähe vorbeigewandert, barfuss unterwegs auf den Monte Lema. Unser Haus, die Casa Antonietta, lag mitten im Dorf. Ein typisches Tessinerhaus mit grosser Loggia unter dem Ziegeldach und einem kleinen Garten. Wir führten ein Aussteigerdasein, ohne feste Stelle, ohne Verpflichtungen. Verena kümmerte sich um die Einrichtung. Sie nähte Vorhänge, gestaltete den Garten um, lernte Italienisch. Schrieb lange Briefe an ihre Geschwister und an unsere Freunde, die wir in Zürich zurückgelassen hatten. Sie war optimistisch und glücklich. Und ich war glücklich, weil sie glücklich war. Insgeheim plagten mich Existenzängste. Wo sollte das Geld herkommen, um die Miete zu bezahlen? Das Brennholz für die Öfen? Die Krankenkasse, das Telefon? Ich nahm Gelegenheitsjobs an. Packte in fremden Gärten mit an, half älteren Deutschschweizern in ihren Ferienhäusern, fällte Bäume, schnitt Reben, so wie früher als Kind im Heim. Verena und ich pflanzten Gemüse an, verkauften Himbeeren. Im Herbst sammelten wir in den Wäldern Marroni und trafen auf andere Aussteiger. Zu meinen Existenzängsten kam – wieder einmal – das Heimweh. Ich war im Tessin und vermisste Zürich. Ich konnte es selbst kaum glauben. Meine Gefühle behielt ich für mich. Wie hätte ich sie erklären sollen?

Die Einheimischen begegneten uns mit Misstrauen. Was wollten diese Deutschschweizer hier? Dabei war ich Tessiner, sprach den hiesigen Dialekt. Nach einer gewissen Zeit begannen Verena und ich, junge Frauen in unser Haus aufzunehmen, die uns von Sozialdiensten in der Deutschschweiz zugewiesen wurden. Schliesslich waren wir ausgebildete Sozialpädagogen, und ich unterhielt noch Kontakte zur Fachwelt. Unsere Schützlinge sollten während ihres Timeouts bei uns Erholung und Abstand von ihrer schwierigen Situation finden. Das war den Dorfbewohnern vollends suspekt. Sie verdächtigten mich wahrscheinlich der Polygamie. Schliesslich schaltete sich die Gemeinde ein. Eines Abends tauchte der Gemeinderat in corpore vor unserem Haus auf und inspizierte es von allen Seiten. Verena und die jungen Frauen versteckten sich im oberen Stock. Ich trat vor die Tür und sprach zwei Stunden lang mit den Männern, erklärte ihnen die Situation. Doch sie gaben mir zu verstehen, dass unsere Gäste verschwinden müssten.

Einer unserer Nachbarn war der Berner Autor, Pfarrer und Gemeindepolitiker Klaus Schädelin, der 1955 den Bestseller «Mein Name ist Eugen» geschrieben hatte. Er kam manchmal auf einen Schwatz vorbei, riet uns zum Wegzug. Das Dorf mache uns krank. Er hatte recht, doch wir blieben vorerst. Die Tage gingen vorbei. Im Spätherbst, wenn die Touristen aus Bedigliora verschwunden waren, legten sich Nebelschwaden über den Ort. Auch mein Gemüt verdüsterte sich. Die erneute Entfremdung zwischen mir und meiner Tessiner Heimat machte mir schwer zu schaffen. Ich trat die Flucht nach vorne an und bewarb mich als Sozialarbeiter in der Strafanstalt La Stampa bei Lugano. Mit gebügelten Kleidern und geputzten Schuhen folgte ich der Einladung zum Vorstellungsgespräch, die mich umgehend erreicht hatte. Rasch merkte ich, was es geschlagen hatte. Begleitet von drei Mitarbeitern, stauchte mich der Gefängnisdirektor zusammen. Ich hätte nicht den Hauch einer Chance, beschied er mir. Mit dem aufrührerischen Vorgehen damals als Erzieher im Jugendheim in Torricella hätte ich meine Aussichten, im Tessin jemals wieder Arbeit zu finden, verwirkt. Das Tessiner Establishment hielt zusammen. Ich verliess die Anstalt grusslos, den Tränen nahe. Zu Hause nahm mich Verena in die

Arme und tröstete mich. Sie blieb bewundernswert zuversichtlich: «So schnell lassen wir uns nicht von hier vertreiben!»

Eines kalten Januarmorgens 1983 verkündete mir Verena, sie sei schwanger. Die Ärzte hatten sich geirrt, wir konnten doch Kinder haben. Diesmal freute ich mich riesig. Gleichzeitig wuchsen meine Existenzängste in ungeahnte Höhen. Lineo kam zur Welt, ein wunderbares Menschenkind. Ich war entschlossen, vorbildlich für meine Familie zu sorgen. Also brauchten wir ein regelmässiges Einkommen, doch das war hier im Süden nicht zu erreichen. Wir mussten zurück in die Deutschschweiz. Ich bewarb mich als Leiter der Jugendstätte Bellevue, eines neuen Mädchenheims in Altstätten. Erst während des Bewerbungsverfahrens realisierte ich, dass die Institution im Kanton St. Gallen lag – und nicht etwa in Zürich Altstetten, wie Verena und ich gemeint hatten. Mit unseren Geografiekenntnissen war es nicht weit her. Zwar unterstützte auch der Kanton Zürich dieses Heim, doch mein potenzieller Arbeitsort lag zweifelsfrei im abgelegenen St. Galler Rheintal. Nun denn, wir schickten uns drein. Ich bekam die Kaderstelle, obwohl ich, gelinde gesagt, keine Ahnung von der stationären Hilfe für weibliche Jugendliche hatte.

Zwischen Marienstatuen und Schlagzeilen

Anfang Februar 1984 trat ich also in Altstätten meinen ersten Heimleiterposten an. Meine kleine Familie musste ich vorerst im Tessin zurücklassen. Lineo war zu früh zur Welt gekommen und benötigte noch intensive medizinische Betreuung vor Ort. Das Haus, in dem die Jugendstätte Bellevue demnächst eröffnet werden sollte, lag unterhalb der Kleinstadt. Seiner prächtigen, schlossähnlichen Fassade sah man die dunkle Vergangenheit nicht an. Früher befand sich darin das Heim zum Guten Hirten für sogenannte gefallene Mädchen, streng und unerbittlich geführt von Ordensschwestern des benachbarten Klosters. Obwohl die klösterliche Trägerschaft die Institution später modernisierte und in «Jung Rhy» umtaufte, wurde sie geschlossen. Die neu gegründete, weltliche Stiftung

Bellevue – mein Arbeitgeber – übernahm das Haus, um darin eine zeitgemässe Einrichtung aufzubauen.

Während der ersten Arbeitstage streifte ich durch die leeren Räume, mit Moritz, unserem Appenzellerhund. Ich fand eine widersprüchliche Szenerie vor. Oben im vierten Stockwerk grosse, düstere Schlafsäle mit Waschtrögen zwischen Eisenbetten. Hier mussten unzählige Mädchentränen geflossen sein. Im dritten Stock die Kapelle, in der es nach Kerzen und Weihrauch roch. Gleich unterhalb zwei gruselige Arrestzellen mit Pritschen und Wassereimern. Wenn ich die Augen schloss, glaubte ich das Echo der Schreie der eingesperrten Mädchen zu hören. Die Geschosse darunter auffallend schön umgebaut, mit geschwungenen Gängen und farblich aufeinander abgestimmten Wänden und Decken für die neuen Wohngruppen. Und noch etwas stach mir ins Auge: in jeder Ecke eine Marienstatue, an den Wänden Jesus am Kreuz und Bilder des Papstes. Die stellvertretende Oberin des Klosters hatte mir bei der Schlüsselübergabe bedeutet, die Insignien müssten bleiben, zum Seelenheil der künftigen jungen Bewohnerinnen des Heims. Ich hatte nur flüchtig genickt, innerlich entschlossen, den frommen Ballast wegzuschaffen. Ich musste mir nur noch einen Weg überlegen, wie ich das bewerkstelligen konnte, ohne die Schwestern zu sehr vor den Kopf zu stossen. Für mich war klar, dass ich mit dem Heim andere Wege gehen wollte als sie früher. Die von zivilen oder Strafbehörden ins Heim eingewiesenen jungen Frauen sollten ein professionelles Umfeld erhalten, sich in ihrer Persönlichkeit entwickeln und eine Berufsausbildung absolvieren können.

Drei Monate hatte ich Zeit, die leeren Räume mit Leben zu füllen. «Am 1. Mai feiern wir Eröffnung», hatte mir die Stiftungspräsidentin bei Arbeitsbeginn klargemacht. Ein sportliches Ziel, galt es doch, ein taugliches Konzept auszuformulieren, Personal für alle Chargen anzustellen – Küche, Sekretariat, Sozialpädagogik, Werkstätten, Schule und Therapie – sowie aus dem Nichts eine Infrastruktur zu errichten: Büros, Mobiliar, Geschirr, Telefone, Schreibmaschine, Kopierer und vieles mehr. Auch Informationsmaterial musste gedruckt und ein Budget erstellt werden. Mit der Lokalbank verhandelte ich über einen günstigen Kredit für die Auszahlung der ersten Monatslöhne. Improvisation war gefragt. Bis das Haus eine eigene Telefonleitung erhielt, gab ich in den Stelleninseraten die Nummer der öffentlichen Telefonkabine am Bahnhof Altstätten an. So stand der Heimleiter werktags zwischen zehn und zwölf Uhr frierend vor der Kabine und wartete, bis es klingelte. Die Aufgabe war gross, bald fühlte ich mich überfordert. Nachts lag ich wach und zweifelte, ob ich diese Stelle überhaupt hätte antreten dürfen. Ich war erst 37 Jahre alt – würde ich der Verantwortung für zwanzig weibliche Jugendliche in schwierigen Lebenssituationen, mitten in Pubertät und Adoleszenz, gewachsen sein? Ich beschloss, mir Unterstützung zu holen, und stattete erfahrenen Heimleiterinnen und Heimleitern in der ganzen Schweiz Besuche ab. Sie erzählten mir vom turbulenten Alltag mit den Bewohnerinnen, von versuchten und verübten Suiziden, von Liebeskummer, Fluchtversuchen ins Milieu, radikaler Verweigerung und Schwangerschaften. Nach einigem Hin und Her beschloss ich, mich der Herausforderung zu stellen. Bald hatte ich ein kompetentes Team beisammen. Kraft gab mir auch der Gedanke an meine Frau und meinen kleinen Sohn, die bald aus dem Tessin zu mir in die Ostschweiz ziehen würden.

Gut, dass ich mich innerlich wappnen konnte. Denn während der Aufbauphase und in der Zeit nach der Eröffnung des Heims geriet ich unter massiven öffentlichen Druck. Ich war ein Linker, las eifrig entsprechende Zeitungen, und so stockte mir der Atem, als ich auf der Titelseite der noch jungen, angriffigen Wochenzeitung WOZ die Schlagzeile las: «Der Kinderknastkanton!» Es folgte ein publizistischer Rundumschlag unter anderem gegen das «Bellevue», garniert mit der Illustration eines Mädchens, das mit einer Pistole auf einen Mann mit Filzhut und Aktentasche zielte. Dieser Fiesling war ich, wie ich beim Lesen des langen Artikels merkte. Das Blatt beschrieb mich, den künftigen Heimleiter, als autoritären Reaktionären, dem es Freude bereite, wehrlose Mädchen hinter Schloss und Riegel zu bringen. Peng! Das war er nun also, der Beginn meiner Heimleiterkarriere.

Stein des Anstosses war eine geplante geschlossene Abteilung für junge Frauen, die zusätzlich zu den offenen Wohngruppen im «Bellevue» entstehen sollte. Basis dafür war ein neuer Gesetzesartikel im Jugendstrafrecht. Er besagte, dass straffällig gewordene, «besonders schwierige»

Minderjährige in gesicherte Anstalten zur Nacherziehung (ANE) eingewiesen werden konnten. Dies, wenn sie in einem offenen Erziehungsheim
aufgrund ihres Verhaltens nicht tragbar waren und auch nicht in ein The-
rapieheim gehörten. Der Gesetzgeber hatte den Passus bei der Teilrevi-
sion 1971 ins Strafrecht aufgenommen. Mit den gesicherten Plätzen in Erziehungsheimen sollte verhindert werden, dass jugendliche Straftäter, die
zu einer Massnahme in einer geschlossenen Einrichtung verurteilt wurden, in Gefängnissen landeten. Kein «Kinderknast» also, wie die Presse
suggerierte – sondern gerade das Gegenteil davon. Seit der Revision von
1971 setzte das Jugendstrafrecht viel stärker auf Erziehung und Therapie als
vorher. Die Kantone hatten zehn Jahre Zeit, geeignete Einrichtungen aufzubauen, doch sie waren im Verzug. Besonders bei den weiblichen Jugendlichen fand sich lange keine Trägerschaft. Niemand wollte sich an
dem heiklen, seit der Heimkampagne ideologisch aufgeladenen Thema die
Finger verbrennen. Der Bund ermahnte die Kantone, schliesslich erklärte
sich die Stiftung Bellevue mit Unterstützung der Ostschweizer Kantone
bereit, acht Plätze für die geschlossene Unterbringung junger Frauen einzurichten. In Betrieb genommen werden sollte die Anstalt für Nacherziehung im Juni 1985, ein Jahr nach der Eröffnung des Heims, das zu Beginn
zwei offene Wohngruppen für junge Frauen umfasste.

Ein mutiger Entscheid, denn die Opposition war programmiert. Neben der WOZ berichteten auch andere Medien – Zeitungen, Radio,
Fernsehen – kritisch über die Pläne. Linke Politikerinnen und Politiker
liefen Sturm. Zwei aufstrebende Jungtalente aus dem Kanton St. Gallen
taten sich besonders hervor: Paul Rechsteiner, damals frisch gewählter
Kantonsrat, heute allseits geschätzter SP-Ständerat und Präsident des
Schweizerischen Gewerkschaftsbundes, sowie Kathrin Hilber, die spätere SP-Regierungsrätin und Präsidentin der Sozialdirektorenkonferenz
SODK. Beide nutzten die Kontroverse ums «Bellevue», um bei der Wäh-
lerschaft zu punkten und ihrer politischen Laufbahn Schub zu verleihen.
Sie machten das sehr gekonnt. Als führende Köpfe einer Gruppe von
Idealisten bekämpften sie die geschlossene Abteilung, organisierten Kund-
gebungen und Podien, schrieben Leserbriefe und steckten den Medien
allerlei Unsinn zu. Die Gegner schreckten nicht einmal davor zurück, an

einem Samstag vor meinem Wohnhaus einen schwarzen Sarg mit der Aufschrift «Das Bellevue muss beerdigt werden» zu deponieren. Auch auf Bundesebene wurde das Thema aufgegriffen. Der Zürcher SP-Nationalrat Moritz Leuenberger, der spätere Bundesrat, forderte in einem Vorstoss, dem «Bellevue» die Bundessubventionen zu streichen. Anwälte und Psychiater begannen, dagegen Stellung zu beziehen. Anfänglich stand ich der geballten Ladung Kritik aus meinen eigenen politischen Kreisen hilflos gegenüber. Wie hätte ich, der ehemalige Heimbub, Jugendliche in den Knast stecken können? Doch das konnte ja niemand wissen. Ich zog den Schluss, dass wir die Pläne besser erklären mussten.

Gemeinsam mit der Trägerschaft und Behördenvertretern begann ich, das Projekt öffentlich und fachlich zu begründen. Ich trat an Pressekonferenzen auf und stand der SP in Fraktionssitzungen Rede und Antwort, als es im St. Galler Kantonsparlament um einen Startkredit für unser Heim – 250 000 Franken aus dem kantonalen Lotteriefonds – ging. Die Genossen zerpflückten ihren eigenen sozialdemokratischen Regierungsrat, den damaligen St. Galler Justizdirektor Florian Schlegel. Fraktionsjungspunde spuckten grosse Töne und warfen dem verdienten Magistraten vor, er verrate mit dem «Bellevue» die Ideen der Sozialdemokratie. Gar Rücktrittsforderungen wurden laut. Dabei hatte Schlegel sich als Regierungs- und Nationalrat stets für sozial Benachteiligte eingesetzt und auch mitgeholfen, den Strafvollzug in der Schweiz zu modernisieren. Wie der liebenswürdige, integre Mann die Beleidigungen wegsteckte und sachlich blieb, beeindruckte mich.

Im November 1984 fand eine grosse Podiumsdiskussion zur geplanten Anstalt für Nacherziehung im «Bellevue» statt. Die Aula der Schule für Soziale Arbeit in St. Gallen platzte aus allen Nähten. Noch auf dem Korridor standen Leute und wollten zuhören. Ich war nervös und froh, meinen Heimleiterkollegen Gerhard Schaffner aus dem Baselbiet an meiner Seite zu wissen. Schaffner hatte ja 1971 an der berühmt gewordenen Rüschlikoner Tagung eine zentrale Rolle gespielt, deren Resolution zur Richtschnur für die Reformierung des Heimwesens in der Schweiz wurde. Aus unserer zunächst fachlichen Bekanntschaft war eine Freundschaft geworden. Schaffner begleitete mich als Supervisor durch meine ganze Heimleiterzeit. Er war später auch einer der Referenten an der Tagung zu meiner Pensionierung. Doch selbst ihm gegenüber verschwieg ich, dass ich im Heim aufgewachsen war.

Schaffner und ich vertraten auf dem Podium die «Bellevue»-Pläne, Paul Rechsteiner und eine weitere SP-Kantonsrätin hielten dagegen. Als Moderator amtete der Schulrektor. Rechsteiner begann zu reden, intellektuell brillant, zitierte den kurz zuvor verstorbenen französischen Philosophen Michel Foucault. Er sprach von Machtstrukturen, die Subjekte konstituierten und disziplinierten, nannte das «Bellevue» einen Ort des Verbrechens. Mir wurde schier schwindlig. Von Foucaults Schriften wusste ich nicht viel. Das Publikum bemerkte das rasch und reagierte mit Häme. Schaffner gelang es, das Gespräch auf die Ebene der real existierenden Herausforderungen herunterzuholen. Er sprach von den Problemen, mit denen die straffällig gewordenen jungen Frauen im Alltag konfrontiert waren. Von der Verantwortung des Staates, diesen Jugendlichen zu helfen, damit sie aus dem Teufelskreis von Kriminalität, Prostitution und Substanzenmissbrauch herausfanden. Dass man ihnen durch Bildung und Ausbildung eine Perspektive verschaffen wolle, damit sie später ein eigenständiges Leben führen könnten. Schaffner argumentierte versiert, blieb ruhig. Auch ich fing mich allmählich wieder. Ich erzählte den Anwesenden von den Heimbewohnerinnen. Ihren Sorgen und Nöten, ihrer meist traurigen Kindheit, ihrem rastlosen Leben, ihren Gängen «auf die Kurve», wie man die Ausbrüche im Branchenjargon nennt. Ich erzählte von den Delikten der jungen Frauen, von Raubüberfällen, Drogendeal. Ich führte aus, dass die gesicherte Wohngruppe ein therapeutisches Milieu bieten würde. Dass es nicht darum gehe, die Jugendlichen wegzuschliessen, sondern sie in der ersten Zeit im Heim zur Ruhe kommen zu lassen. Sie ernst zu nehmen, sie vor den Zuhältern zu schützen. Ihnen Grenzen zu setzen und zu vermitteln: So, jetzt bist du erst einmal hier. So rasch wie möglich sollten die jungen Frauen dann in die offenen Wohngruppen wechseln. Ich legte dar, dass nicht ich als Heimleiter die Art der Platzierung festlegen würde, sondern die Justiz. Dass ich nicht nach Gutdünken eine junge Frau von der offenen in die geschlossene Abteilung verlegen konnte, sondern dass dies gerichtlicher

Kontrolle unterlag. Dass es nicht ums Wegsperren ging, sondern ums Erziehen.

Nach unseren Voten war spürbar, wie sich die Stimmung im Saal beruhigte. Vereinzelt erhielten wir sogar Applaus. Buhrufe, vor allem von Frauen, gab es nur noch, als ein Zürcher Institutionsleiter aufstand und behauptete, der Aufenthalt im «Bellevue» sei «vergleichbar mit der Geborgenheit eines Kindes im Mutterleib». Er meinte es gut, doch der Vergleich einer geschlossenen Abteilung mit einem Frauenkörper war reichlich unglücklich. Alles in allem gelang es aber, ein gewisses Verständnis für das Konzept zu schaffen. Am nächsten Morgen marschierte ich schnurstracks in eine Buchhandlung und kaufte mir die wichtigsten Bücher von Michel Foucault, dem grossartigen Denker.

Anfang Juni 1985 wurde im «Bellevue» die geschlossene Wohngruppe eröffnet, als erste Anstalt für Nacherziehung für weibliche Jugendliche in der Schweiz. Draussen regnete es in Strömen. Drinnen hörten etwa hundert geladene Gäste und ein gewaltiges Journalistenaufgebot den Ansprachen zu. Die Mädchen, die bereits im «Bellevue» lebten, waren ebenfalls anwesend. Neben dem neuen St. Galler Justizdirektor sprachen die Sektionschefin des Bundesamts für Justiz, Priska Schürmann, sowie die St. Galler FDP-Stadträtin Helen Kaspar, Präsidentin unserer Betriebskommission. Auch der Stadtpräsident von Altstätten schritt ans Rednerpult – und begann Wildbachverbauungen zu rühmen, die seine Gemeinde grosszügig mitfinanziert habe. Die Leute lachten. Der Stadtschreiber eilte nach vorne, um seinem Chef das richtige Redemanuskript zuzustecken. Der Stapi trug das Malheur mit Fassung. Die Medienberichterstattung über die Eröffnung empfand ich immer noch als reichlich tendenziös, vor allem in der Bildsprache. Das Fernsehen zeigte fast nur Klosterfrauen und Mauern. Es hätte auch die Abteilung zeigen können, die wir zusammen mit dem Architekten und SP-Mitglied Ruedi Gnägi aus Rorschach gestaltet hatten. Wir verzichteten beim Bau auf jegliche martialische Ausstrahlung. Die Wohngruppe lag im obersten Stockwerk, weil es dort am wenigsten Sicherheitsvorkehrungen brauchte. An den Fenstern waren feine Gitterstäbe angebracht, damit sich niemand rausstürzen konnte. Die jungen Frauen wohnten in normalen Zimmern, die Räume waren hell und freundlich. Die Eingangstür zur Gruppe war abgeschlossen und in eine Glasfront integriert. Kollegen warnten mich, dass die Scheiben rasch kaputtgeschlagen würden. Doch das war nicht der Fall. Als ich dreissig Jahre später eingeladen wurde, um am Jubiläumsanlass des «Bellevue» eine Rede zu halten, ging ich als Erstes dorthin. Die Glaswand war immer noch da.

Nach der Eröffnung verebbte die Opposition. Sie hatte über das Ziel hinausgeschossen und dabei die tatsächlichen Gegebenheiten aus den Augen verloren. Geschlossene Plätze in Erziehungsheimen gibt es heute immer noch, wenn auch unter anderen gesetzlichen Titeln. Es fällt niemandem mehr ein, sie abschaffen zu wollen und ganz auf die freiwillige Kooperation straffällig gewordener, teilweise schwer verhaltensauffälliger Minderjähriger zu setzen. Ganz im Gegenteil. Der politische Wind hat gedreht. Kam die scharfe Kritik in den 1980er-Jahren von links, erlebte ich in meinen letzten Jahren als Heimleiter laute Rufe von rechts nach mehr Repression und hartem Durchgreifen im Jugendstrafrecht. Heimpolitik geschieht immer im Spiegel des Zeitgeists und wird gerne ideologisch instrumentalisiert. Dabei bleiben oft die Interessen der betroffenen jungen Menschen, die nicht auf der Sonnenseite des Lebens stehen, auf der Strecke.

Nach den kräftezehrenden Kontroversen konnten wir uns im «Bellevue» endlich dem Tagesgeschäft widmen. Auch die Marienstatuen und Heiligenbilder waren wir losgeworden. Nach und nach hatte ich sie im Leiterwagen zu den Nonnen zurückgebracht und dabei immer eine gute Begründung parat gehabt. Mal galt es, Platz zu schaffen, um die Tagesordnung des Heims an die Wand zu hängen. Mal konnte ich einer muslimischen Bewohnerin keine mannshohe Holzmadonna mit Jesuskind im Arm zumuten. Das leuchtete den Schwestern absolut ein. Unterdessen war auch Verena mit dem kleinen Lineo nach Altstätten gezogen. Wir bewohnten eine schöne Altbauwohnung im historischen Teil der Stadt. Die Arbeit mit den weiblichen Jugendlichen forderte mich. Wir bekamen junge Frauen aus verschiedenen Landesgegenden zugewiesen. Bernerinnen und Baslerinnen wurden aus ihrer gewohnten Umgebung gerissen und ins periphere St. Galler Rheintal verpflanzt. Ich sprach sie am ersten Tag auf ihre Langezeit an: «Gell, du hast fürchterliches Heimweh.» Woher ich das wisse, fragten sie mich. Zusehends erweiterte ich meinen Erfahrungshorizont. In dem Mädchenheim gab es viel Drama, im Guten wie im Schlechten.

Die jungen Frauen stürzten sich auf den Postboten, sobald dieser an der Hauptstrasse vorne Richtung «Bellevue» abbog. Sie durchwühlten seinen Postsack, meist vergeblich, denn junge Männer schreiben nun einmal selten Liebesbriefe. Nach einigen Wochen Belagerung hatte er die Schnauze voll. Freundlich, aber bestimmt, forderte er mich auf, im Städtchen oben ein Postfach zu mieten und künftig die Briefe und Pakete fürs Heim selbst abzuholen.

Im Heimleiterbüro hatte ich keine Ruhe, es ging zu wie in einem Bienenhaus. Immer wieder sassen mir schluchzende Mädchen gegenüber. Sie hatten sich entweder in den Werkstattleiter verliebt und konnten deswegen unmöglich weiterarbeiten. Oder der Freund, den sie seit vorgestern kannten, wollte nichts mehr von ihnen wissen. Oder sie wurden von anderen Bewohnerinnen wegen der Farbe ihrer Fingernägel gemobbt. In bester Erinnerung habe ich Pascale, die im örtlichen Blumengeschäft eine Schnupperlehre absolvierte. Schon nach einem halben Tag warf der Chef sie raus. Sie hatte einem Kunden den Blumenstrauss um die Ohren gehauen. Er solle sich schämen, die Ehefrau habe Besseres verdient als drei mickrige Rosen. Der Strauss war noch nicht bezahlt. Danach sass Pascale in meinem Büro und verstand die Welt nicht mehr.

Oder Patricia. Sie rebellierte und strapazierte die Gemeinschaft mit ihrem Verhalten dermassen, dass wir sie von einem geplanten Zirkusbesuch ausschlossen. Eine Betreuerin blieb mit ihr im Heim zurück. Als wir von der Vorstellung heimkamen, fanden wir sie blutüberströmt auf dem Bett in ihrem Zimmer. Sie hatte sich die Pulsadern aufgeschnitten. Überall Blut, an den Wänden, auf dem Boden. Wir leisteten erste Hilfe, alarmierten die Ambulanz – es war zum Glück noch nicht zu spät, sie überlebte.

Oder Denise, ein stilles Mädchen. Sie arbeitete im Garten und schien zufrieden. Nie beklagte sie sich. Als sie ganz allein im Treibhaus war, schüttete sie einen Liter Pflanzenschutzmittel in sich hinein, schleppte sich nach draussen und blieb ohnmächtig zwischen den Blumen liegen.

Sie fiel ins Koma. Bangen Herzens besuchte ich sie jeden Tag im Spital. Schliesslich wachte sie auf, und es stellte sich zum Glück heraus, dass sie kaum Schäden davongetragen hatte.

Weihnachten 1984. Als Kind hatte ich so manche Weihnachtsfeier im Heim erlebt, nun war ich zum ersten Mal als Leiter für eine solche verantwortlich. Ich wollte, dass meine Mitarbeitenden daheim bei ihren Familien feiern konnten, und übernahm für einen Tag den Dienst in der geschlossenen Wohngruppe. Zusammen mit sechs jungen Frauen ass ich zu Abend. Danach bestürmten sie mich: «Wir wollen in die Christmesse. Das müssen Sie uns erlauben!» Erstaunt über die plötzliche spirituelle Anwandlung, gab ich nach, und wir machten uns auf ins Städtchen. Es hatte gerade zu schneien begonnen. Als die Mädchen in der Kirche ihre dicken Jacken ablegten, wunderte ich mich erneut. Sie waren ziemlich aufgedonnert für eine Messe, trugen markantes Make-up und Highheels. Sie setzten sich zuhinterst hin. Ich liess mich in wohlmeinender Absicht weiter vorne nieder. Keinesfalls wollte ich mich als ihr Aufseher inszenieren und sie vor allen Leuten als Heimjugendliche blossstellen. Ich kam mir sehr progressiv und verständnisvoll vor.

Die Messe nahm ihren Lauf. Nach dem letzten Orgelton drehte ich mich um – und stellte entsetzt fest: Die Kirchenbank war verwaist, die jungen Frauen waren verschwunden. Von der Kirche auf die Kurve – sie hatten den Heimleiter ganz schön ausgetrickst. Ich eilte ins «Bellevue» zurück und informierte zerknirscht den Leiter der Zürcher Jugendanwaltschaft. Er vergewisserte sich, dass ich den Vorfall bei der Kantonspolizei St. Gallen gemeldet hatte, damit eine Fahndung ausgeschrieben werden konnte. Zudem forderte er mich auf, künftig weniger naiv zu sein. Wie recht er doch hatte. Einige Tage später kehrten die Ausreisserinnen ins Heim zurück, freiwillig und wohlbehalten. Mir fiel ein Stein vom Herzen.

Eines der Mädchen wurde schwanger. Sie hiess Manuela und stammte aus dem Berner Oberland. Als die sensationelle Neuigkeit verkündet wurde, geriet die ganze Gruppe aus dem Häuschen. Keine wollte mehr arbeiten gehen, jetzt galt es doch, Manuela beizustehen. Meine Sorge war eine ganz andere: Wie sage ich es dem Jugendgerichtspräsidenten in Spiez? Mit feuchten Händen griff ich zum Telefonhörer. Doch Gerichtspräsident Aellig reagierte ganz anders als erwartet. Er zeigte sich hocherfreut, als wäre er persönlich der Grossvater des Kindes. Er richtete schöne Grüsse an Manuela aus, beauftragte mich, ihr die besten Wünsche zu überbringen, und kündigte seinen geschenkbewehrten Besuch in Altstätten an. Ich war perplex. Und erleichtert.

Knapp vier Jahre lang hatte ich als Heimleiter in Altstätten gearbeitet, als mich der Ruf zurück ins Jugendheim der Schenkung Dapples ereilte, in dem ich in den 1970er-Jahren vier Jahre als Teamleiter gearbeitet hatte. Bei einem gemeinsamen Schwumm im Zürichsee fragte mich der damalige Heimleiter Hansueli Meier, ob ich nicht sein Nachfolger werden wolle. Er selbst war bei der Schenkung auf dem Absprung, um die Leitung der kantonalen Strafanstalt Regensdorf ZH zu übernehmen. Dass mein ehemaliger Chef an mich dachte, freute mich riesig, gleichzeitig bescherte es mir heftige Skrupel. War es nicht viel zu früh, dem «Bellevue», das ich gegen viele Widerstände mitaufgebaut hatte, schon wieder den Rücken zu kehren?

Andererseits waren Verena und ich nicht unglücklich darüber, das St. Galler Rheintal zu verlassen. Wir hatten inzwischen einen zweiten Sohn bekommen: Camillo. Ein wunderbares, hochwillkommenes Kind auch er. Doch so richtig heimisch waren wir in Altstätten nie geworden. Man gab uns zu spüren, dass wir nicht von dort waren. Mich hielt man wegen meines Namens sowieso für einen Ausländer. Als ich an einer Wohnung läutete, die zur Vermietung ausgeschrieben war, und mich vorstellte, knurrte der ältere Liegenschaftsbesitzer nur: «Ich vermiete nicht an Jugos.»

Nach einer Woche Bedenkfrist entschied ich, die Heimleitung in Zürich anzustreben. Die Schenkung Dapples entsprach sehr stark meinen Vorstellungen von Heimerziehung. Sobald ich mich der Bewerbung gestellt hatte, meldeten sich die üblichen Selbstzweifel. Ich war kein Akademiker, verfügte als ehemaliger Heimbub weder über Netzwerke noch über andere einflussreiche Kontakte in Zürich. Die Aufgabe war komplex, und mein Vorgänger hinterliess grosse Fussstapfen.

An einem föhnigen Oktobertag trat ich in Zürich vor die Heimkommission. Man stellte mir Fragen, mir gelangen Antworten. Nach einer halben Stunde war die Sache entschieden. Auf einem weiss gedeckten Tisch standen schon die Champagnergläser bereit. Beim Anstossen auf das neue Arbeitsverhältnis wurde mir bewusst, was gerade geschehen war. Der scheue Heimbub aus dem Tessin, dem der Heimvater Samuel Rupflin von Zizers eine Zukunft als Sozialfall vorausgesagt hatte, würde in Zürich ein renommiertes Heim leiten. Mit Rupflin hatte ich letztmals Ende der 1970er-Jahre Kontakt gehabt, als seine Frau, Müeterli Marguerite Rupflin, starb. Aufgrund meiner Medienpräsenz rund um die Kontroverse zur Jugendstätte Bellevue musste er später zweifellos mitbekommen haben, dass ich inzwischen selbst Heimleiter war. Doch er meldete sich nie bei mir.

Womit ich die Kommission in Zürich so rasch überzeugt hatte, war mir nicht ganz klar, und ich konnte es kaum glauben. Dass ich mir Berufs- und Führungserfahrung angeeignet hatte und durch das Stahlbad der Anti-ANE-Kampagne gegangen war, waren Pluspunkte, die mir selbst in jenem Moment gar nicht in den Sinn kamen. In Gedanken vollführte ich beim Apéro kleine Freudentänze. Äusserlich hielt ich mich zurück. Uns ehemaligen Heimkindern fällt es schwer, Gefühle zu zeigen. Man verlernt das irgendwann, denkt, dass sich ohnehin niemand dafür interessiert.

Jetzt stand mir nur noch die unangenehme Aufgabe bevor, den Verantwortlichen in Altstätten meine Kündigung zu überbringen. Im Büro der Trägerschaftspräsidentin schwitzte ich und brachte keinen ganzen Satz heraus. Doch Helen Kaspar reagierte souverän. Sie machte mir keine Vorwürfe, gratulierte mir vielmehr zur Berufung nach Zürich und dankte mir für die Aufbauarbeit. Das «Bellevue» stehe auf gutem Fundament und werde auch ohne mich weiterexistieren. Ich hätte sie am liebsten umarmt vor Erleichterung, stattdessen schüttelte ich ihr nur lange die Hand und hoffte, sie bemerke meine Wertschätzung auch so. Draussen rief ich von der nächsten Telefonzelle aus Verena an und erzählte ihr, wie es gelaufen war.

Sieben Monate hatte ich Zeit, mich auf die neue Aufgabe vorzubereiten. An einem heissen Julitag 1987 trat ich die Heimleiterstelle im Jugendheim der Schenkung Dapples an. Ich wusste, dass man mich in der Branche genau beobachten und jede Schwäche, jeden Fehler sofort registrieren würde. Das Zürcher Heim galt als Vorzeigeheim, viele Kollegen hätten gerne meinen Platz eingenommen. Aber ich sollte 22 Jahre lang bleiben, bis zum Ende meines Berufslebens.

Kurzes Familienglück

Mit meiner Mutter im Tessin hatte es seit der Hochzeit mit Dora keinen Kontakt mehr gegeben. Meine Grossmutter war im November 1984 gestorben, im Alter von 79 Jahren, mit verwirrtem Geist. An ihrer Beerdigung konnte ich nicht teilnehmen, weil meine Verwandten es nicht für nötig befunden hatten, mich rechtzeitig über den Todesfall in Kenntnis zu setzen. Ich konzentrierte mich auf die Familie, die Verena und ich gegründet hatten. Eine positiv denkende, attraktive Ehefrau, zwei gefreute Buben, unser Hund Olga, ein Zuhause, in dem wir uns geborgen fühlten, dazu ein interessanter Job – in meinen Vierzigern kam ich in der gesellschaftlichen Normalität an, die ich mir als Heimkind so schmerzlich ersehnt hatte. Endlich Wurzeln, Nestwärme, Zuneigung. Das Familienidyll war perfekt und machte bürgerlichen Lebensvorstellungen alle Ehre. Wir wohnten in Uerikon in einer grossen, schönen Wohnung in einem Haus mit Garten. Ich besuchte die Elternabende unserer Söhne in der Schule. Wir feierten Kindergeburtstage, pflegten unseren Freundeskreis, machten Familienferien. Verena arbeitete nicht mehr im Sozialwesen, sondern leistete an den Wochenenden Einsätze im Kulturkarussell Rössli Stäfa, in einer alternativen Genossenschaftsbeiz. Meine Liebe zu ihr war gross, auch wenn ich ihr nicht gleich viel Nähe und Zärtlichkeit geben konnte, wie sie mir entgegenbrachte. Auch in der Beziehung zu meinen Kindern kam ich mir zuweilen recht unbeholfen vor. Doch Verena, die meine Geschichte ja kannte, akzeptierte mich, wie ich war, setzte mich nie unter Druck. Sie, die emotional Intelligente, nahm es auf mit mir, dem Verschlossenen – wie froh ich doch war, gerade ihr begegnet zu sein.

Verena hielt Familienbande für wichtig, und sie war der Ansicht, unsere Söhne sollten ihre Grossmutter im Tessin kennenlernen. Verenas Eltern waren schon gestorben, meine Mutter vertrat als Einzige die Grosselterngeneration. Ausgerechnet diese frostige, unnahbare Frau. Es kam zu ein paar Treffen en famille. Wir besuchten meine Mutter nie in ihrer Wohnung, sondern immer an ihrem Arbeitsplatz in der Badeanstalt von Melide, die sie und Franco inzwischen betrieben. Bei einem dieser Besuche realisierte ich, dass zu meinen drei Halbschwestern eine vierte gekommen war. Meine Mutter und Franco hatten ein Mädchen adoptiert, und zwar schon Anfang der 1970er-Jahre. Zu einer Zeit also, als ich, ihr ältester Sohn, noch versucht hatte, endlich zur Mutter durchzudringen. Über die Adoption war ich nicht informiert worden. Ein neuerlicher Stich ins Herz.

Meine Frau und meine Mutter verstanden sich gut und führten lange Gespräche, wenn wir nach Melide fuhren. Ich ging mit, blieb aber auf Distanz und übte mich mit der Mutter im Smalltalk. Einmal deutete sie Verena gegenüber an, dass sie damals unter der Kindswegnahme sehr gelitten habe. In meiner Gegenwart blieb ihr Mund weiterhin verschlossen, doch meine Frau war dabei, das Eis aufzubrechen. Dann machte ein Schicksalsschlag alles zunichte. Verena erkrankte schwer.

An einem heissen Sommerabend 1993 klagte sie über starke Bauchschmerzen. Ihre Leiste war angeschwollen. Ein paar Arztbesuche und Spitaluntersuchungen später die niederschmetternde Diagnose: Lymphdrüsenkrebs. Der Befund leitete einen fünf Jahre dauernden Abschied vom Familienglück ein. Die erste Chemotherapie ging bis Weihnachten, danach fühlte Verena sich einige Zeit besser. Im Frühling fuhren wir zwei Wochen nach Griechenland in die Ferien, nur sie und ich. Hoffnung kam auf. Doch nach zwei Jahren kehrte der Krebs zurück, und diesmal behielt er, allen Therapien zum Trotz, die Oberhand. Verena pendelte zwischen Spital und zu Hause hin und her, wollte immer wieder heimkehren, um den Buben Mutter zu sein, auch wenn es nur für kurze Phasen war. Mit Mut und Ausdauer widerstand sie der Krankheit, solange es ging. Die Weihnachtsferien 1997 verbrachten wir mit den Söhnen bei Reto und Ursula im Engadin. Reto war mein guter alter Freund von der Erzieherschule, gemeinsam hatten wir ja seinerzeit im Kinderheim Torricella neue Sitten einzuführen versucht. Wir waren in Kontakt geblieben, auch nachdem wir beide geheiratet hatten. Bei einem Abendessen erzählte Verena, bereits sehr geschwächt, den Freunden von unserer inzwischen zwanzigjährigen Liebe. Mir Holzklotz wurde es fast ein wenig peinlich. Ich funktionierte wie ein Roboter in jenen Monaten. Heim leiten, Kinder und Haushalt, Verena pflegen. «Du machst das sehr professionell», sagte sie einmal zu mir. Es war nicht als Kritik gemeint, sie stellte es einfach fest und hatte recht. Ich konnte den Gedanken, dass sie sterben würde, emotional nicht zulassen. Das Tumorleiden zehrte sie immer mehr aus, sie war nur noch Haut und Knochen. Die Schmerzen nahmen zu, zur Linderung erhielt sie Morphium. In der letzten Phase Anfang 1998 richteten wir ihr in unserer Wohnung ein Krankenbett mit Sicht auf den Zürichsee ein. Verena, dem «Seemeitli», das in Horgen aufgewachsen war und den Blick aufs Wasser liebte. Die Spitex und liebe Freundinnen von Verena unterstützten uns, immer wieder kam der Hausarzt vorbei. Sie fragte ihn, was beim Sterben geschehe. Wir Eheleute untereinander vermieden das Thema lange Zeit. Zu gross war meine Angst, nicht die richtigen Worte zu finden.

Eine Woche vor Verenas Tod verhärtete sich ihr Bauch, der Hausarzt drängte auf eine Spitaleinweisung. Doch sie wollte warten, weil an diesem Samstag Lineo und Camillo aus den Skiferien heimkehrten. Am Abend assen wir Fondue am Krankenbett, die Buben, lebhaft, rotwangig, erzählten von ihren Abenteuern im Schnee. Verena und ich tranken ein Glas Weisswein. Unser letztes glückliches Zusammensein als Familie. In der Nacht heftige Schmerzattacken, notfallmässige Einlieferung ins Spital. Ich meldete mich im Heim ab, wollte die nächsten Tage bei ihr verbringen. Ein Spitalzimmer in Männedorf, geschmückt mit Blumen und Kinderzeichnungen. Leise Musik von Vivaldi, wie Verena sie mochte. Sie lag im Bett, sagte nicht mehr viel, zog sich zunehmend von der Aussenwelt zurück. Ich musste meine Söhne auffordern, sich für immer von ihrer Mutter zu verabschieden. Es zerriss mir fast das Herz. Am Mittwochabend schluchzten Lineo und Camillo, am Donnerstagabend wuschen meine Söhne und ich Verenas Körper, mit sanften Bewegungen, am Freitagabend sassen wir schweigend da. Die Buben kamen bei Freunden unter, ich wich nicht mehr von Verenas Seite. Sah, hörte, roch die Vorboten des Todes. Momente höchster Intensität, unvergesslich, unbegreiflich. Als ich das Zimmer kurz verlassen wollte, regte sie sich nochmals: «Gang nöd.» Ich blieb. Verenas Atem rasselte. Plötzlich war es ganz still im Zimmer. Meine Geliebte starb am Samstag, 28. Februar 1998, um 19.10 Uhr. Sie wurde 49 Jahre alt.

Zwei Stunden hielt ich Verenas erkaltende Hand, dann verliess ich das Spital. Allein. In einem Zustand tiefer Trauer und Einsamkeit. Um nicht gänzlich im schwarzen Loch zu versinken und mich etwas abzulenken, telefonierte ich zu Hause trotz später Stunde herum und informierte Freunde und Nachbarn über ihren Tod. Am Sonntagabend kamen die Buben zurück. Lineos Aufnahmeprüfung fürs Gymnasium stand bevor, er wollte sie nicht verschieben und bestand mit Bravour. An einem der ersten Märztage beerdigten wir Verena auf dem Friedhof von Stäfa. Weil wir aus der reformierten Kirche ausgetreten waren, beschied man mir, es gebe kein Glockengeläute, diese Dienstleistung stehe nur Kirchensteuern zahlenden Mitgliedern zur Verfügung. Also liess ich die Trauerfeier zu einem Zeitpunkt ansetzen, da die Kirchenglocken ohnehin läuteten. Zuspruch, Trost, Umarmungen. Das tat mir sehr gut, doch nach der Beerdigung wandten sich die meisten wieder dem eigenen Alltag zu.

Und ich hatte mich an meine neue Existenz als Witwer und alleinerziehender Vater zu gewöhnen. Anfänglich ging ich nicht zur Arbeit. In dieser Zeit vertrat mich im Heim mein Stellvertreter. Ich war für die Buben da, organisierte unseren Alltag, kochte für sie. Doch sobald sie morgens aus dem Haus waren, setzte ich mich in einen Sessel und starrte stundenlang in die leere Wohnung. Ich war wie versteinert vor Schmerz. Verena fehlte mir unendlich. Wenn ich genug gestarrt hatte, las ich in Büchern über Trauer und Tod. Beklagte Tagebuch schreibend meinen neuerlichen Verlust und fragte mich, warum mir, dem ehemaligen Heimbub, einfach kein Familienglück auf Erden vergönnt sein sollte. Denn nun waren wir keine richtige Familie mehr. Nur noch ein Vater mit seinen Söhnen. Mit Verena war das Herz unserer Familie weggebrochen, das, was uns alle zusammenhielt. Nach zwei Monaten nahm ich meine Aufgabe als Heimleiter wieder auf. Leitete Sitzungen, löste Konflikte, managte den Berufsalltag. Doch ich blieb auf mein eigenes Unglück fixiert.

Der Sommer kam – ohne sie. Der Herbst folgte – ohne sie. Die ersten Schneeflocken fielen – ohne sie. Als ich eines Abends den Tisch fürs Frühstück am nächsten Morgen deckte, so wie Verena es immer getan hatte, brach Camillo in Tränen aus. «Das darfst du nicht tun, das erinnert mich an Mama», stiess er hervor. Beschämt stellte ich das Geschirr zurück in den Schrank. Mein jüngerer Sohn hatte recht. Es ging hier nicht nur um mich und darum, den Alltag irgendwie durchzustehen. Meine Kinder hatten ebenfalls einen tragischen Verlust erlitten. Ich durfte ihre Trauer nicht durch egoistische Handlungen verstärken. Sie hatten ein Recht darauf, dass ihr Leben weiterging, mit einem zuverlässigen, liebenden Vater an ihrer Seite. Ich erwachte aus meiner Lethargie. Als äusseres Zeichen unseres Neuanfangs zu dritt strichen wir gemeinsam die Wohnung und stellten die Möbel um. Lineo und Camillo bekamen jeder ein eigenes Zimmer. Nach und nach gab ich Verenas Sachen weg. Mehrere Bilder, die sie gemalt hatte, behielt ich. Es sind heute noch kostbare Erinnerungen.

Der Heimleiter

Als Bub träumte ich davon, Schiffskapitän zu werden, so wie einst mein Grossvater. Er steuerte die grossen Ausflugsschiffe auf dem Luganersee, von Lugano nach Ponte Tresa und zurück. Meine Grossmutter sprach zwar nur despektierlich von ihm, doch für mich war er ein Held, obwohl ich ihn nie kennengelernt hatte. Die Verehrung speiste sich vor allem aus einem Foto, das in der kleinen Sozialwohnung der Grossmutter über dem Stubentisch hing. Es zeigte ihn in schmucker Kapitänsuniform. Stundenlang betrachtete ich das Bild, wenn ich bei der Grossmutter in den Ferien war. Ich stellte mir vor, wie der Grossvater auf der Kommandobrücke stand, in seiner sorgfältig gebügelten dunkelblauen Jacke, dem blütenweissen Hemd und der Mütze mit dem goldenen Streifen. Golden waren auch die kleinen Anker, die als Abzeichen die Mütze und die Jackenaufschläge schmückten. Sicher pilotierte Kapitän Devecchi den stolzen Kahn durchs Wasser, vorbei an Paradiso, dem San Salvatore, Melide und Morcote, begleitet von kreischenden Möwen. Beim Anlegen trotzte er geschickt den Seitenwinden, verabschiedete die Passagiere, die ihn bewunderten, mit Handschlag. So wollte ich auch sein. Vom Heim in Pura aus konnte ich das Schiff dieser Linie sehen, wenn es kurz nach vier Uhr nachmittags in die Bucht von Ponte Tresa einbog, wo das Horn ertönte. Es erklang nur für mich, ein Gruss des Grossvaters an den Enkel, obwohl längst ein anderer am Steuerrad stand. Bei Grossvaters Beerdigung, so hatte mir die Grossmutter erzählt, seien zu seinen Ehren die Hörner der ganzen Ceresio-Flotte erklungen.

Doch anstatt selbst in den nautischen Dienst einzutreten, wurde ich Heimleiter. Auch ein solcher ist freilich eine Art Kapitän, der zuweilen stürmische Gewässer durchquert. Kommt dazu, dass die Schenkung Dapples ein Freizeitschiff besass, genannt die Arche. Generationen von Jugendlichen trugen mit handwerklicher Arbeit zum Umbau und Unterhalt des Schiffes bei und konnten sich, zusammen mit den Mitarbeitenden, an schönen Sommerwochenenden damit auf dem Zürichsee vergnügen. Durch die «Arche» blieb auch ich mindestens ein Stück weit mit der Schifffahrt verbunden.

Die meiste Zeit meines Berufslebens war ich jemand, vor dem ich mich als Kind gefürchtet hatte: ein Heimleiter. Der Heimleiter, wie ich ihn erlebt hatte, war autoritär und allmächtig. Über ihm standen nur noch Emil Rupflin und der Herrgott. Weitgehend unbeaufsichtigt waltete er seines Amtes. Er hatte die vollständige Verfügungsgewalt über das Leben der Kinder. Er bestimmte, wo diese wohnten und schliefen, was sie anzuziehen hatten, wie ihr Tag verlief, wie schmal ihre Kost war, wie warm das Duschwasser, wann sie sprechen durften, welche Arbeit sie zu verrichten hatten, was sie glauben sollten und welche Bildung ihnen zustand. Sie hatten ihn Vati oder Vater zu nennen, obwohl er das nicht war, und Vati-Vater nahm sich das Recht heraus, sie zu gängeln und zu bestrafen, wann immer es ihm einfiel. Die meisten Heimleiter wussten besser über Milchwirtschaft und Ackerbau Bescheid als über Kinderseelen. Samuel Rupflin war Landwirt, der Heimleiter in Pura hatte eine Kochlehre absolviert.

Als ich in den 1980er-Jahren selbst Heimleiter wurde, hatte sich das Rollenbild grundlegend geändert. Auch die Institutionen waren nicht mehr mit früher zu vergleichen, und diese Entwicklung setzte sich in meinen 25 Jahren als Heimleiter weiter fort. Die Heime öffneten sich gegenüber dem Kind, den Eltern, der Gesellschaft. Nicht mehr Väter und Mütter, Onkel, Tanten, Schwestern und Patres waren am Werk, sondern Berufsleute, die sich an höheren Fachschulen für ihre Aufgabe ausbilden liessen. Die Heime hatten sozialpädagogische Konzepte. Ihre operative und strategische Führung wurde entflochten. Ein Heim war nicht mehr Rettungsanstalt für Verwahrloste, sondern professionelle Erziehungseinrichtung. Die «Eingriffsfürsorge» ging zurück. Zu Heimplatzierungen kam es nur noch, wenn ambulante Fördermassnahmen im gewohnten Umfeld nicht ausreichten. Kinder und Jugendliche erfuhren, warum sie im Heim waren. Sie mussten nicht mehr arbeiten, um ihren dortigen Aufenthalt mitzufinanzieren. Sie profitierten von pädagogisch-therapeutischen Massnahmen, die individuell auf ihre Situation abgestimmt und mit ihnen und den Eltern besprochen waren. Die Kinder wurden nicht mehr separiert, die Erziehung zielte auf ihre Integration in die Gesellschaft. Kinder und Eltern erhielten Rechte, auch solche zur Mitsprache. Es gab Einzelzimmer. Die öffentliche Hand nahm ihre Verantwortung anders wahr. Sie erkannte, dass Kinder, die ohne Eltern aufwuchsen, den Schutz des Staates brauchten. Erstmals erliess der Bund Richtlinien für die Heime. Bund und Kantone knüpften ihre Beiträge an fachliche Voraussetzungen, verstärkten Aufsicht und Kontrolle.

Das Jugendheim Schenkung Dapples in Zürich hatte immer zu den fortschrittlichen Institutionen gehört. In seiner Geschichte gab es keinen Bruch zwischen übler Anstalt und zeitgemässer Einrichtung, weswegen es auch nie ins Visier der Heimkampagne geraten war. Das hatte mit der Gründungsgeschichte zu tun. Stifter des Heims war ein Mäzen, der international tätige Bankier und spätere Nestlé-Verwaltungsratspräsident Louis Dapples (1867–1937), Spross einer in Genua tätigen Schweizer Kaufmannsfamilie. Dapples und seine Ehefrau Hélène waren Eltern eines schwer epilepsiekranken Sohns, der bis zu seinem frühen Tod im Schweizer Epilepsie-Zentrum in Zürich betreut wurde. Aus Dankbarkeit «für die liebevolle Pflege» schenkte Dapples 1919 der Trägerschaft des Zentrums eine Viertelmillion – «für den Bau eines Knabenhauses, das in erster Linie zur Beobachtung und Pflege von bildungsfähigen Knaben bestimmt sein soll». Eine grosszügige Geste, die heutigen Bankern und Spitzenmanagern kaum mehr einfallen würde. 1923 wurde das Jugendheim eröffnet, direkt neben dem «Epi» genannten Epilepsie-Zentrum. Trägerschaft beider Institutionen bildet bis heute die Schweizerische Epilepsie-Stiftung.

Louis Dapples stiftete das Jugendheim in der Stadt Zürich etwa zur gleichen Zeit im frühen 20. Jahrhundert, da Emil Rupflin im Bündnerland die Gott-hilft-Kinderheimkette aufbaute. Die Konzepte der beiden Männer hätten unterschiedlicher nicht sein können. Der weltläufige Dapples setzte auf Integration in urbanem Umfeld, auf Berufsbildung und Hilfe zur Selbsthilfe, während sich Rupflin von religiösen Motiven leiten liess und die Kinder in bäuerlich-ländlicher Umgebung von der Welt abschottete. Anders als Rupflin mischte sich Dapples auch nie in den Heimbetrieb ein, sondern überliess diese Aufgabe der Leitung und den Angestellten.

Um sich von einem unguten alten Rollenbild abzugrenzen, verzichteten viele meiner Kollegen auf den Titel Heimleiter und nannten sich stattdessen Gesamtleiter oder Betriebsleiter. Auch der Begriff Erziehungsheim war zunehmend verpönt. Lieber sprach man von sozialpädagogischen Kompetenzzentren, Jugendsiedlungen, therapeutischen Gemeinschaften, Institutionen der stationären Kinder- und Jugendhilfe oder Berufsbildungsheimen. Ich fand das immer ein wenig eine Wortklauberei. Ein Heim bleibt für alle Beteiligten ein Heim. Mag auch das Kind nicht mehr an seinen Kleidern zu erkennen sein, riecht es auch nicht mehr wie ich damals nach Stall und Mist, so greift doch die Heimerziehung immer noch radikal in sein Leben ein. Ich sah mich als Heimleiter, bemühte mich aber, die Machtposition nicht auszunutzen. Mir war es wichtig, dass wir den Jugendlichen eine annehmende Haltung entgegenbrachten, auch wenn wir ihre Taten nicht akzeptieren konnten. Ich stellte Mitarbeitende ein, die neben Fachkenntnissen eine robuste Persönlichkeit und anthropologische Leidenschaft mitbrachten. Nicht Erziehungsfunktionäre wollte ich um mich haben, sondern Menschenfreunde.

Das Jugendheim Schenkung Dapples liegt im Hirslanden-Quartier der Stadt Zürich, mit Aussicht auf den See. Es war in den 1920er-Jahren das erste urbane Heim der Schweiz – fast fünfzig Jahre, bevor die Rüschlikoner Tagung forderte, dass Jugendheime in die Ballungszentren gehörten anstatt abgelegen aufs Land. Als Heimleiter hatte ich die Gelegenheit, die ganze Anlage zu sanieren und umzubauen. Die Architektur des Heims versucht, einer Stigmatisierung vorzubeugen. Öffentliche Wege führen durch das Areal. Passanten merken den Gebäuden nicht an, dass es sich um ein Jugendheim handelt. Ab und zu beschwerte sich ein neuer Nachbar bei mir, die Musik sei zu laut. Ich wies ihn falls nötig darauf hin, dass – im Gegensatz zu ihm – die Heimkinder alteingesessen im Quartier seien.

Wir hatten den Auftrag, die Jugendlichen zu sozialisieren. Wie es der Stifter vorgesehen hatte, setzten wir dabei stark auf Ausbildung. Auch den Schwierigsten und Unmotiviertesten gelang es mit der Zeit, eine Berufslehre in den heimeigenen Werkstätten zu absolvieren. Diese standen mit ihren Produkten und Dienstleistungen im wirtschaftlichen Wettbewerb. Die Schenkung Dapples war von Anfang an ein offenes Heim. «Möglichst viel Disziplin und Ernst während der Arbeit, möglichst viel Freiheit ausserhalb der Arbeitszeit», hatte bereits der erste Heimleiter in den 1920er-Jahren notiert, Pfarrer Wilhelm Schweingruber, und: «Die Gefahrenzone ist die Heilzone.» Ein mutiges Bekenntnis zu jener Zeit. Was mein Vorgänger wohl mit der Gefahrenzone meinte? Etwa die Stadt Zürich mit all ihren Reizen? Die Jugendlichen wurden von Anfang an mit Freiheiten und Versuchungen konfrontiert, die ihnen in Landheimen nicht ermöglicht, manchmal auch erspart geblieben wären. Jeder Ausgang führte unweigerlich ins städtische Vergnügen, jeder Urlaub wurde zur Prüfung. Sie mussten lernen, Eigenverantwortung zu übernehmen. Die Schenkung Dapples verstand dies immer als Vorbereitung für das spätere Leben nach dem Heimaufenthalt. Selbständigkeit lernten die Jugendlichen nicht im aseptischen Erziehungslabor, sondern nur, wenn sie am Leben um sie herum teilhatten.

Ich war für dreissig junge Männer im Alter zwischen sechzehn und zweiundzwanzig Jahren sowie für die gleiche Anzahl Mitarbeitende verantwortlich: Sozialpädagoginnen und -pädagogen, Lehrmeister, Berufsschullehrkräfte, Fachleute aus Psychologie und Psychiatrie, Verwaltungsangestellte. Wir zogen alle am gleichen Strick, doch zwischen den

Berufsgruppen gab es kulturelle Unterschiede, mit denen ich umzugehen hatte. Den pragmatischen Lehrmeistern galten die Erzieher zuweilen als «Softies», die die Jugendlichen zu wenig hart anpackten. Diese
wiederum taten sich manchmal schwer mit dem konservativen Weltbild
einiger Handwerker. Die Jugendlichen wurden auf zwei Wegen in unser
Heim eingewiesen: entweder durch die Jugendjustiz, wenn sie straffällig
geworden waren, oder durch Fürsorgebehörden, wenn ihr Sozialverhalten stark zu wünschen übrig liess oder sie in ihrem Wohl gefährdet waren. Im Betreuungsalltag machte es freilich keinen Unterschied, auf wel-
chem Weg einer zu uns gekommen war. Unschuldslämmer waren sie alle
nicht. Etwas zugespitzt gesagt: Die einen hatte man bei ihren Taten erwischt, die anderen nicht. Die Jugendlichen absolvierten eine Ausbildung als Schreiner, Maler oder Mechaniker. Sie besuchten eine interne
Berufsschule auf dem Areal, weil sie mit ihren Verhaltensauffälligkeiten
in den öffentlichen Berufsschulen nicht tragbar gewesen wären. Die
räumliche Nähe und die Zusammenarbeit der Wohnbereiche und der
Ausbildungsstätten waren vorteilhaft. Dies schuf ein Milieu, in dem die
jungen Männer gefördert werden konnten.

In meiner Heimleiterzeit sah ich Hunderte junge Männer kommen
und gehen. Früher nannte man sie «schwer erziehbar», nun «dissozial»,
gemäss einer Klassifizierung der Weltgesundheitsorganisation WHO.
Wir waren eine Erziehungsintensivstation, und diese hatte ihren Preis.
Alles in allem, das heisst mit Subventionen von Bund und Kanton sowie
mit den Tagestaxen fürs Kostgeld, kostete ein Tag im Heim 500 bis 600
Franken pro Jugendlichen. Ein Betrag, den keine Behörde leichtfertig
aufwarf. Alle stammten sie aus zerrütteten Verhältnissen, aus zerbroche-
nen Familien, die es nicht schafften, angemessen für sie zu sorgen. Bevor
wir einen Jugendlichen aufnahmen, führte ich mit ihm und den verfügba-
ren Elternteilen ein Gespräch. Ich wollte wissen, mit wem wir es zu tun
bekommen würden und ob unser Konzept eine Antwort auf seine Situation sein konnte. Die «Versorger», wie wir die zuweisenden Stellen nannten, hatten meist ein dringendes Interesse, einen schwierigen Jugendlichen zu platzieren. Deshalb kam es vor, dass uns gegenüber wichtige
Informationen über ihn «vergessen» gingen. Manchmal funktionierte

auch schlicht die Kommunikation zwischen zivil- und strafrechtlichen Behörden nicht.

Viele Jugendliche konnten sich nicht damit abfinden, bei uns eintreten zu müssen. Wenn sie bereits eine Heimkarriere hinter sich hatten, war mit jedem Abbruch des Betreuungsverhältnisses ihr Misstrauen gewachsen. Fluchend und schimpfend betraten sie ihr Zimmer, gaben uns zu verstehen, dass sie nicht bleiben würden. Die einen packten dann den Koffer aus, hefteten Poster an die Wände, stellten ihre Sachen ins Regal und fragten: «Wann gibts Znacht?» Die anderen gingen schon nach wenigen Stunden auf die Kurve, wurden von der Polizei aufgegriffen und ins Heim zurückgebracht. Oft mehrmals hintereinander, doch nach und nach vergrösserte sich der Abstand zwischen den Fluchten, bis sie ganz aufhörten. Sie wollten uns damit nur testen, wollten sichergehen, dass wir sie nicht aufgeben, auch wenn sie unsere Geduld aufs Äusserste strapazierten. Ich konnte es ihnen nachfühlen. Ich wusste, dass sie sich hinter ihrer trotzigen Fassade schämten. Ich spürte ihre Sehnsucht nach den Eltern, nach ganz normalen Verhältnissen. Ich kannte den Schmerz eines Fremdplatzierten, ich fühlte ihre Trauer, ihre Verlorenheit, wenn sie mir erstmals in meinem Büro gegenübersassen. Ihre dicken Dossiers erzählten die unfassbarsten Geschichten.

Vatermörder, Muttersöhne

Da war Benjamin, ein Tessiner wie ich. Seine ursprünglich aus der Deutschschweiz stammenden Eltern setzten ihre Aussteigerfantasien auf einer Alp im Südkanton um. Das war ihr gutes Recht, doch sie vernachlässigten den Sohn aufs Gröbste. Der Vater nahm Drogen, soff, schlug zu. Die Mutter prostituierte sich, vor den Augen des Kindes. Benjamin besuchte die Schule unten im Tal und ging den weiten Schulweg zu Fuss. Täglich stieg er kilometerlange Wege auf und ab, machte sich die Kniegelenke kaputt. Den Fürsorgebehörden waren die Verhältnisse zu Ohren gekommen, doch sie unternahmen nichts, um den Jungen zu schützen und mit den Eltern nach einer Lösung zu suchen. So selbstverständlich man früher eingegriffen hatte, so selbstverständlich untätig blieb man nun in einem solchen Fall. Ein Behördenversagen mit schlimmen Folgen. Als Benjamin fünfzehn Jahre alt war, zertrümmerte er seinem schlafenden Vater mit einem Vorschlaghammer den Schädel. Die Mutter wusste von der Tat und billigte sie. Beim Versuch, den toten Vater im Bergwald zu verscharren, wurden Mutter und Sohn von einem Wanderer entdeckt. Benjamin kam vor Jugendgericht und wurde wegen Mordes verurteilt. Im Tessin wusste man nicht, wohin mit ihm, und steckte ihn in die Psychiatrie.

Da kontaktierte mich die Jugendanwältin Patrizia Pesenti, die spätere Tessiner SP-Regierungsrätin. Ob das Heim der Schenkung Dapples etwas für Benjamin wäre. Wir trafen uns in meinem Büro: Pesenti, der inzwischen sechzehnjährige Verurteilte, der Vormund sowie der Gemeindepräsident von Benjamins Wohngemeinde im Tessin. Benjamin war ein sympathischer junger Mann mit grossen, dunklen Augen. Unter grösster Verschwiegenheit nahmen wir ihn auf, trotzdem bekamen Journalisten Wind davon, dass ein minderjähriger Vatermörder im Kanton Zürich untergebracht sei, und belagerten das Heim. Ich schickte Benjamin für die längst fällige Knieoperation ins Spital und beschied den Medien mit Pokerface, ich wisse von nichts. Er begann eine Malerlehre, war beliebt bei Erziehenden und Mitbewohnern. Trotz therapeutischer Unterstützung verdrängte er seine Tat. Er konnte sich nicht eingestehen, dass er einen Menschen umgebracht hatte, den eigenen Vater. Ich sprach oft mit ihm darüber. Es sei Notwehr gewesen, hörte er nicht auf zu beteuern. Zwei, drei Jahre nach dem Austritt aus dem Heim wurde Benjamin selbst Vater. Irgendwann begann er seine Schuldgefühle mit Heroin zu betäuben, schliesslich starb er an einer Überdosis. Jung, ohne sein Leben gelebt zu haben.

Gewalttätige, gleichgültige oder abwesende Väter waren ein Riesenthema bei uns. Wie ich damals leiden auch die Heimbuben von heute darunter, keinen Vater zu haben. Einigen half ich bei der Suche nach den Ursprüngen, denn ich konnte ihnen die Ungewissheit nachfühlen. Zum Beispiel Ivo, einem siebzehnjährigen Flüchtling aus dem Balkan. Er war mit seiner Mutter in der Schweiz aufgewachsen. Sie hatte ihn als Kleinkind aufs Schwerste misshandelt. Der Vater fehlte, niemand wusste, wo er war. In Ivos Vorstellung war er übergross, ein kraftstrotzender Supertyp. Das kam mir bekannt vor, und ich sprach Ivo darauf an: «Ivo, möchtest du deinen Vater kennenlernen?» Er bejahte, wir recherchierten gemeinsam und fanden heraus, dass er in Übersee lebte. Es kam dort zu einem Treffen, und Ivos grandiose Vaterfantasien lösten sich in Luft auf. Der junge Mann musste feststellen, dass sein Erzeuger eine gescheiterte Existenz war, suchtkrank, instabil, unzuverlässig. Eine ernüchternde, aber trotzdem wichtige Erfahrung für ihn auf der Suche nach seiner Identität.

Oder Thomas, ein achtzehnjähriger Adoptivsohn aus einem Land im südlichen Afrika. Früher gab man adoptierten Kindern aus dem Ausland Schweizer Vornamen, in der Meinung, das fördere die Integration. Er begann Bilder aus seinem Herkunftsland im Zimmer aufzuhängen und beharrte – völlig zu Recht – darauf, mit seinem ursprünglichen Namen angesprochen zu werden. Wir kratzten etwas Geld zusammen und ermöglichten ihm eine Reise nach Afrika. Von dieser kehrte er nicht zurück. Nach einer gewissen Zeit gaben die Behörden die Suche auf. Ein Dissozialer weniger, für den man aufkommen musste. Fünf Jahre später tauchte er unerwartet an einem der Ehemaligentreffen auf, die ich regelmässig im Heim veranstaltete. Inzwischen ein junger Mann mit viel Lebenserfahrung. «Hört auf zu jammern», forderte er unsere Jugendlichen auf, und er erzählte ihnen vom Leben auf dem anderen Kontinent, wo es ihm zeitweise am Nötigsten gefehlt habe. Er hatte erfahren, wo seine Wurzeln lagen, und kehrte bewusst in die Schweiz zurück. Wer bin ich? Woher komme ich? Das muss ein Mensch wissen, gerade wenn er aus schwierigen Familienverhältnissen stammt. Sonst bleibt eine Leerstelle im Leben zurück, die ihm schwer zu schaffen machen kann.

Als Heimleiter fiel mir auf, dass straffällig gewordene Jugendliche meist alleinerziehende Mütter hatten. Diese trugen die ganze Last der Erziehung und bestritten mit ihrer Arbeit die wirtschaftliche Existenz der Familie. Die Mutter-Sohn-Beziehungen waren häufig belastet. Auch dies kam mir bekannt vor. Mich hatte man damals von der Mutter getrennt und ihrem Einflussbereich gezielt entzogen. Ein «Erziehungskonzept», das nicht nur einen Schatten auf mein Leben warf, sondern auch auf das Leben meiner Mutter. Mit den Reformen in der Heimerziehung änderte sich die Haltung gegenüber Eltern und Herkunftsmilieu. Eltern wurden nicht mehr ausgegrenzt, sondern einbezogen.

Ich erinnere mich an ein Vorstellungsgespräch im Heim, ich sass mit Mutter und Sohn am Tisch. Letzterer versuchte, sein kurzes, aber schon sehr verworrenes Leben in Worte zu fassen. Die Mutter schwieg und legte ihre Hand auf seinen Arm, als wollte sie ihn vor dem fremden Zugriff schützen. Sie kämpfte mit Schuldgefühlen, empfand es als persönliches Versagen, dass sie Erziehungshilfe brauchte. Ihr Alltag war hart. Verglich sie sich mit dem Idealbild einer Familie, wie es ihr in der Werbung vorgegaukelt wurde, konnte sie nur schlecht abschneiden. Sie forderte Unmögliches von sich und ihrem Kind. Beide scheiterten an den hohen Erwartungen. Der Sohn konnte in diesem Milieu keinen angemessenen Umgang mit Schuld und Versagen entwickeln. Er reagierte mit Abwehr, wurde dissozial. Ein solches Verhalten wird von der Gesellschaft abgelehnt, doch für den Sohn bedeutete es zunächst einmal eine Chance. Die Einweisung ins Jugendheim befreite ihn aus der Enge der unguten Zweierbeziehung und eröffnete ihm neue Perspektiven. Im grösseren Kollektiv konnte er aus einer Vielzahl von Beziehungen wählen. Er lernte, die Beziehungen zu gestalten und Nähe, Distanz, Geborgenheit, Anerkennung und Vertrauen neu zu definieren.

Was aber bedeutete es für die Mutter? Sie reagierte zwiespältig auf die Trennung. Die Hoffnung, der Sohn bekomme sein Leben endlich in den Griff, wurde vom Schmerz überlagert, dass er es nicht mit ihr zusammen schaffen konnte. Das entging diesem nicht, er geriet in einen Loyalitätskonflikt. Meine Mitarbeitenden und ich agierten häufig in diesem Spannungsfeld. Oft genug überforderte es uns auch. Durch unseren Auftrag, den Jugendlichen zu einem selbständigen Menschen zu erziehen, übernahmen wir Partei für ihn. Jedes Hindernis auf diesem Weg empfanden wir als Störfaktor, so auch die Interventionen einer Mutter. Doch ohne deren Mitarbeit ging es nicht, und deshalb bemühten wir uns, sie in die pädagogische und therapeutische Arbeit einzubinden.

Da war zum Beispiel die Mutter, die es rundweg ablehnte, dass ihr Sohn bei uns eine Malerlehre machte. In Afrika, woher die Familie stammte, streiche man die Häuser selbst, dazu brauche es keine Ausbildung. Ohne ihr Einverständnis aber konnte der Sohn die Lehre nicht anfangen. Also luden wir sie ein, die Werkstatt zu besuchen. Wir führten sie herum, zeigten ihr alles und gaben ihr zu verstehen, dass Maler in der Schweiz ein angesehener Beruf sei. Schliesslich willigte sie ein, zur sichtlichen Erleichterung des Sohnes. Eine andere Mutter brachte Tag für Tag das Essen für ihren Sohn vorbei. Alle unsere Beteuerungen, er werde bei uns ausreichend und gut verpflegt, liess sie an sich abprallen. Wir luden die Frau ein, in unserer grossen Küche für uns alle ein feines Menü zu kochen. Sie fasste etwas Vertrauen und stoppte wenig später ihren mütterlichen Catering-Dienst.

An uns war es, den Müttern mit Empathie und Respekt zu begegnen. Nur so gelang es, dass sich Mutter und Sohn von ihren Schuld- und Versagensgefühlen lösen und neue Wege ausprobieren konnten. Ein Jugendlicher trat zwar allein in unser Heim ein, aber mit ihm kam immer auch ein ganzes Familiensystem. Die Elternarbeit war wichtig, auch wenn sie uns Umstände bereitete. Bei einem der Jugendlichen musste ich Sitzungen, an denen es um seine Standortbestimmung ging, unter Polizeischutz durchführen. Sein Vater hatte Drohungen gegen uns ausgestossen. Die Fremdplatzierung des Sohnes verletzte ihn im Stolz. Der Jugendliche hatte mehrere Delikte begangen und war von der Jugendanwaltschaft eingewiesen worden. Trotz der Drohungen schlossen wir den Vater nicht aus. Wir gaben ihm zu verstehen, dass wir alle – der Sohn und die Heimerziehenden – auf seinen Beitrag angewiesen waren. Mit der Zeit begann sich das Verhältnis einigermassen zu normalisieren.

Wie sehr hatte ich als Heimkind von einer Familie geträumt und war doch nur immer wieder mit der schmerzhaften Realität konfrontiert worden. Als Heimleiter sah ich hinter die Fassaden anderer Familien und blickte auch dort in Abgründe. Der Mythos bekam noch mehr Risse.

Auf der Erziehungsintensivstation

Die Dissozialität bei den Jugendlichen ist auf den ersten Blick nur schwer zu erkennen. Das wurde uns wieder einmal bewusst, als uns Regierungsrat Alfred Gilgen kurz vor seiner Pensionierung als Zürcher Erziehungsdirektor einen Besuch abstattete. Er hatte während vieler Amtsjahre so manche Subventionsverfügung für unser Heim unterschrieben. Gilgen gehörte dem Landesring der Unabhängigen an und war während der 1980er-Unruhen Feindbild Nummer eins der Zürcher Jugend gewesen. «Gilgen an den Galgen» hatte man auf Transparente gesprayt. So schnell würde den Mann nichts erschüttern, dachten wir, und wir beschlossen, ihn mit Kevin zu konfrontieren, dem unflätigsten und schwierigsten Jugendlichen, der damals bei uns im Heim wohnte. An ihm sollte der Politiker nochmals eins zu eins sehen, was Schwererziehbarkeit bedeutete. Dem Magistraten würde vor Augen geführt – so unser Hintergedanke –, wie dringend wir die staatlichen Mittel brauchten, um unsere Aufgabe zu erfüllen.

Kevin hatte einiges auf dem Kerbholz. Bevor er zu uns kam, steckte er auf dem Zürichsee Motor- und Segelboote in Brand. Im Heim war er nicht besonders beliebt, galt als Kotzbrocken. Er verweigerte jede Kooperation und legte grenzwertiges Verhalten an den Tag. Zum Glück war er sehr intelligent. Das nährte unsere Hoffnung, dass er eines Tages sein Benehmen reflektieren würde. Ich marschierte mit Regierungsrat Gilgen und seinem Begleittross in die Werkstatt, wo Kevin an einer modernen Werkzeugmaschine arbeitete. Die Show konnte losgehen. Das tat sie auch – aber ganz anders, als wir uns das ausgemalt hatten. Kevin maulte nicht herum, er war der Liebreiz in Person. Freundlich schüttelte er dem Politiker die Hand, wohlerzogen beantwortete er alle Fragen, um schliesslich gar noch zu versichern, wie gerne er im Heim lebe und wie dankbar er den Behörden sei, dass sie ihn hier platziert hätten. Ich war baff. Natürlich kratzte Kevin kurze Zeit nach Gilgens Besuch wieder die Kurve.

Bei den meisten zeigte sich die Dissozialität im ganz gewöhnlichen Alltag. Am Morgen beizeiten aufzustehen, pünktlich zur Arbeit zu erscheinen, den Vorgesetzten nicht zu duzen, nicht auf den Boden zu spucken – das alles und noch viel mehr fiel den Jugendlichen anfänglich unendlich schwer. Der Zürcher Psychiater Berthold Rothschild brachte es an einer Fachtagung auf den Punkt, als er die Dissozialität als eine schwere Erkrankung beschrieb, deren bösartiger Verlauf nur gestoppt werden könne durch den Einsatz intensiver pädagogisch-therapeutischer Mittel. Jugendheime haben eine schwierige Aufgabe, die Mitarbeitenden einen anspruchsvollen Job. Oft wäre es einfacher, in die alten repressiven und autoritären Methoden der Heimerziehung zurückzufallen. Hin und wieder traf ich Heimleiter, die sich unverblümt die Arrestzelle zurückwünschten. Doch dem trat ich immer dezidiert entgegen. Bei mir hatte es damals auch nichts genützt, mich im Zimmer einzuschliessen, als ich immer wieder aus dem Heim in Zizers floh. Meine Verzweiflung löste sich dadurch nicht in Luft auf. Vielmehr musste ich immer neue Mittel und Wege finden, um zu entweichen.

Ein Heimleiter sollte sich nicht über den Rechtsstaat erheben. Das Gewaltmonopol liegt beim Staat, bei der Polizei. In der Schweiz dürfen nur wenige Jugendheime und Massnahmenzentren für junge Erwachsene Einschliessungen vornehmen, darunter immer noch die Jugendstätte Bellevue, die ich einst geleitet habe. Die Lizenz dazu erhalten diese Heime vom Staat. Ohne Rechtsgrundlage läuft gar nichts, sei es über eine Verordnung oder ein kantonales Gesetz. Heime mit geschlossenen Abteilungen müssen auch ihre Disziplinarreglemente behördlich absegnen lassen. Anders als früher herrscht bei diesem heiklen Thema heute Transparenz und öffentliche Kontrolle, und das ist gut so.

Als Sozialpädagoge und Heimleiter sprach ich so gut wie nie Strafen aus, ebenso wenig als Vater. Die Systematik subtilen oder brutalen Strafens hatte ich als Kind im Heim erlebt. Ich wusste, wie ohnmächtig und klein einen das machte. Ich hatte Mühe mit der Begrifflichkeit, wenn sozialpädagogische Fachleute davon sprachen, dass dissoziale Jugendliche «Strafen» bräuchten, um die gesellschaftlichen Werte zu erlernen. Ich hielt es lieber mit Carl Albert Loosli, der bereits anno 1928 mit Blick auf die Heimerziehung gefordert hatte: «Erziehen, nicht erwürgen!» Zum Erziehen gehörte aber ganz klar, Grenzen zu setzen.

In der Schenkung Dapples gab es eine Hausordnung, die das Zusammenleben regelte. Wer sich nicht daran hielt, hatte eine Reaktion zu erwarten. Nie Grenzen erfahren zu haben, war gerade eines der grossen Probleme vieler Jugendlicher bei uns im Heim. Das waren Verwöhnungsgeschädigte, Kinder unserer Wohlstandsgesellschaft, von den Eltern mit materiellen Gütern überhäuft, auch wenn es das Familienbudget nicht zuliess. Meist kompensierten Mutter und Vater so Schuldgefühle. Aus der Verwöhnung ergaben sich psychische Probleme, oft auch kriminelles Verhalten. Wenn die Jugendlichen etwas nicht bekamen, gingen sie es sich eben holen. Oder sie beschimpften und schlugen die Mutter, bis sie ihr Ziel erreicht hatten. Manch einer, der zu uns kam, hatte bis dahin nie ein Nein gehört. Nachwuchsmachos verkündeten beim Eintritt, abwaschen und abtrocknen sei Frauenarbeit und unter ihrer Würde. Ein Langschläfer bequemte sich erst dann zur Arbeit in der Werkstätte, wenn es draussen hell geworden war. Mit dem Riesentamtam, den die Jugendlichen um Kleinigkeiten machen konnten, hatte ich gelegentlich Mühe. Ich war als Kind nie verwöhnt worden. Bei diesem Thema trug ich als Erzieher und auch als Heimleiter eine gewisse Überforderung mit mir herum, die ich jedoch mit mir selbst ausmachen musste. Mit der Zeit gelang es mir, solches Verhalten etwas gelassener zu sehen.

Für die Jugendlichen war die Unterscheidung zwischen erzieherischer Massnahme und Strafe akademisch. Sie selbst empfanden es immer als Schikane. Wir bemühten uns deshalb um Plausibilität. Eine Sanktion hatte im Zusammenhang mit dem Fehlverhalten zu stehen. Sie musste einen Sinn haben und durfte nie nur um der Unterwerfung willen erfolgen. Kam einer ständig zu spät aus dem Ausgang heim, blieb er halt einmal zu Hause, um über sein Verhalten nachzudenken. Erziehung ist aber keine exakte Wissenschaft, und so hatte ich als Heimleiter zuweilen die Schiedsrichterrolle zu übernehmen. War eine in der Wohngruppe oder Werkstatt ausgesprochene Sanktion angemessen oder nicht?

Freitagabend, ich war bereits zu Hause und genoss den Feierabend. Meine Söhne und ich wohnten inzwischen in der Stadt Zürich, wo die beiden an der Uni studierten. Plötzlich läutete es an der Haustüre. Ein Jugendlicher aus dem Heim, in Tränen aufgelöst: «Herr Devecchi, mein Wochenende ist zerstört!» Der Lehrmeister in der Werkstatt habe ihm das Handy abgenommen, weil er es unerlaubterweise bei der Arbeit benutzt habe. Tatsächlich gab es im Heim die Regel, dass Mobiltelefone bei der Arbeit und in der Berufsschule abgestellt blieben. Der Grund: Die Jugendlichen konnten sich sonst zu wenig konzentrieren. Wer die Regel übertrat, musste das Handy für zwei Wochen abgeben. Ohne Handy, erklärte mir nun aber der Jugendliche, könne er sein Wochenende vergessen. Er sei von jeglicher Kommunikation unter den Kollegen abgeschnitten. Das leuchtete mir ein. Er hatte recht. Die Sanktion, die wir festgelegt hatten, zielte auf die Arbeit, nicht auf die Freizeit. Ich rief den Lehrmeister zu Hause an und chauffierte den Jugendlichen noch am gleichen Abend zu ihm hin, um das begehrte Telefon abzuholen. In der nächsten Woche brachte ich das Thema in der Teamleitersitzung vor. Wir passten die Hausordnung an und teilten das den Jugendlichen anlässlich einer Vollversammlung mit. Wer bei der Arbeit oder in der Schule nicht vom Telefon lassen konnte, musste zwar auch künftig zwei Wochen darauf verzichten – doch am Wochenende erhielt er das Handy vorübergehend zurück.

Auch Urinproben führten wir durch, was keine Freude hervorrief. Doch um die gemeinsam gesteckten Ziele zu erreichen – die persönliche Weiterentwicklung des Jugendlichen, eine anspruchsvolle Ausbildung – lag es nicht drin, dass einer regelmässig Drogen nahm, angefangen beim Cannabis bis hin zum Kokain. Mit den Urinproben konnten wir feststellen, wo einer punkto Drogen stand. Zudem liess sich so ein Konsum belegen, nicht nur unterstellen. Das erhöhte dem Jugendlichen gegenüber unsere Glaubwürdigkeit. Bei problematischem Drogenkonsum versetzten wir den Betroffenen in Absprache mit dem Zuweiser für eine Auszeit in unsere Aussenstation in Calonico im Tessin. Auf dem kleinen, von Fachpersonen betriebenen Landwirtschaftsbetrieb erhielt er Gelegenheit, seinen Suchtmittelkonsum in den Griff zu bekommen. Ziel war, dass er später wieder im Heim einsteigen und die Lehre fortsetzen konnte.

In der Heimerziehung ging es oft darum, schwieriges Verhalten so lange auszuhalten, bis unsere Massnahmen zu greifen begannen. Das konnte dauern, das war anstrengend. Ich hielt es für eine meiner Aufgaben, meinen Mitarbeitenden dabei den Rücken zu stärken. Bei Bedarf stand ich selbst hin. Manchmal brauchte es ein wenig Kreativität. Es kam vor, dass ich einen Jugendlichen wegschickte, wenn er nicht aufhören wollte, am Heim herumzumäkeln oder sich danebenzubenehmen. Eigenhändig hielt ich ihm die Türe auf: «Weisst du was? Geh doch, wenn es hier so schrecklich ist. Uf Wiederseh.» Kurzes Stutzen, triumphierende Miene, Abgang. Ausnahmslos jeder kehrte zurück. Einmal rief mich ein Polizist an. Er habe da einen jungen Mann, der sich bitter beklage, der Heimleiter Herr Devecchi habe ihn rausgeworfen. Ausserdem sei er hungrig. Ich konnte mir ein Schmunzeln nicht verkneifen. Keine Stunde war vergangen. Der Jugendliche war direkt vom Heim zum Polizeiposten im nahen Seefeldquartier gelaufen. «Geben Sie ihm ja nichts zu essen», sagte ich zum Polizisten, «er weiss, wo er etwas bekommt.»

Ein bisschen länger weg blieb Ivo, jener junge Mann, dem wir geholfen hatten, den Vater aufzuspüren. Er hatte dem Lehrmeister gedroht, es brauche nicht mehr viel, dann ramme er ihm ein Messer in den Rücken. Der Chef hatte Ivo etwas aufgetragen, was diesem nicht passte. Ich war zufällig an der Werkstatt vorbeigelaufen und Zeuge der Szene geworden. Von Ivo ging keine Gefahr aus, er war nicht gewalttätig gegen Dritte, hatte aber aus nichtigem Anlass ein maximal distanzloses Verhalten an den Tag gelegt. Das konnten wir nicht tolerieren. Doch was tun? Bei Distanzlosigkeit war es am besten, Distanz zu schaffen, und so warf ich Ivo spontan raus: «Fertig, abfahren!» Er solle erst wieder kommen, wenn er einsehe, wie daneben seine Bemerkung gewesen sei. Nach einer Woche kehrte er zurück und setzte seine Lehre fort. Oder Amir, dem ich mehrmals den Laufpass gab. Wortreich versicherte er mir, diesmal garantiert wegzubleiben, doch auch er kreuzte immer wieder auf. Nach dem zehnten Mal blieb er und beendete seine Ausbildung. Das Vorgehen mochte unkonventionell sein, und die «Versorger» runzelten die Stirn, wenn sie davon hörten. Ich setzte die Methode nicht bei jedem Jugendlichen ein, weil sie je nach persönlichen Voraussetzungen als verletzend und ausgrenzend hätte empfunden werden können. Zu bemerken, was drinlag und was nicht, gehörte zu unserer sozialpädagogischen Kompetenz.

Letztlich waren es aber meine eigenen Erfahrungen, die mich in dem Vorgehen bestärkten. Als ich mit noch nicht mal siebzehn das Heim in

Zizers unvorbereitet hatte verlassen müssen, war ich mit dem Wegfall der Infrastruktur nicht zurechtgekommen. Ich wusste, wie es sich anfühlte, plötzlich für alles selbst sorgen zu müssen, ohne Rückhalt, ohne Geld. Die Jugendlichen realisierten beim Einnachten, dass sie kein Bett zum Schlafen hatten und niemand ihnen Essen kochte. Wenn es existenziell wurde, schalteten sie ihr Hirn ein und merkten, was sie zu verlieren hatten. Das funktionierte aber nur, weil die Schenkung Dapples ein gutes Heim war, mit einem tragfähigen Konzept. Sonst wären sie garantiert nicht zurückgekehrt. Das Konzept der Schenkung bewährte sich seit Jahrzehnten und musste verteidigt werden, auch wenn Gegenwind aufkam.

Anfang 2000 geriet unser Heim in den Fokus der SVP, nachdem eine Gruppe unserer Jugendlichen im Ausgang einen Raubüberfall begangen hatte. Dem Erzieher, der sie ins Kino begleitete, erzählten sie, dass sie für eine Rauchpause nach draussen gingen. Dort überfielen sie andere Jugendliche und nahmen ihnen die Wertsachen ab. Dann kehrten sie in den Kinosaal zurück, als ob nichts gewesen wäre. Nach einigen Tagen fuhr die Polizei vor und nahm die mutmasslichen Täter in Haft. Die Presse berichtete darüber, ohne den Namen des Heims zu kennen. Der Vorfall bekam ein politisches Nachspiel. SVP-Kantonsrat Alfred Heer – heute Nationalrat – prangerte in einem Vorstoss die «skandalösen Vorkommnisse» an. Er wollte von der Zürcher Kantonsregierung wissen, welches Jugendheim verantwortlich sei, welcher Nationalität die Übeltäter seien und welche Lehren die Heimleitung aus dem Vorfall ziehe. Die Exekutive benannte in ihrer Antwort die Schenkung Dapples als Wohnheim der jungen Männer und legte deren Nationalitäten offen: drei Schweizer, zwei Türken, ein Brasilianer, ein Mazedonier, einer aus der Dominikanischen Republik. Sie stellte sich im Grundsatz hinter uns: «Bei einer kritischen Würdigung der Vorfälle ist zu bedenken, dass es sich bei den in einem Jugendheim untergebrachten Jugendlichen um junge Menschen handelt, die aus Gründen unangepassten, abweichenden und deliktischen Verhaltens eingewiesen wurden. (...) Auch professionelle sozialpädagogische Betreuung bietet unter solchen Voraussetzungen keine Gewähr dafür, dass die Jugendlichen keine Straftaten mehr begehen.» Ich war dankbar für den regierungsrätlichen Support. Es gab keinen Grund, die offene

Struktur unseres Heims wegen Einzelfällen über den Haufen zu werfen. Die überwiegende Mehrheit der Jugendlichen beging nach ihrer Einweisung keine Delikte mehr und packte früher oder später die angebotene Chance. Absolvierte eine Ausbildung, erwarb ein Fähigkeitszeugnis und trat nach einigen Jahren regulär aus dem Heim aus.

Sozialpädagogen sind keine Strafverfolger, sondern Erzieher. Das hiess nicht, dass die fehlbaren Jugendlichen nach dem Überfall im Kino ungeschoren davonkamen. Nicht nur leiteten die zuständigen Behörden ein Strafverfahren ein und verfügten zum Teil Umplatzierungen in eine geschlossene Einrichtung, auch wir im Heim überprüften unsere Ausgangsregelung, erteilten Ausgangssperren und sorgten dafür, dass die Jugendlichen sich bei den Opfern entschuldigten. Offenes Erziehungsheim bedeutet nicht, dass die Jugendlichen ein gemütliches Leben haben. Unsere Erziehung war deliktorientiert, das heisst, die Jugendlichen mussten sich mit ihrer Tat auseinandersetzen. Manch einer hätte lieber eine Strafe im Gefängnis abgesessen, dort wäre er weniger kujoniert worden. Als Heimleiter habe ich mir in der Jugendstrafrechtspflege sogar noch ein stärkeres pädagogisches Bewusstsein gewünscht. Um den delinquenten Jugendlichen herum begannen sich immer mehr Spezialisten zu scharen – getreu dem systemischen Ansatz, der heute in der Sozialarbeit vorherrscht. Gut und recht, doch zuweilen habe ich den Eindruck, dass sich niemand mehr richtig verantwortlich fühlt.

Wie bei jenem Siebzehnjährigen, der während eines Urlaubs daheim mit einer Pistolenattrappe einen Laden überfiel und einige Tausend Franken erbeutete. Er wurde gefasst und kam für zwei Tage in Untersuchungshaft. Kurz darauf fand im Heim eine Sitzung zur Standortbestimmung statt. Daran teil nahmen eine Sozialarbeiterin in Vertretung des unabkömmlichen Jugendanwalts, der Verteidiger, ein Übersetzer, ein Familienbegleiter, ein Kulturmediator, die Mutter, eine Sozialpädagogin, eine Vertreterin der Vormundschaftsbehörde, der Arbeitgeber, der Jugendliche und ich als Heimleiter. Der Kulturvermittler mutmasste, ausgehend von den Sitten und Bräuchen im Herkunftsland des Jugendlichen, über die Gründe für den Rückfall in die Delinquenz. Der Verteidiger plädierte für Milde. Die Sozialarbeiterin überbrachte das Verdikt des Jugendanwalts, dass vorläufig keine weiteren Strafen oder Massnahmen verfügt würden. Der Jugendliche sei ja bereits in unserem Heim platziert. Die Mutter, geplagt von Schuldgefühlen, wollte den Sohn gleich ganz aus dem Heim nehmen und ab sofort alles besser machen. Worauf sich der Familienbegleiter anerbot, vermehrt bei der betroffenen Familie Präsenz zu zeigen.

Was dabei vergessen ging: auf den Tisch zu hauen und dem jungen Mann die Leviten zu lesen. Niemand empörte sich über die Tat. Der Jugendliche erhielt so zu wenig Signale, dass sein Verhalten nicht in Ordnung war. Es gelang ihm an dieser Sitzung sogar, die vielen Beteiligten gegeneinander auszuspielen. Kein Wunder, musste sich später erneut die Polizei mit ihm befassen. Die Auseinandersetzung mit der Straftat war ein sehr wirksames pädagogisches Instrument. Das erlebte ich immer wieder. Dabei ging es nicht um «Härte», wie sie rechtsbürgerliche Kreise gerne forderten und fordern. Härte gehört nicht in das Vokabular einer Sozialpädagogin und eines Sozialpädagogen. Es ging um Konsequenz.

Die regelmässigen Standortbestimmungen mit den Jugendlichen im Heim leitete ich persönlich. Die Zuweiser wunderten sich bisweilen, wie ich dafür Zeit fand. Mit den steigenden Anforderungen an die Heime – unter anderem der Dokumentationspflicht – war auch die Administration gewachsen, und ich verstand jede Heimleitung, die sich durch das Delegieren von Aufgaben zu entlasten versuchte. Ich selbst wollte nie nur noch verwalten. Es war mir wichtig, als Heimleiter einen erzieherischen Kompass im Auge zu behalten. Das war mein Job.

Wir konfrontierten uns auf einer menschlichen Ebene mit den Jugendlichen. Riefen auch mal aus, stritten mit ihnen. Das erzeugte eine Nähe, mit der man erzieherisch wirken konnte. Und vor allem war es authentisch – was die Heimjugendlichen schätzten. So auch Ueli, der sich nicht an die vereinbarte Rückkehrzeit aus dem Ausgang hielt. Es war schon spät, ich wartete auf ihn, vom Tageswerk ermattet. Endlich ging in seinem Zimmer das Licht an. Ich klopfte an die Tür, er öffnete. «Ueli, das musst du nicht mehr machen», sagte ich nur. Ich war viel zu müde, um den Erzieher rauszuhängen und dem Jugendlichen Vorträge zu halten. Ich wollte nur noch ins Bett. Voll authentisch. Einige Jahre später erzählte

Ueli mir bei einem Ehemaligentreffen, es sei dieser eine Augenblick im Heim gewesen, der ihn am meisten beeindruckt habe. Schon erstaunlich. Da schreiben Fachleute ganze Bücher mit Erziehungstheorien voll, an den Hochschulen entwickeln sie immer ausgeklügeltere Instrumente, um die Wirkung der Heimerziehung zu messen. Und am Schluss ist es ein scheinbar trivialer Moment, der den entscheidenden Impuls gibt. Ueli lud ich an die Fachtagung zu meiner Pensionierung ein, genau wie Oskar, den Stalljungen von Zizers.

Wir Dapplianer

Jugendliche mit einer belasteten Biografie haben ein starkes Gerechtigkeitsempfinden. Sie reagieren sensibel und verletzt auf Vorkommnisse, bei denen andere nur mit den Schultern zucken würden. So kam einmal Josef, ein junger Haitianer, aufgebracht in mein Büro. Der Lehrmeister habe zu ihm gesagt: «Bei uns in der Schweiz wird der Besen so geführt.» Der Mann sei ein Rassist, und er, Josef, gedenke, das Heim unverzüglich zu verlassen. In einem langen Gespräch zu dritt klärten wir die Situation. Mit Mitarbeitenden und Jugendlichen im Dialog zu bleiben, damit wir alle voneinander lernen konnten, war mir ein grosses Anliegen. Bei gröberen Vorfällen berief ich eine Vollversammlung ein, manchmal sehr spontan. So auch, als ein Fussballspiel unter den Heimjugendlichen zu eskalieren drohte, weil ein Schweizer einem Dunkelhäutigen «Banani» ausgeteilt hatte. Eine Gruppe stürmte in mein Büro und kündigte Selbstjustiz per Faust an, falls ich nichts unternehme.

In unserem Heim bestand das Gebot der Gewaltlosigkeit. Bei diesem Thema galt absolute Nulltoleranz, davon wichen wir nie auch nur im Geringsten ab. Mir ganz persönlich war jede Form von Gewalt – ob verbal oder körperlich – zutiefst zuwider. Das wussten die Jugendlichen ganz genau. Bei Vorfällen rief ich konsequent das ganze Heim zusammen, denn Gewalt ist ein Phänomen, das man ans Licht zerren muss. Ich holte also die Fussballer in den Theatersaal, in verschwitzten Sportkleidern sassen sie da, aufgebracht, aufgewühlt. Den «Banani»-Rufer bat ich an meine

Seite, ich forderte ihn auf, seine Sicht der Dinge darzulegen. Vor allen anderen gab ich ihm zu verstehen, dass ich sein Verhalten dumm und verletzend fand. Er beteuerte, es nicht so gemeint zu haben, entschuldigte sich beim Betroffenen, der sich ebenfalls zu Wort hatte melden können. Die Sache renkte sich ein, das Fussballspiel konnte fortgesetzt werden.

Überhaupt kam ich mir als Jugendheimleiter mehr und mehr wie ein kleiner UNO-Generalsekretär vor. Auch wir bildeten in unserem Heim eine Gemeinschaft, die der Dappliner, in der es die Koexistenz verschiedener Nationalitäten, Kulturen und Religionen zu organisieren galt. Der markanteste Schub geschah Anfang der 1990er-Jahre, als im auseinanderfallenden Jugoslawien der Krieg losging. Neben Zürchern, Baslern, Bernern kamen nun Bosnier, Serben, Kroaten, Mazedonier. Ihre Väter hatten sich im Krieg bekämpft, die Söhne lebten bei uns unter einem Dach. Später erweiterte sich der Reigen der Herkunftsländer noch stärker. Das lief nicht immer reibungslos ab. Es gab Verständigungsprobleme mit den Eltern, unterschiedliche Werthaltungen, zwischendurch erschienen uns die Schwierigkeiten unüberwindbar. Wenn nötig griffen wir auf kulturelle Vermittler zurück, darunter ein türkischer Fabrikarbeiter, der uns so manchen wertvollen Dienst erwies und auf den die jungen Männer hörten. Im Grossen und Ganzen lebten sie tolerant und einträchtig nebeneinander. Unsere Gesellschaft könnte von den Heimen einiges darüber lernen, wie man ein friedliches Zusammenleben aufrechterhält.

Früher schaute die Öffentlichkeit weg, und hinter den Heimmauern wurde Kindern Leid angetan. Heute sehen Behörden und Medien genau hin, und das ist gut so. Wenn in einem Jugendheim etwas schiefläuft, gibt es fette Schlagzeilen und politische Vorstösse. Wesentlich weniger Aufmerksamkeit erzielt die tägliche Arbeit, das ist schade. Wie unter einem Vergrösserungsglas lassen sich in den Jugendheimen gesellschaftliche Entwicklungen und mögliche Problemlösungen erkennen. Die Schenkung Dapples hatte sich in all den Jahren zu einem Kompetenzzentrum im Umgang mit dissozialen Jugendlichen entwickelt. Wir gaben das Wissen und die Erfahrungen gerne weiter und liessen uns unsererseits mit grossem Interesse von aussen inspirieren. Regelmässig führten wir Tagungen durch, luden Expertinnen und Experten ein. Da ging es um Migration und Erziehung, um die vaterlose Gesellschaft, die Adoleszenz, frühkindliche Traumata. Kommunikation gegen aussen war mir wichtig. Die Gesellschaft und die Heime müssen im Austausch bleiben. Die Medien waren zu den Tagungen eingeladen, NZZ und «Tages-Anzeiger» berichteten darüber.

Als Heimleiter geriet ich oft ins Dilemma zwischen fachlich begründetem Handeln und Ökonomie. Wenn ich mich nur noch von schwarzen Zahlen leiten liess, stellte dies Ersteres in Frage, und ich lief Gefahr, deswegen die fähigsten Mitarbeitenden zu verlieren. Hatte ich hingegen ausschliesslich den pädagogischen Auftrag im Auge, machte ich nachts wegen der Finanzlage kein Auge mehr zu. Der Spagat war zuweilen gross, wie das Beispiel von Roberto zeigt. Dieser kam zu uns ins Heim, weil sein familiäres Umfeld nicht getragen hatte. Die Mutter arbeitete abends als Putzfrau, der Vater liess sich kaum zu Hause blicken. An Roberto war es, sich um zwei jüngere Geschwister zu kümmern. Überfordert, wie er war, suchte er immer häufiger auf der Gasse nach Aufmerksamkeit, Anerkennung und Zuneigung. Im Heim bewegte er sich zunächst unauffällig. Ein liebenswürdiger, junger Mann. So anpassungsfähig, dass er sich negativen Einflüssen von Mitbewohnern schlecht entziehen konnte. Unter den Mitarbeitenden kamen Zweifel auf: War das pädagogisch-therapeutische Umfeld in der Schenkung Dapples das Richtige für Robertos Entwicklung?

An einer Sitzung mit dem Psychologischen Dienst, den Lehrmeistern, den Sozialpädagogen und der Berufsschule kamen wir zum Schluss, dass Roberto bei uns fehlplatziert war. Stolz auf die effiziente und professionelle Entscheidfindung, begab ich mich in die Kaffeepause. Dort sah ich den Buchhalter sitzen, das ökonomische Mahnmal der Institution. Unwillkürlich begann es in meinem Heimleiterkopf zu rechnen. Ein Roberto weniger bedeutete: 30 mal 310 Franken Tagestaxe gleich 9300 Franken Einnahmenverlust pro Monat. Ich kam ins Grübeln. Waren die soeben an der Sitzung herausgearbeiteten Fakten wirklich so unumstösslich? Konnten die negativen Einflüsse auf Roberto nicht mit anderen Mitteln ausgeschaltet werden als mit der einschneidenden Massnahme einer Umplatzierung? Und war der junge Mann mit seiner Liebenswürdigkeit nicht nur ökonomisch, sondern auch menschlich ein Gewinn für unsere Institution?

Die stationäre Jugendhilfe wurde in den letzten Jahrzehnten durch finanzielle Anreize der öffentlichen Hand immer professioneller und differenzierter. In den 1970er-Jahren erzogen die Behörden die Heimleiter dazu, in ihren Institutionen Konzepte zu entwickeln und umzusetzen. Neue Betreuungsformen sollten die «schwarze Pädagogik» von früher ablösen. «Schwarze Pädagogik» ist ein Sammelbegriff für Erziehungsmethoden, die Gewalt und Einschüchterung als Mittel enthalten. Er wurde 1977 von der deutschen Soziologin und Pädagogin Katharina Rutschky geprägt. Um ein fachliches Niveau zu sichern, knüpfte der Bund seine Subventionen an strenge Bedingungen. Er schrieb uns einen hohen Ausbildungsstandard für die Mitarbeitenden vor, eine adäquate Wohnsituation für die Jugendlichen, ein vielfältiges Lehrstellenangebot mit gut eingerichteten Lehrbetrieben.

Die Zeiten, da die Gemeindebehörden armengenössige Kinder auf Marktplätzen an jenen Pflegeplatz beim Bauern versteigerten, bei dem am wenigsten Kostgeld für sie verlangt wurde, waren zwar vorbei. Doch das Geld hat nie aufgehört, im Sozialbereich eine zentrale Rolle zu spielen. Der Kostendruck nahm im Verlauf meiner Heimleiterzeit wieder zu. Was in wirtschaftlich prosperierenden Zeiten aufgebaut wurde, sollte jedoch nicht durch kurzsichtige Sparmassnahmen gefährdet werden. Nie dürfen uns ökonomische Überlegungen dazu verleiten, ein junges Menschenleben zu behindern, statt zu fördern.

Wäre Roberto bei uns im Heim geblieben, hätten wir zwar weiterhin für ihn Taggelder erhalten. Doch der labile Junge hätte den negativen Einflüssen von Mitbewohnern wenig entgegenzusetzen gehabt. Vielleicht hätte er mit Ach und Krach eine Anlehre geschafft und wäre nach drei Jahren entlassen worden. Mit hoher Wahrscheinlichkeit hätte er sich weder im Berufsleben behauptet noch seine Freizeit sinnvoll und konstruktiv gestaltet. Er wäre sozial auffällig geblieben, Gerichte und Fürsorge hätten sich weiterhin mit ihm beschäftigen müssen, unter Kostenfolge. In einer passenderen Institution hatte er dagegen die Chance, Lebenstechniken zu erlernen, die seinen Möglichkeiten besser entsprachen.

Robertos Geschichte zeigt aber auch, dass die Heime durchaus einen Sparbeitrag leisten sollen und können. Heimerziehung steht am Anfang eines langen Lebens mit allen Risiken, die damit verbunden sind. Je professioneller an dieser «Schaltstelle» gearbeitet wird, desto grösser ist die Chance, dass das Leben des Jugendlichen später nicht entgleist. Eine teure, intensive Integration in die Gesellschaft ist immer noch günstiger, als wenn jemand für immer auf Unterstützung durch den Staat angewiesen bleibt. Wer nach dem Kosten-Nutzen-Verhältnis der Heimerziehung fragt, muss langfristig denken.

In den 1950er- und 1960er-Jahren wurden wir Heimkinder nicht auf die Zeit nach der Fremdplatzierung vorbereitet. Auch die nachgehende Fürsorge – die Betreuung nach Abschluss der Heimzeit – war wenig verbreitet. Die negativen Folgen erlebte ich in Lugano – einsam, hungernd, klamm. Heute hingegen ist die reguläre Beendigung eines Heimaufenthalts das eigentliche Ziel. Die Entlassungsvorbereitungen fingen in der Schenkung Dapples früh an. Die Jugendlichen wechselten von der internen in eine Aussenwohngruppe, manche in ein Wohnexternat in der Stadt. Dort wurden die Nachbarn automatisch zu pädagogischen Hilfsarbeitern, mit Waschküchenkonflikten und allem, was in Mietshäusern dazugehört. Aus dem Heim entlassen wurde ein Jugendlicher erst, nachdem er ein Dach über dem Kopf und eine Arbeitsstelle gefunden hatte. Um einer Stigmatisierung im Erwerbsleben vorzubeugen, stand auf seinem Fähigkeitszeugnis nirgends das Wort «Jugendheim», vielmehr ging daraus hervor, dass er die Lehre in der Mechanik oder der Schlosserei «der Schenkung Dapples» abgeschlossen habe.

Mit vielen Jugendlichen blieben wir nach dem Austritt in Kontakt. Ehemalige wurden bei uns nie abgewiesen. «Ihr seid Dappliner, und ihr bleibt Dappliner», sagte ich den Austretenden und lud sie ein, mit ihren Sorgen und Freuden im Heim vorbeizukommen. Das taten sie auch. Sie fuhren mit ihrem rassigen neuen Auto vor oder kamen mir ihre Hochzeitsfotos zeigen. Bis heute sehen die gesetzlichen Grundlagen keine finanziellen Mittel für eine systematische Nachsorge vor, diese beruht auf der Freiwilligenarbeit der Heime. Ich verwaltete einen Unterstützungsfonds, aus dem ich Ehemaligen Kredite gewähren konnte, wenn sie in

Geldnöte gerieten. Der sogenannte Heimleiterfonds wurde unter anderem aus Spenden gespiesen. Meine Kompetenz reichte bis zu einem bestimmten Betrag, über höhere Ausgaben entschied die Heimkommission. Unter anderem unterstützten wir einen Ehemaligen bei einer kostspieligen Zahnsanierung. Die nachgehende Fürsorge sollte keine leere Worthülse bleiben, und der Schritt nach draussen darf die jungen Männer auf keinen Fall ins Nichts führen.

So beeinflusste meine Vergangenheit als Heimbub all die Jahre meine Tätigkeit als Heimleiter. Nicht alle Wechselwirkungen waren mir in meiner aktiven Zeit bewusst, vieles lief intuitiv ab. Ob die Jugendlichen mit ihren feinen Antennen das wahrnahmen? Eines ist klar: Erst das gute Umfeld ermöglicht einem Heimleiter, seine Aufgabe umsichtig wahrzunehmen. Eine Trägerschaft mit Weitblick, tolle Mitarbeitende. Meine Arbeit bescherte mir schlaflose Nächte, aber sie gab mir auch sehr viel. Die Schenkung Dapples wurde mir zu einer Heimat, ich bin mit ihr bis heute emotional stark verbunden. Und nie traf ich ehemalige Heimjugendliche, die sich im Nachhinein negativ über die Zeit bei uns äusserten. Ganz im Gegenteil. Auch wenn sie uns Erzieherinnen und Erzieher manchmal auf den Mond hätten schiessen können, wie der nachfolgende Bericht eines Heimjugendlichen und Lehrlings aus dem Jahr 2001 zeigt:

Ich glaube, es begann alles 1999, als ich mit meiner Sozialarbeiterin ein Vorstellungsgespräch in der Schenkung hatte. Also, meiner Meinung nach war es eher wie eine Einvernahme. Am 6. Mai so gegen 18 Uhr habe ich also meine Kleider gepackt und dabei noch mit meiner Mutter und meiner Schwester geredet. Mein grosser Bruder war mit seiner Freundin auch noch da. Die beiden haben unterdessen geheiratet und vom Storch eine kleine Tochter geschenkt bekommen. Ich wartete an diesem Abend bis kurz vor 9 Uhr und verabschiedete mich dann von zuhause. Mein grosser Bruder und seine Frau haben mich in die Schenkung gefahren mit meinem ganzen Krempel. Als ich dann auf dem Areal vor der Schenkung stand, wusste ich nicht mehr, auf welche Gruppe ich gehöre. Kurz darauf wurde klar, dass ich zur Gruppe CASA gehöre. Als ich dann vor der Türe stand und das Schild mit dem

*Namen CASA sah, da wollte ich wieder nach Hause. Ich stand also da
und fragte meinen Bruder und seine Frau, ob sie mich nach oben begleiten und mein Zimmer anschauen würden. Die Antwort war aber:
«Nein, wir gehen jetzt. Machs gut. Wir telefonieren dann mal. Ciao,
bis dann!» Ich ging also alleine rein und schaute mich um. Es waren
alles neue Gesichter. Dann kam nach kürzester Zeit so eine Frau und
sagte: «Hallo, ich bin die Alexandra. Komm, ich zeig dir dein Zimmer.» Auf dem Weg nach oben studierten mich die neuen Gesichter
und ich sie. Dann stand ich vor meinem Zimmer und ging rein. Ich
konnte meinen Augen nicht trauen! Es war Zimmer Nr. 4, und es war
das beschissenste Zimmer, das ich in meinem Leben je gesehen hatte.
Ich schaute Alexandra an und fragte, ob das wirklich mein Zimmer
sei, was sie bestätigte. Dann war ich erst mal deftig sauer. Aber das
Schlimmste kam noch an diesem Abend. Ich räumte meine Sachen ein
und ging dann ins Wohnzimmer, um mich bekannt zu machen mit
den anderen Jungs. Als dann die Sozis gegangen waren, kamen alle
wieder ins Treppenhaus, quatschten, kifften und rauchten und stellten
mir eine Menge Fragen, die ich beantwortete, und auch ich fragte zurück. Dann, auf einmal, waren alle innert Sekunden in ihren Zimmern verschwunden, und man hörte nur noch: «Der Nachtwächter
kommt!» Ich verschwand ebenfalls in mein beschissenes Loch und wartete mal ab. Wenig später kam der Nachtwächter zu mir ins Zimmer
und sagte: «Hallo, ich bin der Kari.» Als ich ihn das erste Mal sah,
kam er mir so rein, als wäre er ein Einbrecher und nicht ein Nachtwächter. Als er gegangen war, beschloss ich zu schlafen, aber dann passierte eine Riesenscheisse: Ich lag auf meinem Bett und war müde, so
müde; ich wollte nur schlafen. Auf einmal krachte das Bett zusammen,
und ich lag schräg im Bettrahmen. Ich stand wieder auf und fluchte
zum zweiten Mal über die Schenkung. Dann reparierte ich das Bett
mit Mühe und Not. Todmüde ging ich endlich ins Bett. Am nächsten
Morgen musste ich um sieben Uhr am Tisch sein, und wer zu spät
kommt, der muss mittags und abends abwaschen. Dann wurde ich zur
Arbeit begleitet, und ich wurde meinen neuen Chefs in der T+O [Trai-
nings- und Orientierungswerkstatt] vorgestellt. Ich schaute mich um*

und fand fast alles scheisse. Ich bekam nach kurzer Zeit Arbeit. In der Zeit vorher hatte ich nicht gearbeitet, etwa zwei Monate lang, es kotzte mich also noch mehr als sonst an zu arbeiten. Ich musste mich richtig überwinden. In der ersten Zeit dachte ich, ich hätte alles im Griff und würde die Schenkung locker durchziehen, aber da dachte ich falsch. Als ich das Eintrittsgespräch hatte, da wurde mir ausdrücklich vom Devecchi gesagt, dass Jugendliche von der Schenkung, die delinquieren, in eine Geschlossene geschickt würden, und wenn sie Pech hätten, müssten sie gerade dort ihre Lehre absolvieren. Also, am ersten Tag nach der Arbeit ging unsere Gruppe am Abend ins Kino. Wir waren viel früher dort und mussten warten, bis der Film anfing. In dieser Zeit konnten wir uns frei bewegen, und der Sozi war irgendwo auf dem Kinoareal. Wir schauten uns hinter dem Kino um und entdeckten da ein paar Jungs, die am Kiffen waren. Die von meiner Gruppe fragten, ob ich auch dabei wäre. Da es mein erster Abend war, dachte ich, dass es ein guter Einstieg wäre, um in der Gruppe dazuzugehören. Ich sagte also okay. Wir stellten uns vor die Jungs, machten sie an und bestahlen sie. Dann gingen wir wieder. Kurz darauf fing der Film an, und auch diese Jungs schauten denselben Film. So gegen elf Uhr fuhren wir wieder in die Schenkung, und der Abend war voll easy. Später dann, als ich in meinem Zimmer war, dachte ich über meine Zukunft nach und machte mir Sorgen. Ich dachte, wenn das schon so anfängt, dann bin ich einfach auf dem falschen Weg. Einige Zeit später kam das erste Gruppenwochenende. Ich habe diese Gruppenwochenenden immer gehasst. Wir gingen in ein Auffahrtslager nach Locarno. Am Anfang dachte ich, es sei alles noch voll easy. Aber als wir am Abend nach dem Nachtessen in den Ausgang durften, teilten wir uns in kleinere Gruppen auf. Ich ging mit zwei Kollegen auf die Gasse, und wir machten einen Streifzug um den anderen. In dieser Nacht machten wir Scheisse, die rauskam. (...) Dann nach dem Lager ging ich das erste Mal auf die Kurve, ich war die ganze Zeit auf einem schlechten Trip. Ich fing an, nur Scheisse zu bauen, wurde meinen Vorgesetzten gegenüber sehr frech und bekam deswegen einen sehr schlechten Ruf. Man konnte nicht gut mit mir reden, und ich war nie so bei der Sache. Ich hatte schon in den ersten zwei oder drei Monaten eine Krisensitzung und dann wieder und wieder! Ich machte mir selber nur Probleme und gab immer den anderen die Schuld. Ich kotzte alle an, und alle kotzten mich an. Ich machte aus meinen Freunden im Heim Feinde, ohne dass ich es merkte. Auf einmal war es einfach so. Dann, mit der Zeit, gab es neue Regeln in der Schenkung, und es gab keinen Status mehr, in dem stand, wie viel Mal du im Monat ins Wochenende darfst und wie viel Mal pro Woche in den Ausgang. Dies waren für mich die besten Regeln. Ich ging von da an jeden Tag nach Hause und in den Ausgang. Ich ass immer schnell zu Abend, um möglichst bald in den Ausgang zu können. Ich hatte immer so komische Phasen, und ich bekam auch Ausgangssperre, da ich zu oft weg war. Ich hasste die Schenkung.

So gegen die Sommerferien hatte ich wieder ein paar Freunde mehr in der Schenkung, aber das Blöde war, dass die meisten älter waren und im Sommer austreten würden, mit einem Fähigkeitsausweis als gelernter Maler, Schreiner oder Mechaniker. Als ich bei ihrem Austritt die Jungs vorne mit einem Lächeln stehen sah und dann meine Position anschaute, da hätte ich am liebsten aufgegeben und wäre davongelaufen. Ich ging auf die Kurve und machte Scheisse. Eines Morgens ging ich in meine Bude und fing an, an einer Maschine zu arbeiten, da klopfte jemand auf meinen Rücken, und die Polizei war da und holte mich ab. Ich sah schon einen anderen mit dem Kastenwagen davonfahren, und ich wusste genau, wegen was ich in U-Haft gekommen bin. Auf dem Weg machte ich mir schon Gedanken darüber, was ich am Abend sagen wollte, wenn ich wieder in der Schenkung zurück wäre. Ich hatte Pech: Ich kam an diesem Abend nicht zurück, und am nächsten auch nicht. Es sind Sachen herausgekommen, von denen ich nicht einmal wusste, dass sie passiert sind. Ich habe meinen Scheiss zugegeben und wurde nach ein paar Tagen nach Horgen versetzt. Es ging mir wirklich voll scheisse. Ich war im ganzen zwölf oder dreizehn Tage in U-Haft. Ich hatte viel Zeit zum Nachdenken und beschloss, mein Leben zu ändern. Ich hatte in diesen Tagen in Horgen nur TV geschaut und durfte nur einmal im Hof spazieren. Als mich die Jugendanwaltschaft wieder laufen liess, wurde ich von einem Sozi ab-

geholt, und es kam mir alles so komisch vor: Ich war im Bus Richtung Schenkung, und es waren auf einmal so viele Leute um mich und Autos und der Verkehr. Ich fühlte mich gebrochen. In der Schenkung ging ich dann duschen und dann an die Arbeit. Wieder hatte ich eine Krisensitzung und bekam die letzte Chance. Und ich packte sie auch. Ich hörte mit dem Rauchen auf und mit dem Alkohol und auch mit den Dingern, die ich immer wieder gedreht hatte. Ich arbeitete gut und gab mir Mühe. Die Zeiten auf der CASA waren sehr hart für mich, aber ich zog alles durch, auch die Sommerferien in Korsika, die Gruppenwochenenden und so weiter. Ich hatte zwei Lieblingssozis, mit denen ich immer reden konnte, wenn es mir schlecht ging. Der eine war Ueli und der andere Christoph. Ich fing an, die Schenkung zu respektieren und sie mich. Und, ich hatte es eigentlich immer besser. Zu schaffen machte mir, als an einem gewöhnlichen Gruppenabend eine Nachricht kam, die mich so enttäuschte, dass ich mehr als einen Monat lang einfach scheisse drauf war: Ueli sagte uns, dass er in ein paar Monaten in der Schenkung aufhören würde. Das fand ich einfach schade, weil er der beste Sozialpädagoge war, den ich in meinem Leben kennengelernt habe. Ich erledigte meine Sachen schon noch so wie vorher, aber das mit Ueli kotzte mich einfach an. Mit der Zeit konnte ich in die Schreinerwerkstatt schnuppern gehen. Ich bekam sehr gute Rückmeldungen. Da entschloss ich mich, Schreiner zu lernen, und entschied mich für eine Anlehre als Möbelschreiner. Am Anfang hatte ich mit dem Niveau dort schon Mühe, weil es schon hart ist und nicht so ein Kindergarten wie die T + O. Ich lernte langsam und in kleinen Schritten, und alles kam mit der Zeit. Ich lernte sehr viel, aber ich vergass auch manche Sachen, die mir im späteren Berufsleben nützlich hätten sein können. Ich freundete mich mit den Kameraden von der Bude an und lernte alle sehr gut kennen. Zwei von meinen Kameraden haben letzten Sommer die Lehrabschlussprüfung bestanden und sind ausgetreten. Ich mag auch meine Chefs recht gut. Klar habe ich auch Stress mit ihnen, aber das hat man überall. Ich bin jetzt schon seit über zwei Jahren in der Schenkung und schon ein Jahr lang in der Schreinerei. Es hat sich viel verändert, und ich bin erwachsen geworden. Das glaube ich zumindest. Ich habe gelernt, richtig zu handeln und zu arbeiten, und ich mache es gerne. Klar, dass es auch viel Scheisse gibt, die man nicht gerne tut. Aber das muss man eben auch tun. Wenn ich so überlege, so wüsste ich nicht, was ich ohne die Chance von der Schenkung machen würde. Ich habe allgemein viel gelernt und werde noch mehr lernen. Wenn ich so an meine Vergangenheit denke und anschaue, was ich jeden Tag für einen Scheiss gedreht habe, dann bereue ich das nicht. Ich sehe das Ganze als eine grosse Lehre an. Denn das, was ich getan habe, das habe ich meistens auch tun wollen. Und ich konnte es auch sehr gut. Doch bin ich jetzt auch älter geworden und habe einen anderen Weg eingeschlagen. Ich habe gelernt, mit fast allen Leuten zu diskutieren, und weiss eigentlich schon, wo ich mich wie verhalten muss. Die Zeit hier ist schnell vergangen: Schon bin ich von der CASA ins begleitete Wohnen übergetreten und denke langsam an meinen Austritt aus der Schenkung. Zu dem Ganzen habe ich zu sagen: Auf eine Art ist es schon scheisse, diese Regeln mit elf Uhr zuhause sein und solche Kacke, und auf der anderen Seite ist es voll easy. Ich habe noch etwa ein Jahr Schenkung vor mir und hoffe, dass ich es durchziehe. Die Schenkung ist im Gegensatz zu anderen Heimen ein *****-Hotel, und was will man noch mehr, wenn der Austritt näherrückt. Es geht zwar schon noch eine Weile, aber ich schaue das Ganze als eine Chance für die Zukunft an und bin froh für das, was ich gelernt habe und noch lernen werde. Meine Meinung ist: Wenn du lernen willst, dann kannst du das auch. Ich finde, man soll nicht mit den anderen mitziehen, sondern seinen eigenen Weg gehen. Denn Kollegen sind nicht immer alles, vor allem in einem Jugendheim. Am besten, man tut das, was man tun muss, kommt gut aus mit den Leuten und sucht sich eine gute Freundin. Dann ist man auf dem besten Weg in die Zukunft.

Ein Zürcher wird weggewiesen

Frühjahr 1997, es war einer der seltenen ruhigen Tage im Jugendheim. Ich schaute aus dem Bürofenster und sah dem letzten Schnee beim Schmelzen zu. Ein Telefonanruf riss mich aus meinen Frühlingsträumen. Der Leiter eines Durchgangsheims in Zürich war dran. Ob wir Platz hätten für einen Jugendlichen aus Russland. Ganz allein habe sich dieser in die Schweiz durchgeschlagen und sei am Hauptbahnhof von der Polizei aufgegriffen worden. So kam der Flüchtling Alexandr Peske zu uns, ein blonder Siebzehnjähriger im dunklen Trainingsanzug. Er war verängstigt und stumm, konnte kein Wort Deutsch.

Alexandr hatte Schweres durchgemacht. Aufgewachsen war er in Grozny, der Hauptstadt der russischen Teilrepublik Tschetschenien, wo ein Krieg zwischen russischen Streitkräften und tschetschenischen Rebellen tobte. Sein Vater, ein Ingenieur aus Lettland, und die Mutter kamen bei den kämpferischen Auseinandersetzungen ums Leben. Alexandr flüchtete zu seinem Grossvater aufs Land. Doch auch dort war er seines Lebens nicht sicher. Die Rebellen bekämpften jeden, der nicht Tschetschene und Muslim war. Er zog nach Moskau und hielt sich dort zwei Jahre lang mit Gelegenheitsjobs über Wasser, bevor er – auf dem Weg nach Spanien – in Zürich strandete. Nach einigen Monaten bei uns in der Schenkung Dapples verurteilte ihn das Zürcher Jugendgericht wegen illegalen Grenzübertritts und wies ihn ganz offiziell ins Jugendheim ein. Das war vermutlich ein Urteil aus humanitären Gründen. Sonst hätte Alexandr ein langwieriges Asylverfahren durchlaufen müssen. Chapeau diesem Jugendrichter! Alexandr gab ordentlich Gas. Er lernte innerhalb von fünf Jahren perfekt Deutsch, schloss Schreinerlehre und Berufsmatur ab. Er hatte Freunde, war bestens integriert. 2002 rief mich ein Herr Schwarz vom Migrationsamt an und teilte mir ohne grosse Umschweife mit, der inzwischen 22-Jährige müsse nach der Ausbildung die Schweiz verlassen: «Aus gesetzlichen Gründen hat eine Wegweisung im Sinne von Artikel 12 Absatz 1 ANAG [Gesetz über Aufenthalt und Niederlassung der Ausländer] zu erfolgen.» Alexandr, so sprach Herr Schwarz, habe kein Bleiberecht.

Ich konnte es kaum glauben. Dieser elternlose Jüngling, traumatisiert vom Krieg, sollte in das zerbombte Grozny zurückgeschickt werden? Nachdem die Schweiz so viele Mittel in seine Sozialisierung und Integration investiert hatte? Der Fall beschäftigte mich und brachte mich in ein grundsätzliches Dilemma. Sollte ich loyal bleiben gegenüber dem Staat, der unser Heim und die betreuten Jugendlichen mit Steuergeldern unterstützte? Oder mich mit dem hoffnungsvollen jungen Mann solidarisieren, der selbst am härtesten an seiner Integration gearbeitet hatte und mir ans Herz gewachsen war? Ich sprach bei der kantonalen Migrationsbehörde vor. Und traf einen machtbewussten, mitleidslosen Amtsleiter an, der sich hinter seinem Schreibtisch verbarrikadiert hatte. Alle meine Argumente prallten an ihm ab. Ich fasste den Entscheid, für Alexandrs Bleiberecht zu kämpfen. Dort, in diesem Beamtenbüro, kam mir meine eigene Geschichte hoch, die ich sonst so erfolgreich verdrängte. Wie man mich entwurzelt hatte, wie ich gefroren und gehungert hatte. Welche Strapazen musste erst Alexandr auf seiner langen Flucht von Tschetschenien in die Schweiz durchgemacht haben. Völlig allein stand er in dieser Welt.

Alexandr sollte bleiben dürfen! Das fanden auch meine Mitarbeitenden und die anderen Jugendlichen im Heim. Wir bekamen es mit Ämtern zu tun, die zum Verantwortungsbereich rechtskonservativer SVP-Magistraten gehörten: in Zürich Regierungsrätin Rita Fuhrer, beim Bund Bundesrat Christoph Blocher. Es galt, taktisch geschickt vorzugehen. Wir gründeten ein Unterstützungskomitee, dem sich auch Politikerinnen und Politiker jeglicher Couleur sowie Kunstschaffende anschlossen. Zugleich sammelten wir Unterschriften für eine Petition mit folgendem Text:

Ein Zürcher wird weggewiesen: warum ein papierloser Schreiner mit Berufsmatura im besten Fall Teller waschen darf. Alexandr hat als Fünfzehnjähriger im Tschetschenien-Krieg seine ganze Familie und sein Zuhause verloren. 1997 wurde er wegen illegalen Grenzübertritts festgenommen und danach vom Jugendgericht Zürich in ein Erziehungsheim eingewiesen. (...) Seit fünf Jahren lebt Alexandr im Jugendheim Schenkung Dapples. Er hat sich vorbildlich in die hiesigen

*Verhältnisse eingelebt. Alexandr beendet im Juni 2002 eine Schreiner-
lehre mit Berufsmatura. Er hat sich einen Freundeskreis aufgebaut,
hier in Zürich Wurzeln geschlagen und ist in der Schweiz zu Hause.
Die Integration von Alexandr hat die öffentliche Hand rund 700 000
Franken gekostet. Da er nach wie vor «illegal» in der Schweiz ist, will
ihn die zuständige Behörde nach Beendigung seiner Ausbildung im
Juni 2002 des Landes verweisen. Alle unsere Bemühungen, bei den zuständigen Stellen einen humanitären Entscheid für Alexandr zu er-
wirken, sind gescheitert. Solange Alexandr als «Papierloser» gilt, kann
er zwar nicht ausgeschafft werden, es droht ihm aber ein Leben in un-
würdiger Anonymität. Wir werden das nicht hinnehmen und fordern
ein definitives Bleiberecht für Alexandr. Wir erwarten, dass ihm aus
humanitären Gründen eine Aufenthalts- und Arbeitsbewilligung
erteilt wird.*

Zu den Erstunterzeichnenden gehörten die Nationalrätinnen Vreni Mül-
ler-Hemmi (SP) und Kathy Ricklin (CVP), Stadträtin Monika Stocker
(Grüne) und der Kabarettist und Schriftsteller Franz Hohler. Das Politik-
magazin «Rundschau» des Schweizer Fernsehens berichtete über den
Fall, ich als Heimleiter wurde ebenfalls befragt. Auch SVP-Nationalrätin
Ursula Haller legte ein Wort für Alexandr ein.

Sogar eine – bewilligte – Kundgebung führten wir durch. Es war
vermutlich die erste und letzte Demo, die je ein Heimleiter mit seinen
Jugendlichen und Mitarbeitenden auf die Beine gestellt hat. Die Jugendlichen hatten ein grosses Transparent angefertigt. Wir versammelten uns
am Bürkliplatz, marschierten – begleitet von Polizisten, die uns freie
Bahn verschafften – der Limmat entlang zum Zürcher Rathaus. Dort
wollten wir die Petition mit rund 10 000 Unterschriften an Regierungsrätin Rita Fuhrer übergeben. Sie liess uns ausrichten, es sei ihr aus Si-
cherheitsgründen nicht möglich, die Petition persönlich entgegenzu-
nehmen. Ganz anders Regierungspräsident und Bildungsdirektor Ernst
Buschor (CVP). Er empfing uns während einer Ratspause im Foyer des
Ratshauses. Staunend und nervös übergaben die Heimjugendlichen dem
Politiker zehn Schachteln mit Unterschriftenbögen, umringt von Jour-

nalisten und Parlamentsmitgliedern. Ich hatte eine kleine Ansprache vorbereitet. Und so redete ich auf Buschor ein:

Sehr geehrter Herr Regierungspräsident. 10 000 Menschen solidarisieren sich mit Alexandr Peske. 10 000 Menschen haben uns im Kampf um das Bleiberecht von Alexandr Peske unterstützt und die Petition unterschrieben. 10 000 Menschen erwarten von der Zürcher Regierung, dass sie das Schicksal von Alexandr Peske als Härtefall anerkennt. 10 000 Menschen erwarten von der Zürcher Regierung, dass sie sich in Bundesbern für ein Bleiberecht von Alexandr Peske aus humanitären Gründen einsetzt. 10 000 Menschen wünschen Alexandr Peske, dass das Wort «Zukunft» für ihn kein Fremdwort mehr ist. 10 000 Menschen wünschen, dass Alexandr Peske hier in Zürich leben und arbeiten darf. 10 000 Menschen freuen sich, wenn Alexandr Peske die Schweiz wahrnimmt als ein Land, das in der schwierigen Flüchtlingspolitik grosszügige und mutige Entscheide fällt.

Buschor hörte sich die Rede stoisch an. Später nahm er mich beiseite und raunte: «Es kommt schon gut.» Regierungsrätin Fuhrer empfing mich dann doch noch zu einem Gespräch, flankiert von ihrem juristischen Berater. Ihre freundliche Art – nicht umsonst wurde sie «Lovely Rita» genannt – kontrastierte eigenartig mit ihrer knallharten Position. Die beiden schlugen mir die einschlägigen Gesetzesartikel um die Ohren, und es wurde offensichtlich, dass sie von der Lage im Kaukasus wenig wussten. Danach folgte ein Hin und Her zwischen dem Kanton Zürich und dem Bund. Alexandr durfte vorläufig in der Schweiz bleiben. Nach zwei Jahren, im Sommer 2004, verfügte Blochers EJPD die Ausweisung «gemäss Artikel 12 Absatz 3 ANAG». Die Behörden zogen unter anderem die Angaben zu seiner Identität und zum Lebenslauf in Zweifel. Uns blieb nur noch der Rechtsweg. Weitere zwei Jahre später traf endlich die frohe Botschaft aus Bern ein: Alexandr erhielt definitiv ein Bleiberecht.

Diese Erfahrung stärkte die Heimgemeinschaft der Schenkung Dapples ungemein. Die Jugendlichen hatten erfahren, dass man sie ernst nahm. Dass sie etwas Positives bewirken konnten. Und dass wir vom

Heim auf ihrer Seite standen, uns mit aller Kraft für sie einsetzten. Auch für mich war die Sache glimpflich ausgegangen. Ich hatte mich weit zum Fenster hinausgelehnt, mein Engagement war nicht überall gut angekommen. Der damalige Leiter der Zürcher Jugendstaatsanwaltschaft hatte mir vorgeworfen, meine Kompetenzen zu überschreiten. Wir stritten uns laut und lange in seinem Büro, worauf er sich an die Trägerschaft des Heims wandte. Genauer an Martin Bornhauser, den Präsidenten der Betriebskommission. Bornhauser war selbst Jugendanwalt, gleichzeitig SP-Kantonsrat und in jenem Jahr der höchste Zürcher. Er bestellte mich zu sich. Ich erwartete ein Donnerwetter. Bestimmt hatte man meinen Chef bedrängt, den «Stürmi» Devecchi in die Schranken zu weisen. Ich war entschlossen, umgehend zu kündigen, wenn er mir den Einsatz für Alexandr untersagen würde. Mein Stellvertreter im Heim war entsprechend vorgewarnt. Bornhauser lud mich zum Chinesen ein. Wir plauderten über alles Mögliche, nur nicht über Peske. Dann, endlich, zwischen Glasnudeln und Dessert, kam er zur Sache. Ich hätte mächtig Staub aufgewirbelt, stellte er fest. In den Amtsstuben wären viele froh, wenn ich Ruhe gäbe. «Ich aber stehe voll hinter dir», sagte Bornhauser, «du hast meine Rückendeckung, und ich gratuliere dir zu deinem Mut und deiner Unerschrockenheit.» Meine Erleichterung war riesig.

Anfang November 2006 feierten wir im Heim alle zusammen ein grosses Fest. Meine Söhne kochten Minestrone. An einer Wäscheleine flatterten sämtliche Dokumente aus der Causa Peske: Verfügungen, Zeitungsberichte, Leserbriefe. Nach weiteren zwei Jahren, 2008, folgte der letzte Schritt in Alexandrs geglückter Integrationsgeschichte: Er wurde eingebürgert. Ein gutes Jahr danach ging ich in Pension. Ab und zu habe ich heute noch mit dem jungen Mann Kontakt. Er ist inzwischen Familienvater, hat zwei Kinder.

Spätes Outing als ehemaliger Heimbub: Erst an der Tagung zur Pensionierung als Heimleiter Ende 2009 kann Sergio Devecchi zu seiner eigenen Heimkindheit stehen.

Kinderheim Dio aiuta – «Gott hilft» – im Tessiner Dorf Pura in den 1950er-Jahren: Hier verbrachte Sergio Devecchi seine ersten elf Lebensjahre.

Wo die Kleinsten wohnten: «Zwergenhüsli» im Heim in Pura.

Einzige Porträtaufnahme aus der Kindheit: Sergio Devecchi im Alter von ungefähr sieben Jahren.

Erst Jahrzehnte später wurde er schmerzlich gewahr, wie das Bild im Original ausgesehen hatte: mit der Grossmutter, Tante Edi und zwei Halbschwestern.

Sergio Devecchis Mutter Edvige im
Look der 1970er-Jahre.

Grossvater Devecchi, Kapitän auf dem
Luganersee. Nach seinem frühen Tod
geriet die Familie in Armut.

zvg/Stiftung Gott hilft

Alleinige Trösterin in den ersten Lebensjahren: Betreuerin
«Tante» Anneli (ganz rechts), hier schon im Altersheim.

Dorfkindergarten in Pura. Das Foto bekam Sergio Devecchi (vermutlich 6. v. l. hintere Reihe) erst Jahrzehnte später von einem damaligen Mitschüler zugeschickt.

Mit Heimkameraden in Pura (Sergio hinten rechts). Das Foto ist ein Zufallsfund aus dem Heimarchiv.

Heimkinder in Zizers beim Heuen. Das Lächeln für die Kamera täuscht darüber hinweg, dass die Kinder täglich hart arbeiten mussten.

Gott-hilft-Kinderheim Zizers GR in den 1950er-Jahren: Gruppe der Leuchtkäfer, betreut von zwei «Tanten».

Haus Marin im Kinderheim Zizers. Im Dachstock befanden sich die Schlafzimmer der Buben.

Heimknabe in Zizers beim Begradigen des Miststocks.

Heimschule Zizers um 1950, einige Jahre, bevor Sergio Devecchi dort platziert war.

Wie einen seine Mutter
tröstet,
so will ich euch trösten,
spricht der Herr.
Jes. 66, 13

Weihnachtskarte 1965 der Heimeltern von Zizers an die Ehemaligen.

«Vater» Samuel und «Müeterli» Marguerite Rupflin, die Heimeltern von Zizers.

Der angehende Heimerzieher Sergio Devecchi Anfang der 1970er-Jahre während eines Praktikums im Tessin.

Zunehmend gefragte Fachkräfte: Klassenfoto der Erzieherschule in Basel, 1969 (Devecchi vorne in der Mitte).

Der Kinderknast-Kanton

Wenn sich die St. Galler im Heimwesen engagieren, schnappen sie sich immer die heissesten Eisen: Vor zwei Jahren wurde das geschlossene Durchgangsheim «Platanenhof» in Uzwil eröffnet — männliche Jugendliche sitzen in diesem Hochsicherheitsgefängnis meist ihre U-Haft ab. Jetzt wird im Kanton St. Gallen gleich noch ein Heimtyp verwirklicht, den sonst niemand haben wollte.

erziehung (ANE) in der Anstalt Jugendstätte Bellevue

f Gegensprechanlage»

Beat Antenen von Radio DRS im Gespräch mit Heimleiter Sergio Devecchi.

Reportage aus der Jugendstätte Bellevue

Radio live aus Altstätten

Erste Heimleiterstelle in der Jugendstätte Bellevue in Altstätten SG: Die geplante geschlossene Abteilung sorgte 1984 für Schlagzeilen und Kontroversen. Heimleiter Devecchi stellt sich Medien und Kritikern.

Aussteigerjahre 1982 bis 1984 in Bedigliora TI: mit Ehefrau Verena.

Kurzes Familienglück: mit Ehefrau Verena und den Söhnen Lineo (rechts) und Camillo.

Seltener Besuch mit den Söhnen bei Devecchis Mutter in Melide TI, wo diese eine Badeanstalt führte (1980er-Jahre).

Architheke AG

«Nicht stigmatisierende Architektur»: Areal des Jugendheims Schenkung Dapples in der Stadt Zürich.

Schenkung Dapples

Mit Mitarbeitenden und Jugendlichen auf der «Arche», dem Freizeitschiff der Schenkung Dapples (2007).

«Annehmende Grundhaltung»: Heimleiter Sergio Devecchi applaudiert den Siegern des Fussballturniers in der Schenkung Dapples (2002).

Waffen, die Jugendlichen in der Schenkung Dapples abgenommen wurden. Das Arsenal verdeutlicht, wie anspruchsvoll die Erziehungsarbeit im Heim für jugendliche Straftäter war und ist.

Der in Rente gehende Heimleiter verabschiedet sich mit einem Mundharmonika-Ständchen von den Jugendlichen.

Nach der Pensionierung: menschenrechtliches Engagement als Experte in Russland, um die Bedingungen in Jugendgefängnissen verbessern zu helfen.

Rede als Betroffener am Gedenkanlass 2013 für ehemalige Heim- und Verdingkinder sowie andere Opfer fürsorgerischer Zwangsmassnahmen in der Schweiz.

Dank an Bundesrätin Simonetta Sommaruga, die die Opfer am Gedenkanlass um
Entschuldigung bat.

Späte Annäherung an die Tessiner Familie, aus der Sergio Devecchi (hinten Mitte) einst entfernt worden ist: An seinem 69. Geburtstag im Herbst 2016 entsteht das erste gemeinsame Familienfoto. Vorne in der Mitte die 90-jährige Mutter.

Mit den Söhnen Camillo (l.) und Lineo.

Heimweg

Vergebliche Spurensuche

Jetzt war es gesagt. Endlich gesagt. Dass ich selbst, der langjährige Heimleiter und Sozialpädagoge, im Heim aufgewachsen war, als Kind keine Eltern um mich hatte, keine Familie, keine Liebe kannte. An der Fachtagung
zu meiner Pensionierung Anfang Dezember 2009 konnte ich endlich zu
meiner Heimvergangenheit stehen. Die Reaktionen auf mein Outing blieben nicht aus, und sie waren mehrheitlich positiv. Viele Tagungsteilneh-
merinnen und -teilnehmer zeigten sich bewegt. Einige sagten, ihnen seien
die Tränen gekommen. Andere meinten ungläubig: Man habe mir in all
den Jahren gar nichts angemerkt. Das war gut gemeint, konnte aber auch
entlarvend verstanden werden. Was hätte man mir denn anmerken sollen?
Ich fühlte mich bestätigt, dass es richtig gewesen war, so lange zu schweigen. Auch den Hauch eines Vorwurfs nahm ich wahr. Ob ich meinem beruflichen Umfeld denn nicht zugetraut hätte, mit der Information umgehen zu können? «Das hatte mit euch nichts zu tun», versicherte ich, «nur
mit mir selbst.» Mit meiner Scham, meinen Schuldgefühlen.

Am schönsten reagierten die Jugendlichen. Die Neuigkeit, dass ihr
abtretender Heimleiter ebenfalls ein Heimbub gewesen war, hatte sich
herumgesprochen, als ich am Morgen nach der Tagung nochmals zur Arbeit erschien. Die Jugendlichen kamen auf mich zu. Sie trösteten mich
und sprachen mir gut zu. Ehemalige meldeten sich, riefen an oder mail-
ten. Einer lud mich zum Essen ein und musste weinen: «Huere krass,

Herr Devecchi!» Es kam mir so vor, als ob die Heimbuben mich in ihre Gemeinschaft aufnähmen, und das war ein wunderbares Gefühl. Zum Abschied bedachten mich die Jugendlichen mit einer Tabakpfeife. Sie fanden wohl, ich sei jetzt im passenden Alter und könne mich nach der Pensionierung, in aller Ruhe Pfeife schmauchend, aufs Ofenbänkli setzen und dem Treiben um mich herum zusehen. Die Geste rührte mich, auch ihre Vorgeschichte. Die Pfeife stammte aus einem teuren Laden in Zug und überstieg die finanziellen Möglichkeiten des Jugendlichen, der sie besorgt hatte, bei weitem. Als der nette Ladenbesitzer vernahm, dass der junge Mann die Pfeife dem Heimleiter überreichen wollte, der früher selbst im Heim gewesen sei, schenkte er sie ihm. Nicht ohne sie vorher schön einzupacken. Auch wenn ich schon lange nicht mehr rauche, halte ich das gute Stück in allen Ehren.

Ende 2009 räumte ich mein Heimleiterbüro in der Schenkung Dapples, übergab die Verantwortung für den Betrieb dem Nachfolger und ging, im 63. Lebensjahr, in Rente. Immer wieder hatte ich Übergänge von einem Lebensabschnitt zum anderen erlebt, die ohne mein Zutun erfolgt waren und in einer Katastrophe endeten. Diesmal war es anders. Ich bestimmte den Moment und den Ablauf der Veränderung selbst. «Ich habe mich als Heimkind geoutet, meine Geschichte innerlich verarbeitet. Jetzt hört das Heimleben auf», bilanzierte ich in der Zeitschrift «Schweizer Familie», die im Frühjahr 2010 als erste Publikation über mein Schicksal berichtete. Es tönte wie ein versöhnlicher Abschluss.

Doch ich täuschte mich gewaltig. Ruhe kehrte nicht ein, ganz im Gegenteil. Dies nicht nur, weil ich mehrere neue Aufgaben übernahm. Unter anderem reiste ich im Auftrag des Aussendepartements mehrmals nach Russland, um dort als Fachexperte in einer schweizerisch-russischen Delegation mitzuhelfen, die Bedingungen in Jugendgefängnissen Schritt für Schritt zu verbessern. Vor allem aber war das Outing als früherer Heimbub kein Ende, wie ich gemeint hatte. Jahrzehnte meines Lebens hatte ich die belastenden Kindheitserinnerungen tief in mir drin zugedeckt, jetzt, im fortgeschrittenen Alter, brachen sie vehement auf. Die so penibel verschlossen gehaltene Schachtel hatte sich geöffnet, es gab kein Zurück mehr. Ein schmerzhafter Aufarbeitungsprozess setzte ein.

Wenn ein Mensch seine Vergangenheit verstehen will, muss er zunächst einmal wissen, was genau passiert ist. Doch wie vielen anderen Fremdplatzierten von damals fehlten auch mir wesentliche Informationen über die Vorgänge in meiner Kindheit und Jugend. Als Kind hatte ich zwar nachgebohrt, aber nie Antworten erhalten. Nun stellten sich die Fragen umso erdrückender. Was waren die Gründe, dass ich gleich nach meiner Geburt im Heim platziert wurde? Wer traf die Entscheide, auch jene über meine späteren Umplatzierungen? Wie schätzten die Tessiner Behörden die Situation meiner Familie ein? Wer zahlte wie viel Kostgeld für mich an «Gott hilft» in Zizers? Nahm das Heim in Pura den armen verstossenen Säugling anfänglich «um Jesu willen» auf, also gratis? Welche Rolle spielten die reformierte Kirche von Lugano und der Pfarrer? Warum brachte man mich – im stockkatholischen Tessin – in einem evangelischen Heim unter? Warum musste ich im Heim bleiben, obwohl meine Mutter heiratete, drei Töchter zur Welt brachte und später gar noch eine vierte adoptierte? Warum nahm niemand meine Eltern in die Pflicht, warum blieb mein Erzeuger unbehelligt?

Ich begab mich auf eine langwierige Spurensuche. Von meiner Mutter war erfahrungsgemäss nichts zu erwarten, die anderen Verwandten im Tessin schwiegen ebenfalls oder kauten an ihren eigenen Geschichten. Deshalb versuchte ich, in alten schriftlichen Dokumenten Antworten zu finden. Meine erste Anlaufstelle war «Gott hilft». Die Stiftung mit Sitz in Zizers existiert heute noch, unter neuer, professioneller Führung, aber mit dem gleichen altmodisch-frommen Namen. Sie betreibt staatlich unterstützte Jugendheime, Pflegefamilien, Altersangebote, Beratungsstellen. In ihrem Archiv lagerten wahrscheinlich einst viele Akten, hatte doch Vorsteher Emil Rupflin 1934 allen Gott-hilft-Heimen aufgetragen, jährlich Berichte über die Kinder zu verfassen. Als ich in Zizers um Einsicht nachsuchte, erfuhr ich, dass alle Kinderdossiers aus den Jahren 1934 bis 2000 vernichtet worden seien.

Die Gott-hilft-Verantwortlichen begründeten die Aktenlöschung mit dem Datenschutz und verwiesen auf eine Absprache mit dem kantonalen Datenschutzbeauftragten. Tatsächlich war 2001 im Kanton Graubünden ein neues Datenschutzgesetz in Kraft getreten. Doch die Aktenvernichtung war keineswegs so unvermeidlich, wie die Stiftung es darstellte. Es hätte Mittel und Wege gegeben, die Dossiers datenschutzkonform aufzubewahren und uns ehemaligen Heimkindern Einsicht zu geben, ohne die Persönlichkeitsrechte Dritter zu verletzen. Zudem hatte sich der heutige Stiftungsleiter von «Gott hilft» als SP-Grossrat ausdrücklich für das neue Datenschutzgesetz starkgemacht. Bei der Beratung im Kantonsparlament begrüsste er die Ausweitung des Datenschutzes auf Stiftungen, wie ich im Sessionsprotokoll nachlesen konnte. Es fehlte der Trägerschaft damals einfach am Bewusstsein, wie wichtig die Dokumente für uns gewesen wären.

Manchmal frage ich mich, ob es überhaupt je ein Dossier über mich und die anderen Heimkinder aus jener Zeit gegeben hat. In meiner Erinnerung sind die Betreuerinnen und Betreuer immer am Arbeiten, im Haushalt, rund um Haus und Hof, auf dem Feld, im Stall. In all den Jahren sah ich sie nie Büroarbeiten erledigen. Zu sagen, die Akten seien aus Datenschutzgründen vernichtet worden, wäre immer noch das kleinere Übel, als im Nachhinein einzuräumen, dass die Entwicklung der Kinder gar nicht dokumentiert wurde. So oder so ist das Fehlen der Unterlagen ein Desaster für jemanden, der nach elementaren Antworten sucht. Ich hatte mir erhofft, nicht nur Fakten über meine damalige Situation zu finden, sondern auch etwas darüber zu erfahren, wie man mich als Kind wahrgenommen hatte. Wer war ich vor langer Zeit? Menschen, die nicht in einem Familienalbum blättern oder auf Erzählungen von Eltern und Geschwistern zurückgreifen können, fehlt es an einem Stück identitätsbildendem Wissen über sich selbst.

2016 feierte «Gott hilft» das hundertjährige Bestehen und liess die Institutionsgeschichte durch die Historikerin Christine Luchsinger aufarbeiten. Zweifellos ein Schritt in die richtige Richtung, zumal die Untersuchung problematische Aspekte nicht ausblendete. Ich erkannte mich in manchen Beschreibungen wieder und erfuhr auch Neues. Die Autorin bekam die eingeschränkte Quellenlage ebenfalls zu spüren, ging aber nicht gross darauf ein. Irritierend fand ich die ständige Relativierung der Situation von uns Heimkindern. Wir erhielten im Heim Schläge, aber auch in den Familien sei zu jener Zeit geschlagen worden. Wir mussten im

Heim hart arbeiten, aber auch die Kinder in den Bauernfamilien mussten das. Das Essen im Heim war spartanisch, aber so war es überall. Diese Gleichsetzungen werden unseren bitteren Erfahrungen als allein gelassene, schutzlose Kinder nicht gerecht. Gerade wir unehelichen Kinder – wir machten laut der Historikerin etwa einen Drittel der Kinder in den Gott-hilft-Heimen aus – hatten kaum Rechte, wie die Forschung aufzeigt. Leider ist die Sicht der Heimkinder kaum in die Untersuchung eingeflossen. Während Mitarbeiterinnen und Mitarbeiter porträtiert werden, erfährt man über die Schicksale der Kinder fast nichts. Auch deshalb erzähle ich in diesem Buch hier von mir.

In Zizers fand ich nicht die Antworten auf die Fragen, die mich umtrieben. Nun wollte ich es in den Aktenkellern der Tessiner Behörden versuchen. Auch die Recherche in den Behördenunterlagen verlief jedoch äusserst unergiebig. Zunächst fand sich nur eine winzige Notiz des kantonalen Sozialdepartements in Bellinzona mit meinem Namen und dem Vermerk «Sergio Devecchi – figlio illegitimo». Unehelicher, in wörtlicher Übersetzung gar illegitimer, Sohn. Sonst nichts. Anfang 2017 fand das Staatsarchiv dann noch ein dünnes Dossier der Stadt Lugano. Daraus geht hervor: Kurz nach meiner Geburt befragte die Vormundschaftsbehörde meine Mutter, um die Vaterschaft zu klären – ohne greifbares Resultat. Es folgten drei Nachfragen der kantonalen Behörde bei der Stadt, wie es mir gehe – doch sie blieben unbeantwortet. Dann versiegen die Quellen. Zu meiner Heimplatzierung kein einziges Wort, nirgends.

Meine Kindheit und Jugend, sie blieb eine Blackbox für mich. Daran änderten auch vereinzelte Hinweise nicht viel, die mir von aussen zugetragen wurden, nachdem Medienberichte über meine Geschichte erschienen waren. Ein früherer Erzieher schickte mir eine kleine, selbst angefertigte Broschüre mit Fotos aus Pura und Zizers. Zahlreiche Kinder sind darauf zu sehen, ob auch ich darunter bin, vermochte ich leider nicht zu erkennen. Jemand liess mir anonym einen internen Bericht des Tessiner Sozialdepartements aus den späten 1950er-Jahren zukommen. Daraus geht hervor, dass der Kanton zu meiner Heimzeit eine Erhebung in den Kinderheimen durchführte. Die Behörden zählten 1959 insgesamt 3078 fremduntergebrachte Kinder im ganzen Kanton, davon 206 unehelich

Geborene und 364 Kinder von geschiedenen Eltern. Zum Vergleich: Der Kanton Tessin hatte 1950 um die 175 000 Einwohnerinnen und Einwohner. In dem Bericht wurden Mängel bei der Heimerziehung der Kinder festgestellt. In alten, noch vorhandenen Gott-hilft-Protokollen aus den 1950er-Jahren fand ich zudem ein paar Informationsbrocken über das Heim in Pura. Ein Pfarrer Rivoir aus Lugano wird erwähnt, der für «heimatlose evangelische Tessinerkinder» eine Anstalt gesucht habe. Das musste der reformierte Pfarrer sein, der meiner Grossmutter geholfen hatte, mich wegzuschaffen.

In den Protokollen werden Gründe genannt, weshalb das Heim in Pura Ende der 1950er-Jahre plötzlich schloss und wir Kinder umplatziert wurden: «Vater [gemeint ist Emil Rupflin] berichtet, dass das Heim nicht das geworden sei, was erwartet wurde. Es sind dort nur ganz wenige evangelische Tessinerkinder.» Wegen der schlechten Schulverhältnisse könnten keine Deutschschweizer Kinder untergebracht werden, jetzt seien hauptsächlich kleine Kinder von Saisonarbeitern dort, «meist Katholiken». Das Heim sei «ein ungelöstes Problem», «ein finanzielles Sorgenkind», zumal man «an der Tessinerbehörde gar keine Unterstützung» habe, wie die Stiftungsleitung klagte. Sie beschloss, das Haus nicht weiter als Kinderheim zu betreiben, sondern ein christliches Erholungszentrum und Hotel daraus zu machen: «Das schön gelegene Landgut soll in vermehrter Weise noch der Verherrlichung Gottes dienen.»

Ein paar Versatzstücke mehr aus meiner Kindheit, doch sie liessen sich bei weitem nicht zu einem Gesamtbild zusammenfügen. War die Spurensuche deshalb so schwierig, weil bei meiner Fremdplatzierung gar nicht alles mit rechten Dingen zugegangen war? Diese These vertrat eine Juristin, die nach einem öffentlichen Anlass in Bellinzona, an dem ich meine Geschichte erzählte, auf mich zukam. Die Anwältin hatte im Publikum gesessen. «Es ist eine Schweinerei, was mit Ihnen geschehen ist», befand sie, und sie riet mir, Anzeige wegen Kindesentführung zu erstatten. Das sei auch nach so vielen Jahren noch möglich, weil dieser Straftatbestand nicht verjähre. Die Frau anerbot sich, mich sogleich auf den nächsten Polizeiposten zu begleiten. Eine Anzeige zwinge die Behörden zur Aufklärung. Erst dann werde man sicher wissen, ob tatsächlich keine Akten mehr vorhanden seien. Die energische Rechtsgelehrte sprach mir aus dem Herzen. Trotzdem habe ich mich bis heute nicht getraut, ihren Ratschlag zu befolgen und meine inzwischen betagte Mutter aus der Ruhe aufzuschrecken.

Genau wie ich versuchten auch andere Betroffene, in den Akten Antworten zu finden. Einige frühere Heimkinder begleitete ich in die Institutionen, weil ich als ehemaliger Heimleiter über Kontakte verfügte und die Branche gut kannte. Bei diesen Besuchen sah ich, dass nicht alle Institutionen die Archivbestände so radikal geleert hatten wie «Gott hilft». Mehr und mehr verzahnte sich unsere individuelle Aufarbeitung mit der öffentlichen Diskussion, die nach Jahren des Wegschauens einsetzte. Obwohl es bereits früh zeitgenössische Kritik an den Zuständen im Fürsorgewesen gegeben hatte, wie die Chronologie hinten im Buch zeigt, dauerte es fast hundert Jahre, bis das Thema ins gesellschaftliche Bewusstsein rückte. 2011 sahen Hunderttausende im Kino den eindringlichen Film «Der Verdingbub». Allmählich erkannte die offizielle Schweiz die Tragweite der Geschehnisse und begann, sich einzugestehen, dass in der Vergangenheit Fehler passiert waren. Dass fürsorgerische Zwangsmassnahmen viel Leid über Kinder, Jugendliche und junge Erwachsene gebracht hatten. Politische Schritte zur Wiedergutmachung wurden in die Wege geleitet – für ehemalige Heim- und Verdingkinder, administrativ in Gefängnissen Versorgte, Zwangssterilisierte, von Zwangsadoptionen Betroffene, Opfer von Medikamentenversuchen.

Eine Arbeitsgruppe, in der auch ich mitwirken durfte, bereitete einen Gedenkanlass vor. Zudem war ein runder Tisch geplant, der Vorschläge für eine umfassende Aufarbeitung und Wiedergutmachung des Leids und des Unrechts vorlegen sollte. Anfänglich sassen wir zu viert zusammen, mit der Zeit stiessen immer mehr Akteure dazu: Vertreterinnen und Vertreter von Betroffenengruppen, die drei Landeskirchen, der Bauernverband, der Städteverband, der Gemeindeverband, der Heimverband, Wissenschaftler, Archivare, Parlamentsmitglieder. Die vielfältigen Akteure der Schweizer Konkordanzdemokratie, versammelt an einem Tisch, über ein nicht alltägliches, sensibles Dossier gebeugt.

11. April 2013, nationaler Gedenkanlass in der Bundesstadt. Ein Gefühlscocktail sondergleichen. Vor Beginn drehte die «Tagesschau» Film-

aufnahmen mit mir. Auf der Treppe im Kulturcasino, wo der Anlass stattfand, dann die erste Begegnung mit Bundesrätin Simonetta Sommaruga. Sie kenne meine Geschichte, sagte sie zu mir, was mich freute. Im Saal siebenhundert Mitbetroffene. Menschen mit traurigen Augen in der gediegenen Kulisse des Kulturcasinos Bern. Wehmütig-schöne Handorgelmusik. Die Handorgel ist das Instrument von uns Heim- und Verdingkindern, nicht nur ich hatte mich damit getröstet, im Kohlenkeller von Pura. Bewegende Reden von Betroffenen. Ansprachen im Namen der Gemeinden, Kirchen, Heime und Bauern. In vielen Familien seien die Verdingkinder korrekt behandelt worden, meinte der Präsident des Bauernverbands mit wenig Gespür für die Erfordernisse des Moments, und er erntete Pfiffe und Murren. Ehemalige Verdingkinder verliessen polternd den Saal. Dann Bundesrätin Sommaruga, sie fand die richtigen Worte: «Meine Damen und Herren, Sie haben keine Schuld an dem, was Sie erlitten haben. Für das Leid, das Ihnen angetan wurde, bitte ich Sie im Namen der Landesregierung aufrichtig und von ganzem Herzen um Entschuldigung.» Worte, die uns direkt in die Magengrube fuhren. Viele Tränen der Erleichterung. Noch voll von diesen Eindrücken, betrat ich die Bühne, eingeladen, als Betroffener ein Schlusswort zu halten. Lange hatte ich daran gefeilt und mich kurz vor Beginn der Veranstaltung vergewissert, dass die Bitte um Verzeihung tatsächlich ausgesprochen würde. Denn auf sie baute meine Ansprache auf. Nicht so sehr von mir wollte ich reden, sondern in die Zukunft schauen, zur Versöhnung beitragen. Ich würdigte den «vielversprechenden Anfang», sprach davon, dass die bundesrätliche Bitte um Entschuldigung «neue Denk- und Handlungsräume» öffne. Auf dem Weg zurück zu meinem Platz dankte ich der Bundesrätin, dass sie uns um Entschuldigung gebeten und sich nicht angemasst hatte, sich zu entschuldigen. Ein kleiner, aber wichtiger Unterschied.

Es war ein würdiger Gedenkanlass, ein Moment, auf den so viele so lange gewartet hatten. Aber dort oben auf der Bühne hatte nicht das Opfer Sergio Devecchi geredet, dort hatte der Opferfunktionär Devecchi, der Betroffenheitsbeamte, geredet. Je länger ich an dieser offiziellen Aufarbeitung mitwirkte, desto technokratischer kam sie mir vor, und desto schlechter kam ich mit meiner Rolle zurecht. Ich war ein Betroffener, aber ich führte mich nicht so auf. Von mir, dem Heimbub, der Heimleiter geworden war, wurde Sachlichkeit erwartet, am strengsten von mir selbst, und ich lieferte sie. Ich war ein Opfer mit professioneller Distanz. Dabei verletzte es doch auch mich, wenn unser Schicksal verharmlost wurde. Wenn Wissenschaftler über unser Leben redeten, als wäre das nur irgendein Forschungsgegenstand. Vielleicht hätte auch ich mich von einem heiligen Zorn erfassen lassen sollen, anstatt in ruhigen, wohl abgewogenen Worten über das Unrecht zu sinnieren. Nur ganz selten war ich in der Vorbereitung des Gedenkanlasses etwas lauter geworden als üblich. Dann etwa, als eine Parlamentarierin vorschlug, am Anlass eine Schweigeminute abzuhalten. Als wäre bei diesem traurigen Thema nicht schon genug geschwiegen worden.

Innerlich schüttelte mich das alles immer mehr durch. Ich machte in dieser Phase Fehler, hatte nicht mehr die Disziplin, gewisse Dinge einfach stehen zu lassen. Ich wunderte mich über mich selbst. Dass es in der Schweiz zur politischen Tradition gehörte, breite Kreise in die Entscheidfindung einzubeziehen und den Kompromiss zu suchen, wusste ich doch. Das hatte ich in meiner Zeit als Präsident des Verbands Integras zur Genüge erlebt. Was war nur los mit mir? Es wurde mir alles zu viel. Nach dem Gedenkanlass warf ich den Bettel aus Überforderung hin. Als der runde Tisch im Sommer 2013 seine Arbeit aufnahm, war ich nicht mehr dabei. Geigte den Beteiligten nur noch hin und wieder auf meiner Website die Meinung. Der Rückzug stiess nicht überall auf Verständnis. «Du hattest deinen Auftritt», schrieb mir ein Mitbetroffener. Ein anderer fragte: «Auf welcher Seite stehst du eigentlich?»

Ich verstehe, dass mein Verhalten befremdlich wirkte, aber diese Bemerkungen trafen mich. Ich war nach meiner Pensionierung ausgezogen, für Gerechtigkeit und Solidarität zu kämpfen. Und landete wieder dort, wo ich als Kind begonnen hatte: in der Einsamkeit. Es ging mir eine Zeitlang nicht besonders gut. Auch andere sah ich leiden und hadern. Es wurde immer offensichtlicher: Die seelischen Wunden, die man uns in der Kindheit zugefügt hatte, waren nicht verheilt. Nach Jahren des Schweigens ist man dünnhäutig und verletzlich, wenn das eigene Schicksal öffentlich verhandelt wird. Deshalb begegnete ich anfänglich auch dem Vorhaben skeptisch, die Wiedergutmachung mit einer Volksinitiative durchzusetzen. Mir graute davor, unsere Lebensgeschichten dem Hickhack einer Abstimmungskampagne auszusetzen. Wissenschaftler der Universität Zürich haben nachgewiesen, dass ehemalige Heim- und Verdingkinder auch noch nach Jahrzehnten, als ältere Menschen, überdurchschnittlich stark an posttraumatischen Belastungsstörungen, Depressionen und anderen psychischen Folgen leiden. Meine Befürchtung war, dass die Opfer bei einem Nein an der Urne retraumatisiert worden wären. Heute anerkenne ich, dass die Initiative ein erfolgreiches politisches Druckmittel war. Ohne sie hätte sich das Parlament nicht so überraschend schnell und klar für den bundesrätlichen Gegenvorschlag ausgesprochen – inklusive Solidaritätszahlung für die Opfer. So konnte die Initiative schliesslich zurückgezogen werden.

Die Mutter spricht

Nach Verenas Tod war der Kontakt zu meiner Mutter wieder eingeschlafen. Leise Hoffnung schöpfte ich im Spätherbst 2015, als das Tessiner Fernsehen eine Dokumentation brachte mit dem Titel «Cresciuti nell' ombra» – aufgewachsen im Schatten. Auch meine Geschichte wurde gezeigt, zudem war ich als Studiogast geladen. Ich hatte die Angehörigen im Tessin zwar nicht darüber informiert, die Dokumentation wurde aber zu bester Sendezeit in einem der renommiertesten Sendegefässe ausgestrahlt. Trotzdem meldete sich hinterher niemand aus der Verwandtschaft. Enttäuscht schrieb ich der ältesten Halbschwester eine E-Mail. Später erfuhr ich, dass meine Verwandten die Sendung sehr wohl gesehen hatten, aber einfach nicht gewusst hatten, wie sie darauf reagieren sollten. Der Mutter hielten sie den TV-Beitrag bewusst vor, um sie nicht aufzuregen.

Dann plötzlich, am 21. Dezember, die Telefonnummer der Mutter auf dem Smartphone-Display. Es war das erste Mal, dass sie sich aus eigenem Antrieb bei mir meldete. Verdattert liess ich sie ins Leere läuten. Sie versuchte es wieder und wieder, auch am nächsten Tag. Doch ich ging nicht ran. Weihnachten und Silvester kamen, meine Lebenspartnerin Carmen und ich unternahmen eine längere USA-Reise, die wir schon lange geplant hatten. New York City–Karibik, mit der «Queen Mary». Mit Carmen war ich bereits seit neun Jahren zusammen, wir hatten uns an den Solothurner Filmtagen kennengelernt. Es ist für uns beide schön, in unseren späten Jahren nochmals eine Partnerschaft zu leben. Die Schiffsreise war ein alter Traum von mir, dem Seemannsenkel. Wieder daheim, rief ich meine Mutter zurück. Sie bestellte mich zu sich. Wir müssten reden. Endlich schien der Moment gekommen, auf den ich über 68 Jahre gewartet hatte.

Ein Wochentag im März 2016. Ich fuhr nach Melide, wo meine Mutter mit Franco lebte. Eine kleine, vollgestopfte Wohnung, abgedunkelte Fenster, ein gigantisches TV-Gerät. Die Wände tapeziert mit Familienfotos. Grossmutter, Mutter, Franco, ihre Töchter, deren Männer und Kinder, meine Söhne. Ein Bild von Camillo, ausgedruckt aus dem Internet, wie er vom Rektor das Universitätsdiplom entgegennimmt. Auch meine Söhne hatten nach Verenas Tod keinen Kontakt mehr zu ihrer Grossmutter gehabt, doch offensichtlich interessierte diese sich dennoch für den Werdegang der Enkel. Überall Fotos also, nicht das kleinste Fleckchen mehr frei. Nur ich fehlte. Hatte ich etwas anderes erwartet? Meine 89-jährige Mutter lag im Bett, schneeweiss im Gesicht. Eine gebrechliche Frau, kaum mehr mobil, die Wohnung verliess sie nur noch für den Coiffeur. Sorgfältig gefärbte Haare, rot lackierte Fingernägel. «Schau, wer da ist, Edvige», sagte Franco. Er habe ihr die letzten Tage Temesta geben müssen, so sehr habe sie gezittert aus Angst vor der Aussprache. Meine Mutter setzte sich im Bett auf. Sie schickte Franco weg, nachdem er für uns Kaffee gekocht hatte. Dann begann sie, auch jetzt schlotternd, zu erzählen.

Von meinem Vater, ihrer ersten Liebe. Er hiess Jonathan B., war neunzehn. «Un pezzo d'uomo», sagte die Mutter, «ein schöner Mann.» Ihre Augen leuchteten bei der Erinnerung, auch nach so vielen Jahren. Als sie schwanger geworden war, hatte er sie im Stich gelassen. Auf Druck der Familie, die zu den alteingesessenen Geschlechtern der Stadt gehörte? Im Regionalspital im Luganeser Quartier Viganello brachte meine Mutter mich zur Welt. Sie schrie bei der Geburt. Eine Hebamme wies sie zurecht. Sie solle sich nicht so anstellen, das Kindermachen habe ihr auch nicht wehgetan. Das moralische Urteil über junge Frauen war schnell gefällt zu jener Zeit. Männergeschichten waren nichts, womit sie sich einen guten Ruf erwarben. Die Grossmutter schickte ein Taxi, um Tochter und Enkel aus dem Spital abzuholen. Niemand sollte das uneheliche Kind sehen. Die Mutter hatte keine Zeit, sich von den Strapazen der Geburt zu erholen. Schon am nächsten Tag nahm sie ihre Arbeit als Verkäuferin wieder auf, stand hinter dem Ladentisch eines Lebensmittelgeschäfts im Quartier Cassarate.

Nach zehn Tagen, als die Mutter am Abend nach Hause kam, war mein Bettchen leer. Sie weinte, sie tobte. Die Grossmutter sagte ihr nicht, wo ich war. Nur dass ich gut versorgt sei. Die Mutter bohrte nach, fragte herum, erfuhr nichts. Nach drei Jahren fand ihr Hausarzt heraus, dass ich im Kinderheim in Pura lebte. Die beiden heckten einen Plan aus. Der Arzt rief im Heim an, ich müsse für eine Blutprobe und einen Vaterschaftstest abgeholt werden. Die Kindsübergabe fand am Bahnhof Caslano statt, die Heimverantwortlichen wollten es so. Die Heimmutter persönlich brachte mich hin, meine Mutter – die sich als Krankenschwester ausgab – nahm mich in Empfang. Im Zug nach Lugano hörte ich, der Dreijährige, nicht auf, nach dem Heimmueti zu schreien. «Aber Sergio, ich bin doch deine Mama», flehte meine Mutter mich an. Die anderen Fahrgäste blickten verstohlen zu uns hin. Ein paar Tage lebte ich bei ihr in der Stadt. Die Mutter hatte ein Kinderzimmer eingerichtet. Jetzt würde alles gut. Doch die Grossmutter war stärker. Die Heimleute von Pura kamen mich holen.

«Warum hast du aufgehört, um mich zu kämpfen, Mama?»

«Ich konnte nicht mehr, Sergio.»

Die Mutter resignierte. Sie gab mich auf. Verbannte mich aus ihren Gedanken, ihrem Herzen. Versuchte, sich so vor dem unermesslichen Schmerz zu schützen. Dem Schmerz, dass ihr erneut das Kind weggenommen wurde. Bei den paar wenigen Besuchen in Pura blieb sie bewusst auf Distanz. Sonst hätte sie es nicht ausgehalten. Im Heim in Zizers besuchte sie mich nicht mehr, weil sie gar nicht erfahren hatte, dass ich dorthin versetzt worden war. Man habe sie brandschwarz angelogen. Die Grossmutter habe ihr weisgemacht, Sergio sei adoptiert worden. Er lebe jetzt in einer Familie. Und sie halte sich besser von ihm fern. Warum die Grossmutter ihr damals diese Geschichte auftischte, bleibt unklar. Vermutlich, um die Situation zu beruhigen. Meine Mutter sollte aufhören, nach mir zu suchen.

Auch mit meinem Vater stand meine Mutter nicht mehr in Kontakt. Manchmal liefen die beiden sich zufällig über den Weg – Lugano ist klein. Er arbeitete als technischer Direktor des Fussballstadions Cornaredo. Dorthin hatte mein Onkel mich ja als Kind manchmal mitgenommen, wenn ich bei der Grossmutter in den Ferien war. Gut möglich, dass mein Vater und ich uns im Stadion kreuzten, ohne uns zu erkennen. Er gründete eine Familie, wie meine Mutter auch, stellte vier Kinder auf die Welt. Gerne hätte ich ein Foto meines Vaters gesehen, doch die Mutter sagte, sie habe keines.

Drei Stunden lang redeten wir. Zwischendurch weinte sie, brachte die Dinge durcheinander. Gemeinsam ordneten wir die Puzzleteile, so gut es ging. Zwei ältere Menschen, die ihre Biografie aufräumen. Sie leistete keine Abbitte, äusserte kein Wort des Bedauerns über ihr Verhalten. Ich erwartete das auch nicht, war nur froh, endlich ihre Sicht der Dinge zu erfahren. Sie wollte reden, bevor es zu spät war. Das spürte ich. Es tat ihr gut. «Dort bin ich aufgewachsen», sagte sie und deutete vom Bett auf ein Gemälde an der Wand. Ein wunderschönes, fast herrschaftliches Haus am Quai, direkt beim Schiffssteg in der Altstadt von Lugano. Mein Grossvater, Kapitän Devecchi, musste nur die Strasse überqueren, wenn er zur Arbeit wollte. Als er starb, geriet die Familie meiner Mutter in finanzielle Nöte. Musste raus aus dem schönen Haus und in die Sozialwohnung ins Arbeiterquartier Molino Nuovo. Das Bild an der Wand sprach mich sehr an. Es zeigte meine familiären Ursprünge und vermittelte mir unwillkürlich ein Gefühl von Heimat.

Wir sprachen über die anderen Familienmitglieder. Darüber, dass meine Halbschwestern und ich alle ihren Weg gemacht hätten. Trotz der Schicksalsschläge und des unglaublichen Chaos, das zeitweise in dieser Sippe herrschte, mit Suizid, Armut, Heimplatzierungen. Ich fragte die Mutter, was ihr Anteil daran sei, dass ihre Kinder gut herausgekommen seien. Darüber hatte sie offensichtlich nie nachgedacht. «Soni tutti bravissimi», sagte sie einfach. Wir seien alle tüchtig und gut. Ich sagte ihr, dass ich meine Tessiner Verwandtschaft gerne einmal zu einem Treffen mit meinen Söhnen und mir einladen möchte, alle zusammen. Das freute sie. Dann kam Franco zur Türe herein. «Genug geredet», befand er, «basta!» Ich verabschiedete mich von der Mutter und ging mit Franco mittagessen. Ein herzlicher, sympathischer Achtzigjähriger. Ich rechnete es ihm hoch an, dass er meine Mutter zu Hause pflegte. Ohne ihn und die Unterstützung meiner ältesten Halbschwester würde sie wohl längst in einem Pflegeheim leben. Im Restaurant entschuldigte sich Franco bei mir für den Vorfall damals in der Bar von Morcote, dafür, dass er mich barsch weggeschickt hatte. «Ich hatte doch keine Ahnung, dass es dich gibt», sagte er, bekam feuchte Augen und umarmte mich. Langsam fielen wir auf. Doch Franco setzte noch einen drauf. «E il mio figlio», erklärte er der Gaststube, und er deutete dabei auf mich, «das ist mein Sohn.» Es war sein Versuch, bei mir etwas wiedergutzumachen.

So nötig und wichtig die späte Aussprache war – eine Beziehung zwischen Mutter und Sohn vermochte sie nicht mehr herzustellen. Was über Jahrzehnte nicht hatte wachsen können, entstand nun nicht auf Knopfdruck. Oft werde ich gefragt, ob ich eine Wut auf meine Mutter empfinde. Die Antwort lautet nein. Ich war voller Hoffnung und Sehnsucht, gekränkt und verzweifelt. Aber ich bin nicht wütend, kann das gar nicht sein. Ich klage meine Mutter nicht an. Auch sie war ein Opfer der Umstände. Ein Fräulein Mutter mit ihrem Kind, verarmte Mittelschicht, eine Ungelernte – nur ein Praktikum in einem Restaurant des Frauenvereins in Zürich, wo meine Grosstante wirtete, hatte sie absolviert. Sie hatte keine Chance gegen meine Grossmutter, den Pfarrer, die Fürsorgebehörden, die Heimleitung. Die Übermacht, die sich da in stummer Übereinkunft gegen die junge Frau wandte, war zu stark. So stark, dass es ihr gar nicht in den Sinn kam, eine Vaterschaftsklage zu deponieren. Hätte sie sich gewehrt, wäre sie womöglich selbst versorgt worden. Wie andere junge Frauen in jener Zeit, die als «liederlich» und aufmüpfig galten. Dass sie mich in den späteren Jahren auf Distanz hielt, lässt sich wohl mit ihrer Scham erklären. Ich war nicht der Einzige in dieser Geschichte, der sich schämte und schwieg. Mutter und Sohn hüteten beide ein schweres Geheimnis.

Das Familienfoto

Ein Neugeborenes wird kurz nach der Geburt seiner Mutter weggenommen. Es kann nichts für die Umstände, unter denen es zur Welt gekommen ist. Die sorgengeplagte Familie, nicht auf Rosen gebettet, moralisch unter Druck. Überlastete Behörden, die die Armen- und Jugendfürsorge kirchlichen Kreisen überlassen, diese sehen darin ein grosses Wirkungsfeld. In diesem Zusammenspiel der Kräfte und Interessen geht das Kindswohl unter. Der reformierte Pfarrer, der das Baby versorgen hilft, gilt als sozial denkender, humanitär engagierter Mann. Er hat in Italien gegen die Faschisten gekämpft und wird später chilenischen Flüchtlingen, die vor einem diktatorischen Regime flüchten, zum Grenzübertritt in die sichere Schweiz verhelfen. Doch auch er hält nicht seine schützende Hand über das Schwächste: das Kind. Es wächst ohne das Gefühl auf, umsorgt und geliebt zu werden. Von der Familie verstossen, von den Behörden vergessen, fast siebzehn Jahre im toten Winkel der Gesellschaft.

Nicht mit Wut, aber mit Trauer blicke ich, bald siebzigjährig, auf mein Schicksal in der Schweiz des 20. Jahrhunderts zurück. In der heilen Schweiz, dem Land, das sich seiner Freiheitsrechte und demokratischen Traditionen rühmt. Hunderttausenden Kindern und Jugendlichen erging es ähnlich wie mir, auch viele junge Mütter wurden in ihren Menschenrechten verletzt. Hinter unseren individuellen Geschichten stehen gesellschaftliche Mechanismen und Hintergründe. Es ist wichtig, dass die Wissenschaft diese herausarbeitet. Vielleicht kann damit das Bewusstsein geweckt werden, dass so etwas nicht wieder passiert.

Die Erfahrungen haben zahlreiche Betroffene fürs Leben gezeichnet, gesundheitlich und wirtschaftlich. Für viele ehemalige Verding- und Heimkinder, die bis heute in prekären Verhältnissen leben, ist der Solidaritätsbeitrag des Staates nur ein Tropfen auf den heissen Stein. Und für zahlreiche Opfer kommt die Wiedergutmachung zu spät, darunter die am schwersten Geschädigten, die an der zerstörerischen Wucht der Ereignisse zugrunde gegangen sind. Wie eines meiner Heimgspändli in Pura, ein feiner, blonder Knabe, der zusammen mit seinem Bruder versorgt war. Im Alter von dreissig Jahren brachte er sich um, wie ich kürzlich von seinem Bruder erfuhr. Oder ein Mann, den ich zufällig kennengelernt hatte, als ich Anfang der 1980er-Jahre im Tessin Störarbeiten bei Hauseigentümern erledigte. Ich half ihm das Haus renovieren, und mir fiel auf, dass er schon morgens zur Flasche griff. Irgendwann erzählte er mir, dass er in einem Heim in Zizers aufgewachsen sei und eine Riesenwut auf den Heimleiter habe. Ich getraute mich damals nicht, ihm zu sagen, dass ich dieses Heim aus eigener Anschauung kannte. Der Mann starb später, viel zu früh, als verbitterter Alkoholiker.

Auf meinem «Heimweg» kam auch ich an einen Punkt, an dem ich zu zerbrechen drohte: als junger Mann in Lugano, völlig überfordert nach langen Jahren in der Parallelgesellschaft der frommen Heime, in denen ich aufgewachsen war. Doch ich hatte das Glück, trotz allem im Leben Fuss fassen zu können. Ich konnte eine Ausbildung absolvieren und beruflich aufsteigen. Ich wurde Heimleiter und Fachverbandspräsident und erreichte dadurch eine gewisse gesellschaftliche Stellung, heimpolitischen Einfluss. Ich konnte mir eine Existenzgrundlage schaffen, eine Familie gründen. Auch andere, die mit mir zusammen im Heim waren, machten ihren Weg, Oskar zum Beispiel, er wurde Polizist, heiratete. Oder der Bruder des jungen Mannes, der sich umgebracht hat. Er wurde Handwerker, gründete ein Malergeschäft.

Seit einiger Zeit untersucht die Wissenschaft die Resilienz, also die Frage, was Menschen im Leben psychisch widerstandsfähig macht. Sind es Persönlichkeitsmerkmale? Umwelteinflüsse? Ist es die Genetik? Wir ehemaligen Heim- und Verdingkinder sind für die Psychologen ein gefundenes Fressen. In meinem Fall ist es wohl schon so, dass wir Devecchis zähe Leute sind. Aber da waren auch die Menschen, die mir in höchster Not beistanden. Der Sozialarbeiter Walter Gasser, der mich in Lugano aus der Gosse holte und mein Berufsleben in eine bestimmte Richtung lenkte. Tante Emmi Küffer von «Gott hilft», die sich meiner annahm, als ich am Rande der Verzweiflung bei ihr in Pura Hilfe suchte.

Ich vermute, dass mein Verdrängungspotenzial der entscheidende Faktor war. Die Vergangenheit unter dem Deckel zu behalten, war der Preis für mein Fortkommen. Das kostete mich lange Jahre meines Lebens viel Disziplin und Kraft. Als ich nach dem Outing bei meiner Pensionierung in eine Krise geriet, hielt ich selbstkritisch Einkehr: Habe ich als Ehemann genügt? War ich meinen kleinen Söhnen ein guter Vater? Denn was mir in der Kindheit geschehen ist, hat Spuren hinterlassen, auch wenn man diese von aussen nicht sieht. Minderwertigkeitsgefühle. Andere sind besser, glücklicher, selbstbewusster, schöner. Es prägt sich tief in einen Menschen ein, dass er so lange als Mensch zweiter Klasse behandelt wurde. Die Entwurzelungen, die Beziehungsabbrüche und die Demütigungen, die ich als Kind erlebt habe. Ich bin ein Mensch geworden, der rasch an den lauteren Absichten anderer zweifelt. Ich baue bis heute nicht so leicht Vertrauen auf. Bin oft hilflos, wenn es darum geht, Beziehungen zu festigen. Komplimente anzunehmen und auszusprechen, fällt mir schwer. Die meisten Menschen fühlen mit dem Herzen. Ich aber habe gelernt, mit dem Kopf zu fühlen. Glücklicherweise waren im Privaten und im Berufsleben stets Menschen um mich, die mit meiner Art umgehen konnten. Dafür bin ich sehr dankbar.

Etwas von dem kleinen Jungen mit dem schüchtern-skeptischen Lächeln auf dem Kindheitsfoto ist immer in mir dringeblieben. Von dem Heimbub, der zerspringen möchte vor Glück, dass er im Kreis seiner Familie fotografiert wird, und der doch ahnt, dass das Hochgefühl nicht von Dauer ist. Er bleibt im Heim, die Mutter lässt die Familienmitglieder aus dem Bild wegretuschieren. Das erste intakte Familienfoto im Kreis meiner Herkunftsfamilie entstand im Herbst 2016, an meinem 69. Geburtstag. Meine Mutter war kurz zuvor neunzig geworden. Ein gutes halbes Jahr nach der Aussprache zwischen ihr und mir kamen wir alle zusammen, in einem Restaurant in Melide. Wir tafelten und schwatzten. Sympathisches Gewimmel, südländisches Temperament. Am Schluss rückten wir erstmals für ein Familienbild zusammen. Es zeigt meine Mutter, ihren Franco, drei meiner Halbschwestern, deren Männer und Kinder, meine Söhne Lineo und Camillo, meine Partnerin Carmen und mich. Vorsichtige Annäherung an die Familie, die mich so lange nicht hatte haben wollen. Ein Familienrelaunch im Herbst des Lebens. Doch vollzählig waren wir nicht. Die eine Halbschwester blieb der Feier fern. Sie hat, nach allem, was war, mit der Mutter gebrochen. Es ist brüchig und fragil, dieses Familienglück.

«Hätte es die KESB schon gegeben, wäre mir das nicht passiert»

Der ehemalige Heimbub und spätere Heimleiter Sergio Devecchi im Gespräch mit der Journalistin Susanne Wenger über Fremdplatzierungen von Kindern gestern und heute – und über mögliche Lehren aus einem dunklen Kapitel Schweizer Sozialgeschichte.

Sergio Devecchi, war es schmerzhaft für Sie, dieses Buch zu schreiben?
Ja. Nachdem ich meine Heimvergangenheit lange verdrängt hatte, kam beim Schreiben vieles hoch. Ich nahm immer wieder neu Anlauf und brauchte Jahre, um das Buch fertigzustellen. Einmal schmiss ich zweihundert Seiten Manuskript in den Papierkorb.

Sie beschreiben Ihr ergreifendes Kinderschicksal. Was sagt dieses über die Schweizer Gesellschaft der 1940er- und 1950er-Jahre aus?
Die Geschichte von mir und allen anderen Menschen, die von fürsorgerischen Zwangsmassnahmen betroffen waren, zeigt: Es gab einen grossen Konformitätsdruck. Wer nicht in die vorherrschenden gesellschaftlichen Normen passte und erst noch zur Unterschicht gehörte, bekam diesen Druck in aller Härte zu spüren. Anstatt Menschen in sozialen Notlagen beizustehen, grenzte man sie aus und versorgte sie. Aus den Augen, aus dem Sinn. Nicht einmal Neugeborene wurden verschont.

159

Die Verantwortlichen – von den Behörden bis zu kirchlichen Kreisen – waren überzeugt, für diese Familien etwas Gutes zu tun.

Ja, man hatte das Gefühl, Kinder wie ich müssten «gerettet» werden. Man glaubte, es sei besser, wenn ich ins Heim komme, anstatt bei meiner unverheirateten Mutter aufzuwachsen. Ein furchtbarer, ein widersinniger Gedanke. Mutter und Kind wurden auseinandergerissen – ohne Einverständnis der Mutter. Das hätte man nicht machen dürfen.

Was sind heute die Gründe, wenn Kinder fremdplatziert werden?

Moralische Beurteilungen spielen keine Rolle mehr. Dass ein Kind unehelich geboren wurde oder die Eltern geschieden sind, ist kein Kriterium für eine Fremdplatzierung. Massgeblich ist nur noch die Frage, ob das Kindswohl gefährdet ist oder nicht.

Woran merkt man das?

Wenn sichtbar wird, dass ein Kind nicht richtig betreut wird. Wenn es seelische und körperliche Mangelerscheinungen zeigt. Wenn es geschlagen oder misshandelt, in seiner Unversehrtheit verletzt wird. Dann muss man sich fragen, wie das Kindswohl wieder ins Zentrum gerückt werden kann. Manchmal ist eine Fremdplatzierung die hilfreichste Lösung.

Seit 2013 entscheiden professionelle Kindes- und Erwachsenenschutzbehörden (KESB), ob ein Kind fremdplatziert wird. Ein Fortschritt?

Ein riesengrosser Fortschritt, ja. Man kann das gar nicht genug betonen. Früher befanden die Behörden der Gemeinde, in der das Kind lebte, über Kindswegnahmen. Oft in Absprache mit dem Pfarrer, wie das auch bei mir der Fall war. Heute gibt es mit der KESB eine professionelle Behörde, die die Situation aus der Distanz betrachtet. Sie kann objektiver und sachlicher darüber entscheiden, ob das Kindswohl gefährdet ist oder nicht.

Auch wenn sie die Situation in der Gemeinde weniger gut kennt?

Das ist gerade der Vorteil der KESB. Dass sie nicht in den «Teig» verstrickt ist, in die Beziehungen vor Ort. Bei mir schnürten damals die Grossmutter und der reformierte Pfarrer ein Päckli, die Behörden verhinderten es nicht. Mir fehlte die schützende Hand des Staates. Hätte es die KESB schon gegeben, wäre mir das nicht passiert. Ich wäre sehr wahrscheinlich nicht ins Heim gekommen. Die KESB entscheidet nicht vom Schreibtisch aus. Sie schickt ihre Mitarbeitenden vor Ort. Diese klären die Situation ab und sprechen mit den Leuten.

Die Arbeit der KESB ist umstritten. Kritiker behaupten, es sei wie damals bei den Verdingkindern.
Das ist dummes Zeug. Populistische Hetze. Die KESB hat den gesetzlichen Auftrag, das Kindswohl ins Zentrum zu stellen. Sie ist aus Fachleuten des Rechts, der Psychologie und der Sozialarbeit zusammengesetzt und mit einer Vielzahl anderer Stellen vernetzt. Das beugt einer Willkür so gut wie möglich vor. Die KESB wird nicht von sich aus aktiv, sondern erst nach einer Gefährdungsmeldung. Diese kann von der Gemeinde kommen, einer Nachbarin, der Schule. Und ganz wichtig: Die Betroffenen haben heute Rechte, auch die Kinder. Das war zu meiner Zeit nicht der Fall.

Woher kommt dann die zum Teil heftige Kritik an der KESB?
Frühere Vormundschaftsbehörden waren weniger gut als staatliches Gremium zu erkennen, weil ihr Personen aus der Gemeinde angehörten. Ein Gemeinderat, der Pöstler, die Hausfrau. Die KESB ist als externe Behörde sichtbarer und damit angreifbarer. Sie wird von rechtsbürgerlichen Kreisen bekämpft, die generell gegen den Staat und die Behörden sind. Sie ist eine dankbare Zielscheibe, weil sie sich wegen ihrer Schweigepflicht schlecht wehren kann. Der KESB ist es rechtlich untersagt, über ihre Dossiers Auskunft zu geben. So können sich in den Köpfen der Gegner die Verschwörungstheorien hochschaukeln.

Die KESB kann teure Heimplatzierungen verfügen, die die Gemeinden bezahlen müssen. Ist das nicht stossend?
Dass eine unabhängige Instanz primär anhand des Kindswohls entscheidet, finde ich richtig. Sonst kommt es zu Interessenkollisionen in den Gemeinden. Ich habe als Heimleiter erlebt, wie Heimplatzierungen an den Finan-

zen scheiterten, obwohl sie angezeigt gewesen wären. Man wartete zu – bis der Jugendliche kriminell wurde. Den strafrechtlich begründeten Heimaufenthalt bezahlte dann der Kanton. Es gäbe Modelle, mit denen sich verhindern liesse, dass eine Gemeinde wegen Heimplatzierungen die Steuern erhöhen muss. Gemeinden könnten einen Pool bilden, je nach Einwohnerzahl Beiträge einzahlen und Heimplatzierungen oder andere teure Massnahmen daraus finanzieren. Das wäre Solidarität zwischen armen und reichen Gemeinden. Dazu braucht es jedoch einen politischen Willen.

Steht nicht auch die KESB unter Spardruck?
Doch, von allen Seiten. Weil Heimplatzierungen teure Lösungen sind, wartet man vielleicht zu oder sucht vorerst günstigere ambulante oder teilstationäre Lösungen. Kommt das Kind oder der Jugendliche dann trotzdem ins Heim, erwartet man von diesem Wunder.

Was spricht gegen ambulante Lösungen? Die Heimplatzierung sollte doch die Ultima Ratio sein.
Es ist eine Frage der Indikation: Was dient dem Kindswohl am besten? Beim einen Kind reicht es aus, wenn seine Familie durch Fachleute begleitet wird, beim anderen nicht. Das sollte aber nicht vom Geld abhängen. Man darf die Massnahmen auch nicht gegeneinanderstellen. Eine Heimplatzierung ist nicht schlechter als eine ambulante Massnahme. Entscheidend ist die Frage: Was braucht ein junger Mensch in diesem Moment?

Eine Familie sei immer noch das beste Umfeld für ein Kind, heisst es. Stimmen Sie zu?
Nein. Sofern das Kindswohl gewährleistet wird, kann ein Kind überall aufwachsen. In einer liebevollen Familie, in einem gut geführten Heim. Die Familie sollte nicht zu stark idealisiert werden. Die meiste Gewalt an Kindern passiert in Familien, und es kommt vor, dass Kinder dort schlecht versorgt werden, zu wenig zu essen bekommen – in unserem wohlhabenden Land. Es gibt Mütter, die ihre Kinder misshandeln und töten, und es gibt Kinder, die ihre Eltern umbringen. Solche Realitäten sind schwer

auszuhalten, aber es gibt sie, auch wenn sie nicht ins schöne Familienbild passen.

Wie kommt es, dass Eltern dermassen versagen?
Das sind meistens lange Geschichten. Häufig sind die Eltern selbst schon in schwierigen Verhältnissen aufgewachsen. Wurden selbst vernachlässigt, haben selbst Gewalt erlitten. Die Veränderung braucht Zeit.

Anhand Ihrer Biografie lässt sich nachvollziehen, wie sich die Heimerziehung in der Schweiz in eine positive, aufbauende Richtung verändert hat. Gibt es trotzdem noch Systemrisiken?
Kinder- und Jugendheime gehören heute zu den bestkontrollierten Institutionen im Land. Sie werden von allen Seiten durchleuchtet: Trägerschaft, Kantone, Bund, Medien. Das grösste Systemrisiko ist, dass man ihnen die Mittel kürzt und so das Erfolgsmodell gefährdet.

In den Konzepten der Heime finden sich abstrakte Begriffe wie «Kompetenzorientierung» oder «Ressourcenorientierung». Als Laie kann man sich darunter nicht viel vorstellen.
Im Wesentlichen bedeutet das: Heime fokussieren nicht auf die Defizite von Kindern und Jugendlichen, sondern auf ihre Stärken und Chancen. Bei uns Heimkindern damals war das Gegenteil der Fall. Man gab uns immer wieder zu verstehen, wir seien durch unsere Herkunft weniger wert als andere. Gut und wichtig, dass es heute anders ist. Die Heime und die einweisenden Stellen müssen jedoch aufpassen, nicht in einen Konzeptaktionismus zu verfallen. Alle paar Jahre wird ein neues Konzept «gehypt» und gilt als grosser Wurf.

Bis das nächste kommt?
Genau. Auch ein Diagnoseaktionismus ist im Gang. Für jede kleinste Verhaltensabweichung wird eine Diagnose erstellt, und die wird immer häufiger auch medikamentös behandelt. Kaum zappelt einer ein bisschen – zack, Ritalin. Da macht die Pädagogik einen Kniefall vor der Psychiatrie. Die Kinder seien halt «schwieriger» geworden, heisst es oft.

Ist dem so?

Das bezweifle ich. Vielleicht sind wir in unserer Gesellschaft einfach nicht mehr bereit, Erziehungsverantwortung zu tragen und ein bestimmtes Verhalten von Kindern und Jugendlichen auszuhalten. Niemand mehr hat Zeit. Erziehung ist etwas furchtbar Langweiliges. Sie ist langfristig angelegt. Heute muss aber immer alles schnell gehen.

Ist der Konzept- und Diagnoseaktivismus die Kehrseite der Professionalisierung in den Heimen?

Ein Stück weit schon. Die Professionalisierung hat der Heimerziehung wertvolle Instrumente an die Hand gegeben, die ihr helfen, ihre Erziehungsarbeit im Alltag gut zu machen. Sie kann aber auch zu einer gewissen Distanz zwischen Betreuenden und Betreuten führen. Es wäre schade, wenn die sozialpädagogische Arbeit immer mehr ins Büro verdrängt würde.

Darf ein Erzieher im Heim heute ein kleines Kind noch auf den Arm nehmen?

Er wird das wohl besser unterlassen. Massnahmen zur Prävention von Übergriffen sind zweifellos sehr wichtig. Es gilt, die Kinder zu schützen. Auf der anderen Seite ist heute oft eine grosse Angst vorhanden, Fehler zu machen. Auch wenn es vielleicht gar keine wären.

Man hört häufig den Satz, so etwas wie mit den Verding- und Heimkindern dürfe nicht wieder passieren. Welche Lehren gilt es aus Ihrer Sicht zu ziehen, damit das keine Floskel bleibt?

Die Wissenschaft arbeitet dieses Kapitel Schweizer Sozialgeschichte nun systematisch auf. Was man jetzt schon sagen kann: Unsere Geschichten zeigen, wie wichtig ein gut ausgebauter Sozialstaat ist. Und welche Folgen es hat, wenn Armut geächtet wird und Menschen ausgegrenzt werden. Auch heute drohen Menschen ausgegrenzt zu werden, zum Beispiel Flüchtlinge und Sozialhilfebezüger, die als «Schmarotzer» verunglimpft werden. Hoffentlich gibt es nicht in 75 Jahren das nächste düstere Kapitel aufzuarbeiten.

Sie haben Ihr langes Heimleben aufgeschrieben. Was möchten Sie mit Ihrem Buch bewirken?

Lange Jahre kaute ich ganz allein an meiner Vergangenheit, bei der Pensionierung machte ich sie öffentlich. Mit dem Buch gebe ich sie nun ein Stück weit von mir weg und befreie mich davon. Die Menschen können das Buch lesen, wenn es sie interessiert, und selbst entscheiden, was sie damit anfangen wollen. Ich habe meinen Teil zur Aufarbeitung beigetragen und hoffe sehr, dass das Thema der fürsorgerischen Zwangsmassnahmen in die Lehrpläne aufgenommen wird. Nur wenn die Geschichten von uns ehemaligen Heim- und Verdingkindern und anderen Betroffenen in den Schulbüchern stehen, gehen sie nicht vergessen. Dann werde auch ich sagen können: Jetzt ist es gut.

Susanne Wenger ist freie Journalistin in Bern. Sie hat Sergio Devecchi beim Schreiben seiner Autobiografie unterstützt.

Chronologie

Ereignisse und Entwicklungen, die das Fürsorge- und Sozialwesen in der Schweiz beeinflusst haben, sind gerade gesetzt, Angaben zu Sergio Devecchis Leben *kursiv.*

1837   Im Roman «Bauernspiegel» kritisiert der Schriftsteller Jeremias Gotthelf – der Berner Pfarrer Albert Bitzius – das Verdingkinderwesen.

1877   Das neue Fabrikgesetz verbietet Kinderarbeit in den Schweizer Fabriken.

1912   Einführung des Schweizerischen Zivilgesetzbuches (ZGB). Die Behörden erhalten die Kompetenz, «bei dauernder Gefährdung» oder «Verwahrlosung» den Entzug der elterlichen Sorge anzuordnen und die Kinder in einer Anstalt oder bei einer Familie fremdzuplatzieren.

1924   Der Journalist Carl Albert Loosli publiziert sein Buch «Anstaltsleben». Der ehemalige Zögling kritisiert die Zustände in Schweizer Erziehungsheimen scharf.

1944/45   Sozialreportagen des Journalisten Peter Surava und des Fotografen Paul Senn dokumentieren Missstände in Kinderheimen und bei Verdingkindern auf Bauernhöfen. Die katholische Knabenerziehungsanstalt Sonnenberg ob Kriens LU muss schliessen.

1947–1958   *Geburt von Sergio Devecchi als Sohn einer unverheirateten Tessiner Mutter, Kindswegnahme zehn Tage nach der Geburt, Gott-hilft-Heim in Pura TI, Kindergarten und Primarschule im Dorf*

1948   Die Schweiz führt die AHV ein.

| 1958–1964 | *Gott-hilft-Heim in Zizers GR, Primarschule im Heim, Sekundarschule im Dorf* |

1958–1964   *Gott-hilft-Heim in Zizers GR, Primarschule im Heim, Sekundarschule im Dorf*

1960   Die Antibabypille kommt auf den Markt.

1964–1969   *KV-Lehre in Lugano, Vorpraktikum im Kinderheim Ala Materna in Rovio TI*

1969–1973   *Ausbildung zum Sozialpädagogen in Basel*

1970–1972   Eine weitere Welle kritischer Medienberichte (beispielsweise im «Beobachter»), die Heimkampagne-Bewegung und die Rüschlikoner Tagung ebnen einer Reform der Heimerziehung den Weg.

1973–1974   *Sozialpädagoge im Kinderheim Istituto minorile in Torricella TI*

1974   Verspäteter Beitritt der Schweiz zur Europäischen Menschenrechtskonvention – mit dem Vorbehalt, administrative Versorgungen abzuschaffen

1974–1978   *Teamleiter im Jugendheim Schenkung Dapples in Zürich*

1976   Die Schweiz führt die obligatorische Arbeitslosenversicherung ein, viel später als die meisten anderen europäischen Staaten.

1978   In der Verordnung über die Aufnahme von Kindern zur Pflege und Adoption (PAVO) wird die Aufsicht über fremdplatzierte Kinder erstmals gesamtschweizerisch geregelt.

1978–1979   *Tätigkeit als Chauffeur in der Metallbaubranche*

1980–1982   *Aufbau und Leitung Freihof Küsnacht ZH, einer sozialtherapeutischen Institution für ehemalige Drogenabhängige*

1981   Eine Revision des ZGB beendet die bisherige Praxis administrativer Versorgungen und verschafft Betroffenen fürsorgerischer Freiheitsentziehung Rechte.

1982–1984   *Freischaffend in Bedigliora TI*

1984–1987   *Aufbau und Leitung der Jugendstätte Bellevue in Altstätten SG, eines Heims für dissoziale weibliche Jugendliche mit erster geschlossener Anstalt für Nacherziehung der Schweiz*

| 1986 | Bundesrat Alphons Egli entschuldigt sich bei den Opfern von «Kinder der Landstrasse», einem Hilfswerk, das 1926 bis 1973 jenischen Familien mit Unterstützung der Vormundschaftsbehörden die Kinder entzog. Betroffene erhalten eine geringe finanzielle Entschädigung. |

1987–2009 *Leitung des Jugendheims Schenkung Dapples in Zürich, eines offenen Heims für dissoziale männliche Jugendliche mit Einweisungen nach Straf- und Zivilgesetzbuch*

1997 Die Schweiz ratifiziert die UNO-Kinderrechtskonvention.

2001–2011 *Mitglied der Zürcher Fachkommission der Jugendstrafrechtspflege für die Beurteilung jugendlicher Intensivtäter*

2004 Nach einer öffentlichen Tagung mit über zweihundert ehemaligen Verding- und Heimkindern in Glattbrugg ZH startet ein teilweise vom Nationalfonds unterstütztes Forschungsprojekt. Forschende führen Interviews mit fast dreihundert Betroffenen.

2004–2009 *Präsident von Integras, Fachverband für Sozial- und Sonderpädagogik. Einsatz für ethisch und fachlich hohe Qualitätsansprüche in der Arbeit mit fremdplatzierten und sozialpädagogisch geförderten Kindern, Jugendlichen und jungen Erwachsenen.*

2005 Der Nationalrat lehnt mit 99 zu 73 Stimmen einen SP-Vorstoss ab, der eine fundierte historische Aufarbeitung des Verdingkinderwesens verlangt.
Die Schweiz führt, nach mehreren Anläufen, eine Mutterschaftsversicherung ein.

2009 *Pensionierung, Abschiedstagung mit Outing als ehemaliger Heimbub*

Seit 2010 *Präsident Stiftungsrat Sozialpädagogisches Zentrum Hirslanden, Zürich; einzelne Lehrveranstaltungen für angehende Sozialarbeitende an der Fachhochschule Nordwestschweiz, unter anderem zur Geschichte früherer Fremdplatzierungen*

2010–2014 *Fachexperte in der Menschenrechtskonsultation Schweiz– Russland zum Strafvollzug von Jugendlichen, im Auftrag des Eidgenössischen Departements für auswärtige Angelegenheiten (EDA)*

2011	Bundesrätin Eveline Widmer-Schlumpf bittet die Opfer administrativer Versorgungen an einem Anlass in der Frauenstrafanstalt Hindelbank um Entschuldigung.
Seit 2012	*Präsident Stiftung contetto, sozialpädagogische Familien, Zürich (Pflegekinder)*
2013	Bundesrätin Simonetta Sommaruga sowie Bauern-, Kirchen- und Heimverbandsvertreter bitten die Opfer fürsorgerischer Zwangsmassnahmen an einem Gedenkanlass in Bern um Entschuldigung. Ein runder Tisch nimmt seine Arbeit auf. Das neue Kindes- und Erwachsenenschutzrecht ersetzt das alte Vormundschaftsrecht. Die bisherigen Laienbehörden werden durch interdisziplinäre Fachbehörden ersetzt (KESB). «Vormund» und «Mündel» machen individuell abgestimmten Beistandschaften Platz. Kinder müssen bei Verfahren, die sie betreffen, angehört werden und können Beschwerde führen.
2014	Das Bundesgesetz über die Rehabilitierung administrativ versorgter Menschen tritt in Kraft. Eine finanzielle Wiedergutmachung ist nicht vorgesehen. Die Volksinitiative für Wiedergutmachung für ehemalige Verding- und Heimkinder sowie weitere Opfer fürsorgerischer Zwangsmassnahmen wird mit über 110 000 Unterschriften eingereicht. Sie fordert unter anderem Zahlungen an die Opfer von 500 Millionen Franken.
2016	National- und Ständerat nehmen den Gegenvorschlag zur Wiedergutmachungsinitiative an. Das Gesetz sieht Solidaritätszahlungen von 300 Millionen Franken an die Opfer vor, regelt die Aktensicherung und -einsicht, verpflichtet die Kantone zu Anlaufstellen und sieht eine umfassende wissenschaftliche Aufarbeitung vor.

Informationen

Studien der Zürcher Kinderärztin Marie Maierhofer zu Heimkindern und Hospitalismus in den 1950er-Jahren (Video): http://www.kinder heime-schweiz.ch/de/kinderheime_schweiz_video_detail.php? vid=37

Bericht eines Bewohners des Jugendheims Schenkung Dapples: www. dapples.ch → Fachecke

Jubiläumspublikation der Stiftung Gott hilft: Christine Luchsinger: Niemandskinder. Erziehung in den Heimen der Stiftung Gott hilft 1916–2016, Quellen und Forschungen zur Bündner Geschichte, Band 33, herausgegeben vom Staatsarchiv Graubünden, Kommissionsverlag Desertina

Reden von Bundesrätin Simonetta Sommaruga und Sergio Devecchi am nationalen Gedenkanlass 2013 für die Opfer fürsorgerischer Zwangsmassnahmen: https://www.youtube.com/watch?v=Qj7cBCdKmes

Studie der Universität Zürich zu gesundheitlichen Spätfolgen bei früheren Verding- und Heimkindern: Andreas Maercker et al.: Psychische Folgestörungen der Verdingung im Alter, in: M. Furrer, K. Heiniger, T. Huonker et al.: Fürsorge und Zwang: Fremdplatzierung von Kindern und Jugendlichen in der Schweiz 1850–1980, Itinera 36, S. 373–384. Schwabe-Verlag, Basel, 2014

Dokumentation des Tessiner Fernsehens über Fremdplatzierte, mit Beteiligung von Sergio Devecchi als Porträtiertem und Studiogast (2015): http://www.rsi.ch/play/tv/falo/video/cresciuti-nellombra?id=6334327

Weitere Medienbeiträge mit Sergio Devecchi

Zu Gast in der TV-Sendung Aeschbacher (2010): http://www.srf.ch/play/tv/aeschbacher/video/sergio-devecchi?id=a7605b68-ba1e-4fcc-ab0d-c81b8f22c928

Radiosendung SRF2 Kultur über protestantische Heimerziehung (2016): http://www.srf.ch/sendungen/perspektiven/abgeschoben-gedemuetigt-missbraucht-protestantische-armenerziehung-unter-der-lupe

Danke

Heimweh begleitete viele Schweizer Söldner, die in den Diensten fremder Mächte kämpften und fern der Heimat an schmerzhafter, melancholischer Sehnsucht litten. Deshalb wird das Heimweh Morbus helveticus genannt, die Schweizer Krankheit. Auch mir war das Heimweh während meines langen Heimlebens ein ständiger Begleiter. Mit diesem Buch habe ich versucht, den Schmerz des Heimwehs zu verarbeiten. Das wäre mir nicht möglich gewesen ohne die Unterstützung lieber Menschen, die mir während des Schreibens beistanden, mir Mut machten und auch in Momenten des Zweifelns nicht von mir abrückten.

Isabell Teuwsen half mir, das Buchprojekt aufzugleisen. Sie stand mir zu Beginn mit ihrer journalistischen Erfahrung zur Seite, fragte immer wieder nach und legte so den Grundstein. Danken möchte ich Susanne Wenger für den redaktionellen Beistand. Sie schuf Ordnung, gab dem Manuskript eine Struktur und eine Sprache und begleitete mich feinfühlig und kompetent auf meinem Schreibweg. Ein weiterer Dank geht an den Stämpfli Verlag in Bern mit Dorothee Schneider, Susann Trachsel-Zeidler und der Lektorin Benita Schnidrig. Ich fühlte mich jederzeit gut aufgehoben, die Lektorin durchleuchtete den Text mit grosser Umsicht und gab wertvolle Hinweise.

Danken möchte ich sodann den vielen Freundinnen und Freunden, die mir geduldig zuhörten, wenn ich vor lauter Buchstaben glaubte, das Ziel aus den Augen zu verlieren. Mit Josef Ballmann, meinem Freund, Nachbarn und gestrengen Professore, verbrachte ich viele Stunden diskutierend auf dem Balkon, bei einem guten Glas Wein. Einige Erkenntnisse dieser kreativen Abende fanden den Weg ins Buch. Mein Dank geht auch an Marion Guekos. Sie verstand es, meine wiederkehrenden Zweifel über Sinn und Zweck dieser Autobiografie einzuordnen und in positive Bahnen zu lenken.

Ein spezieller Dank gilt meiner Partnerin Carmen Jäggi und meinen Söhnen Lineo und Camillo. Sie gewährten mir den notwendigen Freiraum, um dieses Buch zu realisieren, und standen mir stets loyal und liebevoll zur Seite.

Mein Buch widme ich den vielen Opfern und Betroffenen, die unter den fürsorgerischen Zwangsmassnahmen gelitten haben und immer noch leiden. Es soll ihnen Mut machen, ihre Geschichten ebenfalls öffentlich zu machen und so zur Aufarbeitung dieses traurigen Kapitels schweizerischer Sozialgeschichte beizutragen.

Sergio Devecchi, im Frühjahr 2017

Franziska Rogger

Kinder, Krieg und Karriere – Selbstbildnisse aus der Mitte des 20. Jahrhunderts

Die Diskriminierung der Frauen war nicht das Schlimmste, verletzend waren soziale Ungerechtigkeiten, und entsetzlich war der Krieg. In diesem Buch finden sich Selbstbildnisse von Berner Akademikerinnen, die in den 1930er- und 1940er-Jahren studiert und den Zweiten Weltkrieg erlebt haben. Die berufliche Stellung wurde den porträtierten Frauen trotz bester Ausbildung verweigert, aber als Behelfskräfte im Krieg trugen sie eine enorme Verantwortung. Die Frauen erhielten keinen Lohn, aber einen Marschbefehl …

Die für dieses Buch interviewten Frauen
– bekamen als Berufstätige keinen Lohn, wenn der Ehemann genug verdiente
– durften nicht an höheren Schulen unterrichten
– gehörten zu den ersten Politikerinnen, die nach 1971 in einem Rat sassen
– mussten unter der Kanzel predigen
– bekamen 1939 einen Marschbefehl
– übernahmen im Krieg als kaum Ausgebildete Chefposten
– gehörten zu den Kämpferinnen für das Frauenstimmrecht
– kämpften als ehemals selbst benachteiligte Juristinnen um weibliche Rechte
– machten kleine Karrieren in Universität und Industrie

ISBN 978-3-7272-1430-1

Franziska Rogger

Marthe Gosteli – Wie sie den Schweizerinnen ihre Geschichte rettete

Marthe Gosteli ist es zu verdanken, dass die Schweizerinnen eine eigenständige Geschichte schreiben können. Sie hat die Grundlagen dafür gerettet und macht elementare Papiere der Frauen und ihrer Verbände in ihrem privaten Archiv in Worblaufen zugänglich. Geboren 1917 auf dem Bauerngut Altikofen, schien Gostelis Herkunft nicht geeignet, Frauenstimmrechtlerin zu werden und 1971 im entscheidenden Moment als Präsidentin der «Arbeitsgemeinschaft der schweizerischen Frauenverbände» an der Spitze der Frauenbewegung zu stehen. Doch sie hatte sich stets eigene Urteile erlaubt. Dabei schöpfte sie ebenso aus der Tradition der verantwortungsvoll bewahrenden Bauern wie aus der Innovation der sich auflehnenden starken Frauen.

ISBN 978-3-7272-7903-4

Franziska Schläpfer
Trudi Gerster – Ein facettenreiches Leben

Trudi Gerster (1919–2013) wollte hundert Jahre alt werden und genauso lang im Rampen-licht stehen. Eine Ikone der Popkultur. Mit ihrem Gespür für die Urkräfte des Erzählens ver-zauberte die gelernte Schauspielerin 70 Jahre lang ihr Publikum: mit prägnanter, wandelba-rer Stimme, mit kunstvoll freiem Interpretieren, mit viel Sinn für Komik. Sie sammelte, übersetzte und bearbeitete Geschichten und Klassiker aus aller Welt, politisierte als eine der ersten Frauen in einem schweizerischen Parlament im Grossen Rat der Stadt Basel, kämpfte für mehr Gerechtigkeit beim Verteilen der Kulturgelder, für eine grüne Stadt, für Alleinerzie-hende, für Betagte. Eine unbequeme Dame: ehrgeizig, hartnäckig, professionell – auch poe-tisch. Entlang ihrer prägnantesten Eigenschaften schildert die Biografie ein facettenreiches Leben.

ISBN 978-3-7272-1464-6